講談社文庫

バルス

楡 周平

講談社

目次

バルス

序章　お祈りメール

ピィイン――。

スマホが甲高《かんだか》い音を立てて、メールの着信を知らせた。

指先が強《こわ》ばるのを感じながら、百瀬《ももせ》陽一《よういち》は画面をタップした。

『――さて、三次面接にて慎重に選考させていただきました結果、誠に残念ながら、ご期待に添えない結果となりましたのでご通知申し上げます。百瀬様の今後のご健闘をお祈り申し上げます』

パネルに浮かんだ文面を読み終えた瞬間、頭の中が真っ白になった。

所謂《いわゆる》『お祈りメール』。これで八社目の不採用通知だ。

マジかよ……。三次面接は、役員への顔見せみたいなもんだ。そこまで進めば、内定同然だっていってたじゃん……。

OB訪問の際に聞かされた言葉を思い出しながら、陽一は呆然《ぼうぜん》と文面を見つめた。

ヤバい……。ヤバいぞ――。

背中に嫌な汗が滲《にじ》み出す。心臓がはやい拍動を刻みはじめ、呼吸が苦しくなる。

就職戦線も終盤だ。

当然のことながら、志望先にも優先順位がある。この三週間、八社の面接に追われ、それ以外の会社の面接予約は全てパスしてきたのだ。

それが、ことごとく最終面接で撥《は》ねられたとなれば、もはや、後はない。

俺、どうなるんだろう――。

酷《ひど》い喉《のど》の渇きを覚えた。

SPI対策、TOEIC、エントリーシートの作成――。この一年、就職試験の準備のために費やした、膨大な時間と労力が全て水泡に帰した空しさを感じながら、陽一はやっとの思いで立ち上がった。

二階にある自室を出て、一階のキッチンに向かった。

水道の蛇口からグラスに水を注ぎ、一息に飲み干す。

生温《なまぬる》い水だ。それが、今年の就職戦線がピークを過ぎたことを物語る。

「どうだった。メールきたの？」

気配に気がついたのだろう。

隣のリビングから顔を覗《のぞ》かせた母が、強ばった声で訊《たず》ねてきた。

「駄目《だめ》だった――」

陽一は、ひと言こたえた。

「駄目って……じゃあ全滅う！」

もはや悲鳴だ。

悲鳴を上げたいのはこっちだ。

そう返したいのは山々だが、もはやその気力すら湧いてこない。

陽一は視線を落とした。

「そんな馬鹿な――」

母は信じられないとばかりに、呆然とした面持《おもも》ちで立ち尽くす。

「二度あることは三度あるっていうけどさ、まさか八回も続くとは思わなかった……」

宙を仰ぎながら漏らした陽一に向かって、

「何かの間違いじゃないの。慶明《けいめい》の学生が全滅だなんて。それも最終面接で落とされるなんて、あり得ないわよ」

母は金切り声を上げる。

母がそんな思いに駆られるのも分からないではない。

慶明は、私学の雄。政財界に数多《あまた》の人材を輩出している世間では一流と称される大学だ。

親の世代が就職活動を行っていた頃、日本経済は絶好調。慶明の学生は引っ張りだこであった時代だ。それが、最終面接まで漕《こ》ぎ着けての不採用。しかも全滅となれば、とても現実を受け入れる気にはなれまい。

「結局、いらねえってやつは、どこへ行ってもいらねえってことなんだろ。慶明だからって、通用する時代じゃねえんだよ」

陽一はグラスをシンクに叩きつけるように置くと、「実際、内定貰うやつは、二つ、三つって簡単に取ってくんだしさ」

冷蔵庫に歩み寄り、ドアを開けた。

酒でも呑《の》まなきゃ、やってらんねえ。

陽一は、中にあった発泡酒に手を伸ばした。

「お酒なんか呑んでる場合じゃないでしょ！」

「じたばたしたってしょうがねえじゃん。頭切り替えて、明日からまた会社回んないと」

陽一は、母の制止を振り切って栓を開けた。

喉ごしが最悪なのは、直前に水を飲んだせいばかりではない。それがささくれ立った気持ちに拍車をかける。

「ちょっと。会社回んなきゃってどういう意味？」

「決まってんだろ。まだ、採用試験やってるところを受けるんだよ」

「大企業は全部終わってるじゃない」

「そんなこといってる場合かよ。全滅しちまったんだぞ」

陽一はまた一口、発泡酒を呑んだ。「中小企業の合同説明会ってのもあるし――」

「中小企業って……」

母の顔色が変わった。「大企業とじゃ、生涯賃金が億って単位で違ってくるのよ。経営だって不安定だし、何かの拍子に潰《つぶ》れでもしたら、次の仕事を探すのだって簡単にはいかないわ。人生棒に振るわよ」

生涯賃金が億単位で違ってくる――。

もう何度聞かされたか分からぬセリフが母の口を衝《つ》いて出た。

母が大企業への就職にこだわるのには理由がある。

陽一の父親は地銀の支店次長をしている。安定した職業には違いないが、業界内では地銀はまさに中小企業。大手都市銀行の給与とは雲泥の差があるからだ。

まして、父は慶明とはほど遠い無名に等しい私立大学の出身だ。いまなら地銀でさえエントリーの段階で落とされただろうが、時はバブルの真っ盛り。有名校の学生が、格下の地銀になど目を向けなかった時代である。つまり、採用されたのは時勢のお陰以外の何物でもなかったのだ。

しかし、バブルの崩壊と同時に状況は一変した。地銀とはいえ、銀行が学歴社会であることに変わりはない。有名校出身者の採用が当たり前になると、父は昇進から取り残され、ようやく支店次長になったのは五十歳の時。四年前のことである。

企業社会において、学歴がいかに重要か。大企業と中小企業とでは、どれほど待遇が違うか。一人っ子である陽一を幼い頃から塾に通わせ、私立の中高一貫校から慶明と、決して楽ではない家計の中で、両親が子供の教育に心血を注いできたのは、両親がそうした悲哀をいやというほど味わってきたからだ。

まして、父が勤める地銀の取引先は、中小企業ばかりだ。経営がいかに困難を極めるか、資金繰《ま》りに腐心しているか、従業員の待遇がどんなものなのか。中小企業の真の姿を日々目の当たりにしている。

「就職するなら、やっぱり大企業だよ」

父もまた、ことあるごとにいう。

「じゃあ、どうしろってんだよ。大企業なんて、もうどこも終わっちまってんだぞ」

考えがあるならいってみろとばかりに、陽一は声を荒らげた。

母のこたえは、拍子抜けするほど単純なものだった。

「留年したら？」

「留年って……就職浪人しろっての？」

「あなたは現役だし、一年ぐらいどうってことないじゃない」

「カネかかんぞ」

「授業料だけでしょ。何とかするわよ」

母はいった。「せっかく、ここまで頑張ってきたんだもの。ここで中小企業なんかに行ったら、絶対後悔するわよ。いまから準備をはじめて一年間、来年の就活に備えれば、絶対いい結果が出るわよ。それに――」

母はそこで、口を噤《つぐ》んだ。

その目には涙が滲んでいる。

「それに？」

「合同説明会なんて……。どこからも内定貰えなかった学生にまじって、あなたが職探しに奔走する姿なんか、お母さん見たくない」

リクルートスーツに身を包んだ学生の群れ。

もはや風物詩といえる光景だが、そこに集まっているのは篩《ふるい》にかからなかった敗者たちである。その中にまじって不本意な就活を送るのは、確かに屈辱以外の何物でもない。首尾よく内定を貰えたにしても、果たしてその先にどんな将来が開けているというのか――。

それが俺の人生だって？

あり得ないと思った。

今年の就活が解禁されてから、一ヵ月も経ってはいない。なるほど、就職だって試験だ。勝つか負けるかはふたつにひとつ。入学試験と同じだ。だとすれば、入試に再度のチャレンジが許されるなら、就職試験だって同じことがいえるはずだ。

たった一年じゃないか。しかも、受けた八社全てが、最終面接まで進んだのだ。再度同じ結果に終わるとは思えない。

「本当にいいの？　留年しても構わないの？」

陽一は改めて問うた。

「お父さんだって、そうしろっていうに決まってるわ」

母は頷《うなず》いた。

「ありがとう……。来年こそは、絶対に内定貰ってみせるから」

母にいったのではなかった。自分自身にいいきかせたのだ。

平成二十八年。六月の夜。

陽一は留年を決意した。

第一章　派遣労働

1

「お前、どうかしてんじゃねえのか！　いつになったら、まともに仕事できるようになんだよ！」

労務担当の坂田《さかた》の罵声《ばせい》が飛んだのは、間もなく昼休みの時間を迎えようという頃のことだった。

世界最大のネット通販会社『スロット・ジャパン』の物流センターは、バスケットコートが十面は入ろうかという広大な空間だ。

窓ひとつない庫内の天井はさほど高くなく、澱《よど》んだ空気の中には、常に紙とインク、段ボールの臭《にお》いが漂う。

九月も終わろうというのに、秋が訪れる気配はない。空調設備がない閉鎖空間は、蒸し風呂のような暑さだ。

「す、すいません。一生懸命やってるんですけど、なんせこの暑さなもんで……集中できなくて――」

怒鳴られていたのは一週間前に入ってきたばかりの新人だ。

確か、渡部《わたべ》といったか。

新人といっても若くはない。おそらく四十歳は越しているだろう。中肉中背の中年男で、頭髪も薄く額《ひたい》も広い。この熱気のせいで、身に着けた白いTシャツは汗に濡れ、へばりついた肩の部分から肌が透《す》けて見えるほどだ。

「暑いのは、お前だけじゃねえ！　みんな条件は一緒だ！」

すっかり萎縮した渡部に向かって、坂田は追い討ちをかけるように怒鳴りまくる。

「ったくよお、ここまで覚えの悪い新人は久々だよ。こんな調子でちんたらやってたら、お前、仕事なくすぞ！」

「は、はい――」

渡部は、うな垂れた頭をさらに深く下げた。

坂田はスロットの社員ではない。

日本最大の総合物流企業、新青《しんせい》運輸の社員である。

スロットは少数精鋭主義。必要最低限の社員しか抱えないことで有名だが、その経営方針は物流センターに顕著に表れている。オフィスワークを行うスロットの正社員、現場を管理監督する新青運輸の社員それぞれ十名がワンシフト百名、四交代、都合四百名の派遣労働者を仕切るのだ。

坂田と渡部が、直接的な雇用関係にあるわけではないが、ひとりひとりの作業員の作業効率はスロットのコンピュータシステムによって完全に把握されている。そして基準値が達成できているかどうかを管理するのが坂田の仕事だ。達成できない作業員を放置しておけば坂田の評価に繋《つな》がる問題となる。

だから、坂田が声を荒らげるのは珍しいことではないのだが、現場で、それも作業の最中というのはあまり記憶にない。

ちょうどその時、昼休みの時間を告げるチャイムが鳴った。

庫内に散らばっていた作業員たちが、小走りで休憩室に続くドアに消えて行く。

休憩時間は六十分。

時間内に昼食を摂《と》り、用を足す。一秒たりとも遅れてはならない。絶対的時間厳守。それが、スロットの掟《おきて》だ。

陽一は休憩室に入ると、ロッカーに入れておいたナップザックの中から、サンドイッチを取り出した。

「また、コンビニのお弁当？　そんなんばっかり食べてたら、体壊すわよ」

正面の席に腰を下ろしながら、海老原涼子《えびはらりょうこ》が声をかけてきた。

陽一が、この物流センターで働きはじめて三ヵ月になる。

作業員の顔ぶれは頻繁に変わる。親しい同僚は数えるほどだが、涼子はそのうちのひとりだ。

彼女は早々に、弁当を包んだ花柄のナプキンを解《ほど》きにかかる。

プラスチックの弁当箱に半分ほど詰まったご飯。その上に振りかけられたのりたま。おかずはウインナーとブロッコリー。そこに小さなトマトが三つ添えられている。

「かわいいお弁当だね。毎日、よく続くよ」

陽一はサンドイッチを頬張《ほおば》りながらいった。

「子供に持たせるついでよ」

涼子は、弁当に箸をつけはじめる。「シングルマザーは大変なのよ。保育所ったって、民営はおカネかかるし、お弁当も持たせなきゃなんないからさ。どーせ作るなら一つも二つも手間は一緒だし、子供の分だけ作ったら、食材余っちゃうから」

正確な年齢は知らないが、まだ二十代半ばといったところか。

少し茶色がかった髪。細く整えた眉毛はいま風の若い女性だが、ほとんど化粧を施《ほどこ》していない顔が、日頃の生活ぶりを窺《うかが》わせる。

「大変だよな。子供抱えてんだもんなあ」

陽一はいった。「熱出したりでもしたら、呼び出されんだろ？　そんなこと、ここじゃ許されない。最も不向きな職場じゃないか。何だってこんなとこに来たのさ」

「実家が近くて、子供預けんのに都合がいいの。何かあったら、お母さんがいるからね」

「それにしたって、もっといい仕事があったんじゃないの」

「そりゃあ、いろいろやったわよ。ここに来るまでは——」

「たとえば？」

「コンビニの店員とか、ファストフード店のスタッフとか——」

「バイトの王道だな」

「でもさ、知らない人に接する仕事って、なーんか苦手でさ。その点、ここは気楽じゃん。人と話す必要はないし、機械に指示されるまんま、同じ作業を繰り返してりゃいいんだもん。余計なこと考えずにすむじゃん」

涼子は、ウインナーを口に入れると、「わたし、結構気に入ってんだ。ここ」

にこりと笑った。

機械に指示されるまんま、か——。

確かにそうだ。

仕事は本、CD合わせて百万点もある商品の集荷作業だ。ハンディーターミナルと呼ばれる携帯端末のモニターに表示された保管場所から、指示通りの数を抜き取り、台車に載せた箱に入れる。ただそれだけだ。

一分あたりの作業ノルマは本なら三冊。一つ終われば、すぐに次の保管場所へ。広大なフロアにずらりと並んだ書棚の中を、延々と歩き回りながら、同じ作業を繰り返すのだ。

作業効率が落ちれば、管理者から厳しい指導を受ける。それでも改善が見られなければクビ。頭の中は、次々に表示される指示をいかに迅速にこなすか。常にそれでいっぱいなのだから、余計なことを考えている暇はない。

「あの……。ここ、いいでしょうか」

遠慮がちな声が、ふたりの会話を遮《さえぎ》った。

誰かと思えば渡部である。

「かまいませんよ。どうぞ」

陽一は涼子の隣の席を目で指した。

「失礼します――」

渡部は席に座ると、レジ袋に手を入れた。

コンビニの弁当である。

「凄《すご》い汗」

涼子がいった。

汗まみれなのは誰もが同じだが、渡部のそれは度を越している。

薄くなりかけた頭髪は頭にへばりつき、顎《あご》から滴《しずく》となった汗がぽたぽたとTシャツの胸の部分に滴《した》り落ちている。

「塩摂らないと、熱中症になりますよ。持ってます？　塩」

陽一は訊ねた。

「し、お……ですか」

「タブレットがあるんですよ。暑い時期は必需品ですよ」

「いや、そんな説明は受けなかったもので……」

渡部は困惑《こんわく》した表情を浮かべる。

「これ、使って下さい」

陽一はポケットから塩のタブレットが入った小さなケースを取り出した。

「す、すいません……」

渡部は頭を下げると、「じゃあ、遠慮無く――」

タブレットを口に入れた。

「慣れないうちは、大変すよね。まして暑い時期の作業は、ベテランでも応《こた》えますもん」

陽一は渡部の胸を見ながらいった。

そこには『ＯＪＴ』と書かれた名札がつけられている。

オン・ザ・ジョブ・トレーニング。見習い期間中であることを示すものだ。

「なんか、全然作業効率が上がらなくて、いまも労務担当からこっぴどく叱られたところです」

渡部は気まずそうに視線を落とすと、「いや、みっともないところをお見せしちゃって――」

反応を窺うように上目使いで陽一を見た。

「誰も、気に留めちゃいないっすよ」

陽一は笑った。「みんな、作業に没頭してますからね。周りのことなんか目に入らないし、聞こえもしないんす」

慰めの言葉など、耳に入らないとばかりに、

「全く情けないです。たかが機械の指示に従って、本を拾い歩く作業だってのに、全然数字が上がんないんですから」

渡部は溜め息を吐《つ》いた。

「数字が上がらないって、どの程度なんですか」

涼子が訊ねた。

「一分で一冊にも満たないんです」

そりゃまずいだろ——。

涼子も同じ思いを抱いたらしい。眉をぴくりと吊り上げて、陽一を見る。

派遣とはいえ、三ヵ月も働いていると、スロットがどんな企業なのか、見えてくるものがある。

その最たるものが、効率性を追求する貪欲なまでの経営方針だ。

派遣社員の時給は千円。一分間に三冊というノルマを果たせば、一時間に百八十冊。集荷にかかる一冊あたりの人件費は、約五円五十銭。本の定価が決まっている以上、このラインを死守しなければ、その分だけ利益が少なくなってしまう。逆に三冊以上の働きをすれば、その分だけ労働コストは低くなる。つまり利益が増す——。だから時間単位、一日単位、果ては月単位で、数字を突きつけ、徹底的に作業員を追い込む。

その点からいえば、渡部の場合、一冊あたりの労働コストは約十七円。

坂田が激怒するのも、無理からぬことではある。

「まっ、入った当初はみんなそんなもんすよ」

それ以外にかける言葉が見つからない。

陽一はいった。

「機械に徹底的に管理されて、数字を突きつけられるのは、物凄いプレッシャーに感じるでしょうけど、そのうち慣れますよ」

涼子が言葉を継いだ。「それに、数字が上がってくると、目標ができるってのかな。何だか、ノルマをクリアするのが楽しくなってくるんですよね。それに数字が上がったからって、ハードルが高くなるってわけじゃないし。一分間に三冊ってのは変わらないんだもの。そうなれば、もう余裕で仕事できますよ」

その言葉に嘘《うそ》はない。

この管理手法には、麻薬めいた不思議な力がある。苦しみからの解放感、あるいは達成感というべきか。まるでゲームのように、一旦数字をクリアしはじめると、どこまで伸びるか、今度は楽しみになってくるのだ。

もっとも、その境地に達する作業員はごくわずかだ。むしろ、ノルマ達成のプレッシャーに負け、自ら辞めていく、あるいはクビになる作業員の方が圧倒的に多いのが現実だ。

「それに、暑い時期は辛いけど、スロットの中じゃこの仕事、一番楽なんですよ。飲料の集荷作業なんかに回されたら体持ちませんから」

陽一の言葉に、

「飲料？」

渡部は箸を持つ手を止めた。

「水とかお茶とか」

陽一はいった。「誰だって重たい物を運ぶのはしんどいじゃないですか。それに、日本は超高齢社会に突入してるんです。スロットで買えば、二リットルのペットボトル、六本入りのお茶二箱が千七百円。定価四千七百円の品がですよ。そりゃあ、誰だってネット通販使うようになりますよ。まして、飲料のピークは夏場すから」

「そこも、空調なしですか？」

「もちろん」

「人が庫内を駆けずり回るんですか？」

「台車を押して、拾い集めていくんです」

「それで時給も同じ？」

愕然《がくぜん》とする渡部に向かって、陽一は頷いた。

当たり前だ。

定価四千七百円の商品を千七百円で販売できるのは、大量仕入れによって徹底的に値段を叩いているからには違いないが、利幅は薄くなる。重量物を扱う仕事だからといって、時給を高くしたのでは、儲《もう》けなんかなくなってしまう。一分当たりのノルマが多少低くなるとしても、作業員の時給が高くなるなんてことはあり得ない。

「まっ、そんなところに回されなかったってだけでもラッキーだと思うことですね」

陽一がそうこたえた時、予鈴が鳴った。

一秒の無駄も許されないスロットでは、昼休憩の終了十分前に予鈴が鳴るのだ。

「早く食事終わらせないと。遅れると、またあいつにどやされますよ」

渡部の弁当は、まだ三分の一ほどが残っている。

慌ててそれを掻《か》き込みはじめた渡部を見ながら、陽一は席を立った。

2

物流センターから最寄りの駅までは、バスのシャトル便がある。

昼のシフトは、午前八時半から夕方の五時まで。

夕方のラッシュアワーには、まだ早い時間だ。

人影もまばらな駅に、バスを降りたスロットの派遣労働者たちが列を成して吸い込まれて行く。

「あの……」

背後から声をかけられて、陽一は振り向いた。

渡部である。

「もし、ご迷惑でなければ、一杯やりませんか」

渡部は遠慮がちに切り出した。「いろいろと教えて欲しいんです。仕事のこと――」

これといった予定があるわけでもないが、陽一は返事に困った。

普通の職場なら、同僚同士で酒席を囲むことはよくあるだろうが、ことスロットにおいてそれはない。作業員の出入りが激しい上に、派遣で働くからには、人にいえぬ事情を抱えている場合が多いからだ。

まして、時給千円という薄給だ。懐《ふところ》は常に寂しいという事情もある。

「誘ったんです。わたし、奢《おご》りますから」

そんな心中を察したように、渡部はいった。

酒か。久しぶりだな――。

渇いた体が疼《うず》きはじめるが、すぐに応ずるのは決まりが悪い。

自然に腕時計に目が行った。

「……少しなら」

陽一はこたえた。

渡部は満面に笑みを浮かべると、

「じゃあ、あの店に入りましょうか」

一軒の居酒屋を目で指した。

早い時間とあって、店内にまだ客はいない。

テーブル席に向かい合って座ったところで、二人は〝生中〟を注文した。

取りあえず、つまみに枝豆を注文したところで、

「改めまして、わたし渡部紀和《のりかず》といいます」

渡部ははじめて名を名乗った。

「百瀬陽一です」

「百瀬さんは、スロットで働かれてどれくらいになるんです」

「三ヵ月になりますか」

「三ヵ月……じゃあ、入ったばっかり？」

「ここじゃ三ヵ月もいれば、ベテランの部類かもしれませんね。なんせ、人の出入りが激しいもんで。もっとも、派遣のベテランなんて、自慢になりませんけどね」

陽一は、苦笑した。

「そうですか。やっぱり人の出入りが……」

渡部は呟《つぶや》いた。

「生中で〜す」

店員がジョッキをテーブルの上に置いた。

渡部は、それに手を伸ばすと、

「まずは乾杯といきましょうか」

気を取り直したようにいった。

ふたりのジョッキが、重い音を立てて触れ合う。

陽一は一気に三口ほど、ビールを喉に送り込んだ。

渇いた体に、冷たいビールが染み渡る。

「美味《うま》いなあ……。生ビールなんて、久しぶりだなあ」

陽一は、ほっと息をしながらジョッキを置いた。

「お酒、あまり呑まれないんですか」

「呑まないんじゃなくて、呑めないんです。だって、この一杯で時給の半分以上が飛んじゃうんですよ。たまに家で発泡酒を呑むのが精いっぱいですよ」

「わたしも懐を引き締めないとなあ……」

渡部はじっとジョッキを見詰める。

ということは、これまでは違った生活を送っていたということか。

そういえば、渡部が醸《かも》し出す雰囲気は、他の派遣仲間とは少し異なるような気がする。

身なりこそ、Tシャツにチノパンだが、言葉遣いも丁重《ていちょう》だ。

「渡部さん。もしかして派遣はじめてですか？」

陽一は訊ねた。

「そうですけど……。どうして分かったんですか」

「だって、派遣でいきなり居酒屋に誘う人なんかいませんよ。まして奢るからなんて、絶対いいませんから」

「そうか……。そうですよね」

渡部は薄く笑うと、「わたし、リストラされたんですよ……」

苦い言葉を飲み込むように、ジョッキを傾ける。

そして、ひと呼吸おいて、渡部はいった。

「イースタン電器にいたんですよ」

「イースタンって、あのイースタンですか？」

陽一は訊ね返した。

イースタンは日本屈指の総合家電メーカーで、学生の間でも人気は高く、特に理系出身者の就職先志望ランキングでは常に上位に入る超一流企業だ。

「入社してからずっとテレビの量販店への営業をやってたんですけどね、テレビ事業の業績ががた落ちしちゃって、撤退することになりまして——」

「それで、即リストラですか？」

「売るもんがなくなれば、人だっていらなくなりますからね」

「あれほどの大会社なら、他の部門に移ることができるんじゃ——」

「他の事業部だって、人手は足りてますからね。余剰人員を引き取る余裕なんかありませんよ」

「でも、イースタンにいたんなら、他に幾らでも転職できたんじゃないですか」

「素直に退職勧告に従ってれば、そんなこともできたかも知れませんね」

その間に運ばれてきた枝豆を、渡部はぷちぷちと口に入れる。「わたし、組合の支部委員をやってたんですよ」

「組合？」

「労働組合です」

渡部はいった。「もちろん、会社の都合で辞めろってわけですから、退職金も割り増しするし、転職支援もする。会社はそういいましたよ。だけど、辞めさせられる側にしたら、何ら自分たちに落ち度があったわけじゃない。経営陣が会社の舵取《かじと》りを間違えた結果だって思うじゃないですか。まして、他の事業部の人間は、会社に居続けられるわけだし、たまたまテレビ事業部に配属されたのが運の尽きだなんて、そんなの、納得できるわけないじゃないですか」

「で、どうしたんです」

「組合がリストラ阻止に立ち上がったんですが……」

枝豆を噛《か》む渡部の口が止まった。「ところがねえ、組合っていっても、大企業の場合、必ずしも弱者の立場に立つとは限らないんですよ」

「なぜです。組合って、従業員の権利を守るためにあるものでしょう？」

「大企業の場合、組合の幹部になる人間ってのは、会社が決めるんですよ。特にホワイトカラーのそれはね」

そういわれても、その大企業に勤めたことのない陽一には理解できない。

「どういうことです？」

陽一は訊ねた。

「組合の役員は、会社側と頻繁に接触を持ちます。賃金交渉、人事制度の改変とかいろいろとね。そうした場で本当の業績、一般社員には知られたくない秘密事項や会社の本音を知らされるわけです。だから、将来の上級管理職、役員候補、つまり、いずれ会社側に立つと目された人間でなければならないんです。万年ヒラに、会社の本音や秘密を知られたら、後々厄介なことになりますからね」

「でも、渡部さんも委員でいらしたわけでしょう？」

「支部委員なんて……」

渡部は自嘲めいた笑いを浮かべると、「そんなもん、下働き。組合のヒラ社員ですよ」

ジョッキを呷《あお》った。

そう聞けば、どんな展開を迎えることになったのか、見えてくるものがある。

「運動がうまく行かなかったわけですね」

陽一はいった。

「リストラができなくなれば、余剰人員を抱えてしまいます。会社にしてみりゃ、ただの給料泥棒。そんなのがごまんといたら、どんな大企業だって潰れてしまうじゃないですか。テレビ事業部以外の人間からしたら、それこそ穀潰《ごくつぶ》し。仲間を守るどころの話じゃありませんよ」

怒りが込み上げてきたのか、渡部はジョッキをテーブルに叩きつけるように置いた。「それで、わたし、有志を募って、会社に反旗を翻《ひるがえ》したんです」

それが、不調に終わったことは、いまの姿を見れば明らかだ。

陽一は黙って話に聞き入った。

渡部は続ける。

「会社、いや、組織ってもんは、生き残りがかかるとどんな手でも使うんですよね。百瀬さん、追いだし部屋って聞いたことあります？」

「電話もない。仕事もない。一日中、ただ座ってるだけって、あれですか？」

「わたし、そこに入れられましてね」

渡部の表情が歪《ゆが》む。「何もすることがないってのは、そりゃあ辛いもんです。しかも、始業時間から退社時間まで、人事部の人間がずっと監視してるんですよ。いつ辞めんだ。今日か、明日かって目でずっと見てんです」

「ひでえな……」

陽一は思わず漏らした。

「おかしくなる人間だって出ますよ。そのうち、一人欠け、二人欠けすると、頑張る気力も失せましてね――」

「それで、お辞めになった?」

「結局ね……」

渡部は視線を落とした。「もちろん、転職先は探しましたよ。だけどねえ、テレビ限定の量販店への営業なんて、潰しが利かないんですよ。それに、同僚を集めて会社に反旗を翻したでしょ。労働争議を巻き起こした張本人ですからね。そんな面倒な人間を使おうって会社なんか、あるわけないわけで――」

なるほど、それでか。

陽一は、黙ってジョッキを口に運んだ。

「まっ、それでも割り増しの退職金を貰いましたからね。だから、いまのところは何とかなるんです。それに、まだ独り身だし……」

渡部は気を取り直したように視線を上げると、「つまみ、まだ枝豆しか頼んでいませんでしたね。何でも好きなものを選んで下さい。こうして、誰かと酒を飲むのは久しぶりなんです」

メニューを広げた。

3

「でも、渡部さんは恵まれてると思いますよ」

できたてのチキン南蛮《なんばん》を頬張りながら陽一はいった。「割り増しの退職金が貰えるなんて、やっぱり大企業だからですよ。中小企業だったら、身ひとつで放り出されてますよ」

「大企業ねえ……」

渡部は二杯目のジョッキを手にする。「そりゃあ年功序列、終身雇用が当たり前の時代なら、大企業に入る意味があったろうけど、社会環境の変化は加速度がつくばかりだ。家電業界なんて、その最たるもんだよ。ステレオ、カセット、デジカメ。会社の柱だった事業が、全部スマホに集約されちまったんだ。造るもんがなくなりゃ、人もいらなくなる。大企業に就職できたからって、安心してられる時代じゃないんだよ」

「そんなことといったら、中小企業なんて、もっと危ないんじゃないんすか」

「それは違うね」

渡部は即座に返してきた。「会社は船と同じなんだな。規模が大きくなればなるほど、小回りが利《き》かない。変化に対応できなくなるんだよ。このままじゃヤバイなと思っても、誰かが何とかしてくれる、そんな甘えも生じるしね。その点、中小企業は違うね。経営者は市場環境を皮膚感覚で悟る。何たって、経営が楽じゃない分だけ、常に危機感を抱いてもいるもんだからね」

「でも、大きな組織には、優秀な人材が沢山いるんじゃないですか」

「優秀な人材？」

渡部は鼻を鳴らすと、「君は、適材適所って言葉を知ってるかい？」

酔いが回ってきたのか、横柄《おうへい》な口調《くちょう》で陽一をはじめて君呼ばわりした。

「もちろん」

陽一はこたえた。

「その適材適所ってやつが、一番難しいのが大組織なんだよ」

「どういうことです？」

「組織に属する人間は仕事を選べない。仕事は常に会社から与えられるものなんだ。そして、他人の仕事には絶対に口出しできない。たとえ、どんないいアイデアを持っていても、自分があいつよりうまくできる、そう思っていても、お役が回ってこない以上、手出しできないんだよ」

陽一は黙って箸を置いた。

「そして、その仕事に長《た》けてくればくるほど、市場が見えなくなる」

渡部は続ける。「うちのテレビなんかその典型だ。やれ画像解像度がよくなった、一センチ薄くなりましたっていったってさ、そりゃあ技術者にしてみりゃ心血を注いだ結果だ。大した進歩なんだろうが、そんなもの消費者にとってはどうでもいいんだよ。わずかな違いのために、高いカネ払ってテレビ買い替える奇特な客なんかいやしないよ。大差ないんだったら、安いテレビを買うに決まってんだろさ」

「なんだか、渡部さんのお話を伺ってると、運の善し悪しで全てが決まっちゃうような気になりますね」

「運ねえ……」

渡部は呟くようにいうと、「それも悪い方の運にみまわれて、終わっちまうやつが大半だな」

片眉を上げて、陽一を見た。

陽一は返した。

「悪い方の運ですか」

事業からの撤退によって、リストラの憂き目に遭った渡部がそういうのも無理からぬことだが、それも全体からすればごく一部。圧倒的多数の社員は、定年を迎えるその時まで、無事に勤め上げられるのではないかと思ったからだ。

「俺にいわせりゃ、そもそも大企業なんかに入ろうってやつが馬鹿なんだよ」

ぐさっときた。

その大企業への就職に執着した揚げ句の就職浪人だ。

もちろん、渡部はそのことを知らない。ただの派遣の若造だと思っているだろう。しかし、馬鹿とは聞き捨てならぬ。

「馬鹿ですかねえ」

陽一は反論に出た。「中小企業と大企業とじゃ生涯賃金が億単位で違ってくるんですよ。少しでも高い賃金を貰いたい。いい暮らしをしたいって思うのは当然のことじゃないんすかね」

「最近じゃ、学校の就職説明会に来た親が、そんなことをいうらしいな」

しようもない、とでもいいたげに、渡部は溜め息を吐く。「だけどさ、それも最後まで会社にいられればの話だよ。会社があり続けるってのと、社員で居続けられるっ

ての は別の話だ」

「社会の変化が激しくて、仕事がなくなれば、リストラされるってことですか？」

「それもあるが、そもそもノルマのない仕事なんて、企業には存在しない。目標が達成できなきゃ即バッテン。昇進なんか望めないし、代わりはいくらでもいるからな。大企業は子会社、関連会社をいくつも持っている。能力が劣るとみなされりゃ、どっかの時点で出向、やがて転籍。それこそ君がいう中小企業に放り出されることになるんだよ」

渡部は、二杯目のジョッキを一気に空けると、「お〜い。レモンサワーくれ」奥の厨房に向かって声を上げた。

「まあ、企業のきの字も知らねえ学生のこった。大企業に入りたいって気持ちに駆られるのは分かるけどさ、もっと冷静に先を考えるべきだね。特に銀行入ろうなんてのは、その最たるもんだ。なあ〜に考えてんだか。俺にいわせりゃ、よっぽどの馬鹿か、自信過剰者だ」

渡部の舌鋒は鋭さを増す。

酒に弱いのか、あるいは昼間の労働が応えているのか、既にだいぶ酔いが回っているようだ。呂律《ろれつ》が怪しくなっている。

大丈夫かよ、このおっさん——。

陽一は、黙ってジョッキを傾けた。

ちょうど一杯目のビールが空《から》になる。

「何か頼みなよ」

渡部は、ぞんざいな口調でいった。

「それじゃ、同じ物を……」

渡部は再び、奥に向かってオーダーを入れると、

「都銀なんて、大卒者だけでも毎年千人以上の新卒を採用すんだぞ」

改めて切り出した。「支店の数がどんだけあると思う？　最大手のメガバンクには七百以上もあるが、支店長になるのに、前後数年に入行した、それこそ何千人って人間と争うことになるんだぞ。ましてや、役員ポストは、八十やそこら。頭取に至っては、たった一人だ。大半は途中で出向、あるいは取引先の中小企業に引き取って貰って、定年を迎えるはるか以前に放り出されんだ」

「でも、及第点を取っていれば、役員にはなれなくても、そこそこの地位に就けるんじゃ――」

「そこそこ？」

渡部は眉を吊り上げる。「そこそこじゃ駄目なんだよ。最近じゃ出世は望まねえって公言する若いやつもいるけどさ、管理職にも役職定年が導入されてる時代だぞ。出

世が止まればそれまでだ。つまり、定年を迎えるその日まで、会社に居続けようと思えば、出世し続けるしかねえんだよ」

そういわれると、大組織の中で生き残ることが、どれほど大変なことか、見えてくるものがある。

「確かに、厳しいっすね……」

陽一は視線を落とした。

「それも、将来を見込まれてるやつぁ、端《はな》から決まってんだ。幹部候補生って言葉知ってんだろ？　銀行はさ、頂点校から底辺校までほぼ満遍なく新卒を採用すっけど、それは授業料の納付先に指定して欲しいからだ。並の学校から銀行なんかに入ろうもんなら、弱小支店に配属されて、ドブ板踏んで預金集め。出向、転籍どころか、身の置き所がなくなって、辞めちまうのが関の山だ」

店員がレモンサワーを運んでくる。

渡部はそれに口をつけると、

「それで大企業と中小企業とじゃ生涯賃金が億単位で違ってくるって？　そんなことあり得ねえだろ」

どんと、グラスを置いた。

「でも、親なら誰だって子供には安定した生活を営んで欲しい。少しでも、いい生活を送って欲しい。そう願うものなんじゃないすか」

実際、自分の両親がそうなのだ。

父は地銀に就職できたものの、お世辞にも有名とはいえない大学を卒業したばかりに出世ができず、母は同じ銀行でも、都銀とは比べものにならない収入で日々の遣り繰りに苦心している。

大企業への就職を望み、浪人させてまで来年の就活に賭けたのは、息子には、同じ轍《てつ》を踏ませたくはないという思いがあるからだ。

「じゃあ、その親ってのはどうなんだ」

渡部はいった。「大企業に入って、順調に出世してんのかよ。厳しいノルマに追われることなく、毎日会社で机に座ってるだけで、高給を貰ってるっていうのかよ。定年まで会社にいられるって保証されてんのかよ」

そう問われると言葉に詰まる。

陽一は、再び視線を落としサワーに口をつけた。

「大企業がどんなとこか。どんだけ厳しいとこかを知ってるなら、そもそも生涯賃金なんて発想は出てこねえよ。だから悲劇が起きるんだ」

「悲劇?」

「大企業には日本中の学生から、膨大な数のエントリーシートが送られてくるが、人事だって、全部に目を通してる時間はねえ。そこで足切り、つまり事実上の指定校制度が行われてるんだよ。もっとも、そんなことは口が裂けてもいわねえけどな」

「会社説明会に応募しても、定員になったたって断られるケースが当たり前にあるって聞きますけど、それはそのせいなんですね」

「端から採用するつもりはねえんだ。参加して貰うだけ無駄だろ」

渡部はあっさりこたえた。「首尾よく説明会に出て面接に漕ぎ着けたはいいが、本番はそこからだ。企業が学生を見る目は厳しくなってきてるからな。欲しいやつはどこでも欲しい。いらねえやつはどっこもいらない」

口元にグラスを運びかけた、陽一の手が止まる。

棘《とげ》が突き刺さったように、胸がひりりと疼く。

まるで自分のことをいわれた気がしたからだ。

「最終面接なんかに進んだ揚げ句、落とされようもんなら目も当てられねえ」

渡部はさらに続ける。「大企業ばっか受けてるやつは、面接が重なるからな。一つでも通りゃいいが、そんなことはまず起こり得ない。かくして全滅。目ぼしいところの採用試験は終わっちまってる。途方に暮れるってことになるんだよ」

確かに俺がそうだった。

最終面接にまで漕ぎ着けたのに全滅。それも八社だ。

つい三ヵ月前に味わった、惨めな思い。途方に暮れた夜のことが、昨夜の出来事のように蘇《よみがえ》る。

「面接で落とされた学生は、自分が否定されたような気持ちになるっていうらしいけどよ、なあ〜に甘いこといってんだか。否定されたようなじゃねえんだよ、否定されたんだ」

渡部の呂律はますます怪しくなってくる。白目が充血し瞳が据わる。

こんな話を聞かされれば、暗澹《あんたん》たる気持ちになるところだが、陽一は内心で安堵の吐息をついた。

就職に目処《めど》がつきつつあったからだ。

先月のことである。

全ての派遣社員の作業効率を数値で管理するのがスロットだ。ノルマが達成できない作業員には、都度《つど》新青運輸の労務担当者から厳しい指導が入るが、逆に月単位で卓越した成績を上げた作業員は、スロットのセンター長から表彰を受ける制度がある。

機械に命じられるがまま、ただ本やCDを拾い歩く単純作業とはいえ、やはり出来不出来は個人の能力差が如実に表れる。

一分間にどれだけの本を集められるか。一時間では、八時間では——。

それはある意味、限られた時間の中で、どれほど高い点数を上げるかというゲームである。

そう思うようになると、ノルマももはや苦痛にはならない。満点のないゲーム。どこまで点数を伸ばすかは、己の能力次第。数字を追求することが面白くなってきたのだ。

「百瀬君、凄いね」

初めての表彰の場で、センター長の柳田逸郎《やなぎだいちろう》が、記念のメダルを手渡しながらいった。「働きはじめて二ヵ月目ってのもだが、一分間に四・一って、こんなスコア出したのは、君がはじめてだ。いや、世界中の作業員の新記録じゃないかな」

「たぶん、この仕事が性に合ってるんだと思います」

陽一は微笑《ほほえ》みながらこたえた。「変な話ですけど、ノルマを達成できるようになったら、今度はどこまで伸びるのか、楽しくなってきちゃって……」

どんな仕事でも、認められるというのは嬉《うれ》しいものだ。それに、センター長の部屋は冷房が効いており、酷暑の倉庫とは異次元の空間だ。

柳田は五十歳前後。七三に分けた軽くウエーブのかかった頭髪。すらりとした長身。汗みずくの現場作業員とは違い、常に清潔なポロシャツのユニフォームを着用している上に、アメリカ企業らしく、執務机の上に置かれた書類は全て英語だ。

「みんな君のようだと、助かるんだけどなあ」

柳田は目を細めると、「この仕事、長くやるつもりなの」

ふと思いついたように訊ねてきた。

「いえ、来年の三月ぐらいまでじゃないかと……」

「なんか、やりたいことあんの」

柳田は重ねて訊ねてくると、続けていった。「いや、優秀な人ほど居着かないんだよな。なんせ単純労働だからね。やりたいことがある人は、さっさと辞めていく。そんな職場だからさ。それが悩みの種でね」

「わたし、学生なんです」

「学生？　学生が何で派遣やってんの？」

柳田は目を丸くする。

「バイトも考えたんですけど、融通が利かないような気がしたんです。規模が小さいと、勤め先の事情も分かってきますからね。頼むよといわれたら中々断れないでしょうし、その点、ここは完全なシフト制です。拘束時間がはっきりしてる分だけ、かえってスケジュールが立てやすいんじゃないかと」

「なるほど。確かにそうかもな」

柳田は感心した様子で頷く。

「実はわたし、就職浪人でして……。今年の就活に失敗して、留年することにしたんです。単位は卒論以外、ほとんど取っちゃってるし、親には無駄なおカネ使わせてしまいましたからね。せめて学費分ぐらいは、自分で稼ごうと考えまして」

「ふ〜ん」

柳田は興味を惹《ひ》かれたようだ。「で、どんな業種を志望してんの」

そう訊《き》かれるとこたえに困ってしまう。

自分に限ったことではないが、エントリーシートの提出先は、業種も何もあったものではない。大企業を片っ端から思いつくまま、目につくまま応募してきたのだ。その数は優に五十を超える。

「本当は、商社かメーカーに入りたいと思ってるんですけどね」

それでも、陽一はこたえた。

「どんなところを受けたの？」

陽一は三つばかりの会社の名前を出した。

「それ、全部一流どころじゃないか」

柳田は目を見開いた。「で、どこまで行ったの」

「全部三次、最終面接まででです。他に受けた五社も――」

「最終まで？　それで全部駄目だったの？」

「ええ……」

「君、学校どこ?」

「慶明です」

「慶明! じゃあ、後輩じゃないか」

柳田の目がさらに大きくなる。「学部は?」

「経済です」

「わたしもだ」

柳田の表情が、にわかに緩《ゆる》む。「なるほどなあ。合点《がてん》がいったよ。他の派遣の連中とは、どっか違うなと思ったけど、そういうことだったのか」

「慶明の落ちこぼれです」

陽一は軽口を叩いた。

柳田は、それには反応せずに、

「で、ゼミではどんな勉強してたの?」

真剣な眼差しを向けてきた。

「マーケティングです。ソシオ・エコロジカル・マーケティング。社会環境と経済活動を両立させる市場戦略を考える——」

「これからの企業活動には、ますます必要となる学問だな」

「大学の専攻なんか、採用にはあんまり関係ないんじゃないですか」

「そんなことはない。じっくり時間をかけて新卒を育てるって会社ばっかりじゃないからね。即戦力になる人材を求めてる会社はごまんとある」

柳田はふと、何事かを考え込むと、「しかし、もったいないな」

ぽつりと漏らした。

「もったいないって、何がです」

思わず問うた陽一に向かって、

「使えるやつかどうかなんて、実際に働かせてみないことには分からんからね。できるやつは、何をやらせてもできるもんだ。こんなっていっちゃ申し訳ないが、本やCDを拾い集め歩くだけの作業でも、くさらずに全力を尽くす。企業が最も必要とする人材だよ、君は」

柳田は真顔で返してきた。

「でも、就活は失敗に終わったわけで――」

「二度や三度の面接なんかじゃ、何も分かんないよ。学生だって、内定欲しさに綺麗事をいうわけだし、実際入社早々、こんな仕事をするつもりはないって、辞めていくやつだって珍しくないからね」

柳田はそこで一瞬の間を置くと、「どうだ君、スロットに来る気はないか」

唐突にいった。

陽一は何とこたえたものか、言葉に詰まった。

考えもしなかった展開だったせいもあるが、柳田は物流センター長。つまり、物流部門で働く人間だ。自分はこの分野に知識があるわけでもなければ、物流なんて仕事はちょっと地味だと思ったせいもある。

それは、柳田の服装を見てもそう思えた。

汗まみれの庫内作業員とは雲泥の差とはいえ、胸に『SLOT』と赤糸で刺繍《ししゅう》されたグレーのポロシャツ。ダークブルーのスラックス。スロット正社員―新青運輸―派遣作業員というセンター内のヒエラルキーの中にあっては、確かに最上位。たった十人しか着用を許されないものには違いないが、生涯こんな服装でサラリーマン人生を送るなんてまっぴらだ。そんな気持ちも覚えた。

「わたし、物流のことなんか、何も知りませんし――」

陽一はいった。「いまおっしゃいましたよね。即戦力を求めてる会社はごまんとあるって。もし、スロットがそうなら、わたしは――」

「物流をやらせるつもりはないよ」

柳田は陽一の言葉が終わらぬうちにいった。

「じゃあ、何を？」

「マーケティングだ」

柳田は笑みを浮かべ、「実は、そう遠くない将来、スロットは生鮮食品の直販に乗り出すことが決定していてね。その分野の人員を増強するという方針が固まっているんだ。スロットが生鮮食品を扱う。これが何を意味するか分かるかね？」

と訊ねてきた。

陽一は首を振った。

「大型量販店も、小売店も、スーパー、デパートだって、この世から消え失せるってことさ」

柳田は眉を上げた。「食品、家電製品、衣料、日常雑貨。消費者があらゆる物を、スロットを通じて買う。もうすぐそんな時代がやってくるんだよ」

「確かにわたしたちの世代は、本やCDを買うのにスロットを当たり前に使ってますし、家電だって店頭で商品確かめたらネットで値段チェック。一番安いところにオーダー入れるって消費形態が定着してますけど――」

「そして大抵の場合、一番安く売ってるのがスロットだ」

「でも、食品はどうなんでしょう」

反論するつもりは毛頭ないが、陽一は思わず疑問を呈した。「水とか米とか、運ぶのに大変な物をスロットから買うってのは分かりますけど、生鮮食品は別でしょう。

だって、スロットに注文した品が届くのは、基本翌日じゃないですか」

「それが、もうすぐ注文したその日に届くようになるんだよ」

柳田はニヤリと笑った。「朝注文した商品が、夕食の支度の時間までに届く。そうなったら、便利だと思わないか」

「そりゃ便利には違いありませんけど――」

陽一は一瞬の間を置き、ふと思いついた疑念を口にした。「でも、生鮮食品って、自分の目で商品を確かめた上で購入したい。そう考えるのが、消費者心理ってものじゃないんでしょうか」

「グッドポイント」

柳田は、人差し指を突き立てた。「でもね、商品を確かめたくても、確かめられない。これから先の日本は、間違いなくそういう社会になるよ」

「それは、なぜです？」

「地方の過疎化は進む一方だ。過疎化が進めば消費力は落ちる。どんな商売にも損益分岐点というものがある。儲けが出なけりゃ店を閉めるしかないだろ？」

そういうことか――。

地方に進出したスーパーや家電量販店などの大型量販店に、地場の商店街が駆逐《くちく》され、いまやシャッター通りと化してしまった例は、日本中に数多くある。

　大型量販店は、規模が大きいがゆえに、そこで働く従業員の数も多い。店舗自体の維持費だって、相応にかかる。所謂固定費というやつだが、それを補って余りある利益が得られなければ、もはや商売は成り立たない。そして、何よりも大型量販店の商圏は広いだけに、撤退した途端、多くの買い物難民が発生することになるというわけだ。

「店が無くなってしまえば、買い物ができなくなる。残るはネット通販しかないというわけですか」

　陽一はいった。

「日本人の平均寿命は、今後も延びていく」

　柳田の口調が熱を帯びてくる。「二〇三〇年には、百歳以上の人口だけでも二十五万人。五五年には六十六万人にもなるという推計もある。歳《とし》をとれば、車も運転できなくなるし、独居老人の数だって増えることはあっても減ることはない。そんな人たちが、買い物なんかに行けると思うか？」

「行けません――」

「これからはじまるのは流通の集約だ。食材、飲料、日常雑貨、家電、ありとあらゆるものがネット通販で買われ、リアル店舗は姿を消す。その時、ネット通販の覇者として君臨することになるのがスロットだ。しかも、流通の集約が起きるのは、日本だけじゃない。世界中の国がそうなっていくんだ」

凄い――。

陽一は思わず生唾を飲み込んだ。

「スロットは夢を見られる会社だぞ」

柳田はいう。「もちろん、アメリカの会社だ。期待通りの働きができなければ、容赦なく切られる。正直、給料、ボーナスだって良くもなければ悪くもない。まあ、その程度だ。だが、三年勤めれば、会社の株を買える権利が生ずる。それも毎年だぞ」

「ストックオプションってやつですね」

「こいつが、馬鹿にならなくてな」

柳田の顔がほころぶ。「いまの株価に換算すると、四百万円近く。まして、スロットの業績は右肩上がり。上がることはあっても下がることは絶対にない。手付かずの国だって、世界にはまだごまんとあるんだ。株価だって上昇し続けるに決まってる。いまの四百万が倍になったっておかしくないんだ」

それが定年まで続くというなら、大変な資産だ。日本の大企業の退職金どころの話ではない。

「いかにも、アメリカ企業ですね」

陽一は唸《うな》った。

「アメリカの会社だって、一般社員にはストックオプションなんて与えないよ。そんな権利を行使できるのは、頭を下げて入社して貰う人間か、役員だけだ」

「じゃあ、なんでスロットは、四年目からなんです」

「その間がむしゃらに働いて、能力のあるところを見せろってことさ」

厳しい言葉を、柳田は簡単に口にした。「スロットが目指しているのは世界制覇だ。社員への要求も半端《はんぱ》ないが、期待に応える仕事をしてくれるってことは、会社が確実にでかくなるってことだ。それすなわち、社員の資産が増えるってことでもある。両者ウィン・ウィン。モチベーションを維持するためには、最高の手段だろ」

年功序列が過去のものとなったとはいえ、キャリアを積み重ねながら、一歩、また一歩と出世の階段を昇っていくのが日本企業だ。給料だって、ある程度の年代までは横並び。いかに会社に貢献しようとも、評価が収入に大きく表れるわけでもない。

しかし、スロットは違う。会社の期待に添う働きをすれば、ストックオプションという見返りが常にもたらされる。しかも、会社が成長を続ける限り、その価値は年を追うごとに、高まって行く。

いい話じゃないか。

俄然乗り気になった陽一だったが、今年の就職に失敗したばかりである。

都合八社。それも、最終面接でことごとく落とされた、苦い記憶が脳裏をかすめた。

「でも、どうしてわたしを？」

陽一は問うた。「仕事ぶりを評価していただいたことは嬉しく思いますが、まともにお話しするのは、今日がはじめてじゃないですか」

「さっき、いったろ。たった三回の面接じゃ、人材の善し悪しなんて分からんよ。でなけりゃ、何で新卒採用者の三割が、三年以内に会社を辞めていくんだ？　使えるやつかどうかってのは、実際に働かせてはじめて分かる。その点からいえば、君は十分使える人間だ」

「庫内作業、それも単純労働ですよ」

「感心するよ」

柳田はいった。「単純労働には、その人間の本性が本当に良く出るもんでね。これだけ数字で管理されると、早々に音《ね》を上げて辞めちまうやつ、とにかく必死になって、ノルマをクリアしようとするやつと、ふたつに分かれる。どっちが多いかといえば圧倒的に前者なんだが、クリアするのが楽しくなったって人間にははじめて会った」

認められた嬉しさが、胸中に込み上げてくる。

しかし、何とこたえればいいのか、言葉が見つからない。

陽一は照れ笑いを浮かべながら、下を向いた。

「もし、君がスロットへの入社を望むなら、わたしが人事部に話を通すが」

頭上から柳田の声が聞こえた。

視線を上げた陽一に向かって、

「もっとも、今年は間に合わない。採用は、来年枠でということになるが、どうだ？」

柳田は続けて訊ねてきた。

「有り難いお誘いですが、なんせ突然のことで――」

陽一は語尾を濁した。

「百瀬君――」

柳田が改めて名を呼ぶ。「これからの時代はね、ほんの一握りの勝ち組と、圧倒的多数の負け組に二分されるようになるんだ。スロットは間違いなく、勝ち組の企業になる。当たり前の話だ。世界の流通を一手に握るんだからね。しかも、スロットは少数精鋭。無駄な人間は抱えない。それは、現場の従業員の圧倒的多数が、派遣で賄《まかな》われていることからも明らかだ」

確かに、その通りだ。

四百人もの庫内作業員は全て派遣。現場の管理だって、新青運輸に委託。スロットの社員は、たった十人だ。派遣が敗者の群れならば、この冷房の効いたオフィスで働くスロットの社員は、間違いなく勝者である。

「勝ち組に入るか、それとも負け組になるかもしれないリスクを冒すか。もちろん、どっちを選ぶかは君次第だが、これはチャンスだと思うがね」

柳田は決断を迫ってきた。

今度は躊躇《ちゅうちょ》しなかった。

「是非、お願いします」

即座にこたえた陽一だったが、「では、どうしたら……。来年、またエントリーからはじめるんでしょうか」

と問い返した。

今年の就職試験と同じ結果では困るからだ。

「その必要はないだろう」

柳田は首を振った。「名だたる企業の最終面接まで残ったんだ。SPI、TOEICは高いスコアを出してるんだろうし、その結果と履歴書を、しかるべき時期にわたしに預けてくれればそれでいい。スロットでは物流部は別格でね。わたしの推薦があれば、間違いなく採用される」

目の前に光が射した。

就活の苦しみから解放された、安堵の気持ちで胸がいっぱいになった。

「本当に、信じていいんでしょうか」

声が微かに震えるのを感じながら、陽一はいった。「いや、こんな展開、考えてもみなかったもので……」

「大丈夫だ。任せておけ」

柳田は力強くいうと、「ただし、これだけはいっておく。数字は絶対に落とすな。そのメダルは君の能力を証明する勲章なんだ。数が増せば増すほど、人事への話も通しやすくなる。わたしを失望させないでくれよ」

白い歯を見せて笑った。


「そういえば君、年いくつ？」

渡部の声で、我に返った。

「二十二ですけど」

陽一はこたえた。

「そんな若いのに、何で派遣やってんの？」

渡部は、もはやべろ酔いだ。

ため口どころか、思い切り上から目線で訊ねてきた。

「どんな道に進んだらいいのか分かんなくて……。とりあえず、やりたいことが見つかるまで、働いてみようかなと思って」

これまでの話の経緯を考えると、事情を説明するのも面倒だ。

陽一は適当に返した。

「君、学生?」

「ええ……」

「学校どこ?」

「いうほどのとこじゃありません」

陽一は嘘をいった。

就活に失敗したか、端から諦《あきら》めてかかっているとでも思ったのか、渡部は、レモンサワーをぐびりと呑むと、

「まっ、就職すんのが全てじゃねえからな」

肩を竦《すく》めた。

「渡部さんのお話を聞いて、ほんと、そう思いました。適当なとこで見切りをつけて、手に職をつけたいと思います」

「若いっていいよなあ……」

一転して、渡部は弱気な言葉を吐く。「四十を越すとさ、やり直しが利かねえから

な。手に職をつけようにも、一人前になるまでには、何年もかかるし――」

「ご馳走《ちそう》になっておいて、こんなことというのも何ですが、渡部さんにはまとまったおカネがあるんでしょ？　手に職つけたって、資金がなけりゃ独立もできない。そう考えたら、恵まれてる方なんじゃないんですか」

「サラリーマン根性が染みついちゃってんだよな……」

渡部は悄然《しようぜん》と肩を落とす。「自分で何かはじめたって、うまく行く保証はないしな。下手《へた》すりゃあ、借金抱えて、路頭に迷うことになっからな」

「そんなこといってたら、何もできないじゃないですか」

「ほんと、生き抜くのが難しい時代なんだよ。いまは――」

渡部はまた一口、レモンサワーをがぶりと呑む。「何をするにしても競争だからな。真っ当な人生を送れんのは、競争を勝ち抜いた人間だけだ。負けた人間は何も手にできない。そして勝ち組が地位と名声、富と全てを掻《か》っ攫《さら》って行く――。かくして、格差は広がる一方だ」

まるで新橋《しんばし》のオヤジの愚痴じゃねえか。

相手をするのが心底面倒になってきた。

「じゃあ、渡部さんどうすんです。このまま、派遣を続けるつもりなんですか。時給千円の生活続けてたら、いくら蓄えがあるったって、いつまでもつか分からないじゃないですか。だったら、まだ蓄えがあるうちに——」

「別の仕事探せってか？」

渡部はすっかり澱んだ目で、陽一を睨《にら》みつける。「それができねえから、派遣やってんじゃねえか」

勝手にしろ。

そう返したくなるのをすんでのところで堪《こら》え、

「チャンスは万人の目の前をうろちょろしてるもんだっていわれますけどね」

陽一は冷静な口調でいった。「スロットの創業者だって、自分のアイデアひとつに賭けて、世界的な企業にまで成長させたんじゃないですか。リスクを冒す覚悟がなければ、チャンスなんかものにできませんよ」

「学生が生意気いうな！」

渡部の口から激しい一喝が飛んだ。「スロットなんて、勝ち組が全てを掻っ攫って行くってことの典型例だぞ！　正社員は極力抱えねえ。いつでも首切れる派遣を時給千円で極限までこき使う。揚げ句は、規模の大小を問わずリアル店舗を壊滅させて流通の全てを牛耳《ぎゅうじ》り、富の全てを手に入れようって目論《もくろ》んでんだ。それは廃業せざるを得ない企業、職場を無くす人間が、ごまんと出るってことだぞ。それで人間幸せになれんのか？　それが健全な社会っていえんのか？」

だったら、さっさと辞めればいいじゃねえか。
派遣とはいえ、その会社で働き禄《ろく》を食《は》んでいるのは誰なんだ。
しかし、反論する気持ちにもなれない。
その時、陽一が覚えたのは、渡部に対する憐憫《れんびん》の情である。
だから、俺はその勝ち組になるんだよ。
負け組に堕《お》ちた、あんたとは違うんだ。
内心でせせら笑いながら、陽一はレモンサワーを一気に呑み干した。

第二章　絶望の淵で

1

「百瀬君、今月も君がトップだ」

朝一番、現場に出た陽一に労務担当の坂田が声をかけてきた。「凄いな。これで八ヵ月連続だぞ」

当たり前だ。

そんな内心をおくびにも出さず、

「ありがとうございます」

陽一は殊勝に頭を下げてみせた。

「みんな君のような人間ばかりだと、こっちも助かるんだがな」

ノルマを達成できない派遣の前では鬼だが、こんな時には仏になる。

坂田は顔をほころばせた。

「いやあ、このところ数字が全然伸びなくて……。申し訳ありません」

「数字が伸びないって……そりゃあ限界だよ。機械じゃあるまいし、常に全力ダッシュってわけにはいかないだろ」

坂田は呵々《かか》と笑い声を上げると、「なあ、百瀬君。前から考えていたんだが、どうだ君、うちの会社の正社員になる気はないか」

一転真顔になって訊ねてきた。

「僕がですか？」

「ここで身に付けたノウハウを、うちの会社で役立ててみないか？」

馬鹿にすんなと思った。

来年になれば、立場は逆転。

俺は、お前を使う側になるんだ。

陽一は内心で嘲笑《あざわら》いながら、

「僕、結構この仕事気に入ってんです。それに、サラリーマンにはどうも興味を持てなくて……」

当たり障《さわ》りのない返事をした。

「興味云々《うんぬん》の問題じゃないよ。気楽なことをいってられんのも、若いうちだけだぞ。

このまま派遣やってたら、時給生活がずっと続くことになるよ。先のことを考えりゃ、この辺で確かな職についた方がいいんじゃないのか」

「はあ……」

端からそんな気になるわけがないのだから、陽一の返事は間の抜けたものになる。

「物流業界、特に現場仕事は人気がなくてな。優秀な人材に事欠いてんだよ」

坂田はいった。「新青運輸には、外部登用制度ってのがあってさ。派遣の中でも、これぞと目をつけた人間を正社員に推薦できんだよ。まあ、最初は現場からだが、正社員であることに変わりはない。給料にボーナス、社保に厚生年金。保養施設だって使えんだぞ」

現場仕事ねえ――。

庫内作業員は全員人材斡旋《あっせん》会社からの派遣だから、坂田は陽一の経歴を知らない。それでも、坂田が善意でいっていることには変わりはない。

何と返したものか、こたえを探しあぐねている陽一に向かって、

「良く考えろ。これはチャンスだぞ。その気になったら、俺のところに履歴書持ってきてくれ。これだけの実績を上げてんだ。絶対採用されるから」

坂田はぽんと肩を叩くと、「センター長が待ってる。早く行って表彰受けてこい」

踵《きびす》を返し、持ち場に向かった。

まっ、ここにいるのもあとわずかだしな。

早いもので、もう三月。エントリーは六月までだから、そろそろ採用に向けて柳田から具体的な指示が出る頃だ。

ことこの現場に関しては、派遣が首を切られるのが日常茶飯事なら、自ら辞めて行く人間も後を絶たず。それも、「辞める」のひと言もなく、ある日突然姿を消す人間すら珍しくはない。坂田の申し出を蹴り、辞めたところで、また一人派遣が消えただけ。自分の存在など、すぐに忘れてしまうに決まってる。

陽一はそう思い直すと、センター長室に向かった。

ドアをノックすると、中から「どうぞ」とくぐもった声が聞こえた。

柳田は風邪でもひいているのか。

いつもと声のトーンが違う気がした。

「失礼します！」

しかし、この部屋を訪れる度に、高揚感を覚えることに変わりはない。スロットへの入社が確約されてからは、その気持ちは増すばかりだ。

柳田と会うのは、月一度の表彰の場のみ。

「数字を落とすな」という命令も守り続けた。今度は、柳田が約束を果たす番だ。

陽一はドアを開けた。

「やあ、おはよう。君が百瀬君か」

歳の頃は四十代半ばといったところか。

白いうりざね顔に金縁《きんぶち》の眼鏡《めがね》。ひょろりとした長身。整髪料をたっぷり使いオールバックにした髪形。

はじめて目にする男だった。

あれ？　柳田さんは――。

陽一はその場で固まった。

「どうした。入りなさいよ」

男はデスクの引き出しを開けると、メダルを取り出した。

陽一は促されるまま、男の前に進み出た。

「八ヵ月連続か……。大したもんだ。おめでとう」

男がメダルを差し出してくる。

「あ、ありがとうございます――」

頭を下げながら受け取った陽一に向かって、

「今後もこの調子で頼むよ。優秀な作業員がいるって、部内でも君は有名でね。時給は派遣会社が決めることだからどうしようもないが、我が社の方からささやかだが特別ボーナスを出そうかっていう話も持ち上がってるんだ。君にはできるだけ長く働いてもらいたいからね」

できるだけ長くって――。

「あの……センター長は、今日お休みなんでしょうか」

「ああ、挨拶《あいさつ》がまだだったね」

男は軽い口調でいい、「新しくセンター長になった上島《うえしま》です。今後とも宜《よろ》しく――」

と名乗った。

「新しいセンター長って……柳田さんは？」

「柳田さん？　ああ、彼は辞めたよ」

「辞めたあ？　それ、いつの話です？」

そう訊ねる陽一の声が裏返った。

「半月前だけど」

一介の派遣社員がなんでそんなことに興味を持つんだとばかりに、上島は怪訝《けげん》な表情を宿しながら、「それが何か？」

と問うてくる。

それが何かって……。

「あ、あの……わたしのことに関しては？」

見えない手に鷲摑《わしづか》みされたように、心臓の鼓動がはやくなる。背中に嫌な汗が滲み出す。

「君のこと？」

上島はきょとんとした顔をして首を傾げた。「別に何も」

目の前に薄い膜がかかったように視界が暗くなる。

陽一はただ呆然として、その場に立ち尽くした。

「外資の解雇ってのは突然でね」

上島はいった。

「解雇？　じゃあ柳田さん、クビになったんですか」

「解雇を告げられたその場でIDを取り上げられて、席に戻ることも許されない。私物は後日宅配便で届けられる。それが会社の決まりなんだ。だから引き継ぎも何もありゃしないんだよ。お陰でこの通り、わたしもてんてこ舞いの忙しさでね」

上島は席に座ると、早々に書類を机の上に広げた。

冗談じゃないと思った。

スロットに就職できる。その気持ちを支えとして、この八ヵ月ひたすらトップの座を維持することに専念してきたのだ。今年の就職戦線はまだ解禁前だが、それだって表向きのことに過ぎない。OB訪問ははじまっているし、就活生はみなSPI、TOEIC対策に余念がない。これから改めて就活に乗り出しても完全に出遅れだ。

それがここにきて、あの話がなかったことになるって――。

留年した意味がねえじゃねえか。

猛烈な怒りが込み上げてきた。

クビになったとはいえ、センター長が確約したのだ。責任はスロットにもあるはずだ。ことの経緯をぶちまけて――。

しかし、肝心の柳田がいないのでは、それも話にならない。

彼を探し出し、改めて言質《げんち》を取ったとしても、それからスロットとの交渉だ。どんな結果が出るにせよ、その頃には今年の就職戦線もとっくに終わってる。いや、それ以前に辞めた人間の口約束を、スロットが履行するとは思えない。

「どうした？　表彰は終わったよ。早く持ち場に戻らないと、作業がはじまってしまうよ」

上島の言葉で我に返った。

陽一は力なく頷くと、

「失礼します……」

踵を返して部屋を出た。

作業場に戻る足取りが重かった。

時間にして、たった五分にも満たない間に目に映る光景が一変していた。

物流施設の造りは粗末なものだが、柳田の申し出を受けて以来、タイル貼りの廊下も、コンクリートがむき出しの壁も、無駄なところにはカネをかけない、むしろ世界の流通を制せんとする会社に相応《ふさわ》しい、野望の現れと思えたものだ。

それがいまやどうだ。

全ての光景が光を失い、灰色に包まれたただの小汚い空間だ。

それは作業場に入っても同じだった。

俺はお前たちとは違う。

使われる側から、使う側へ。それも、世界の流通を制する会社の一員になることが約束されている——。

口にこそ出さないものの、内心で同僚の派遣社員たちを何段も低く見、時に嘲笑してきたのだが、もはやそんな気持ちを抱けるはずもない。単なる派遣の一作業員。まさに、明から暗へ。その落差が、陽一の心を痛めつける。

そうした心情の変化は、作業に如実に現れた。

「おい、何だこの数字は」

坂田がコンピュータからプリントアウトされたスクロールを突きつけてきたのは、その日の作業が終わった時のことだった。「二・八ってふざけてんじゃねえのか。お前、具合でも悪いのか」

朝方は『百瀬君』といっていたくせに、数字が落ちた途端にお前呼ばわりだ。仏だった顔も、鬼に変わっている。

「すいません。なんか、作業に集中できなくて……」

陽一は視線を落とした。

「それにしたって酷過ぎんだろが。四前後を維持してきたお前が、何で二・八まで数字落とすんだよ。ノルマ割ってるじゃねえか」

「そんな日だってありますよ。僕は機械じゃないんですから」

たった一回、ノルマを達成できなかったからって、ぎゃあぎゃあいうな。本当はそう返したかった。それを堪えたこともあって、陽一の口調はどうしても反抗的なものになった。

「何だよ、そのいい草は」

肉体労働の現場管理者だけあって、坂田は体育会のノリだ。言葉遣いもそうだが、格下の口答えを絶対に許さない。

「ちょっと目をかけてやった途端にこれかよ」

坂田はむっとした顔で陽一を睨むと、「こんな調子でやってたら、今朝の話もなかったことになんぞ。お前、それでもいいのかよ。正社員になる千載一遇のチャンスを潰すのか」

脅《おど》すような口ぶりで迫ってきた。

「別に、入れてくれなんて頼んでませんけど」

「なに？」

「もういいんです。この仕事、今日で終わりにします。僕、辞めます」

柳田との約束が反故《ほご》になった以上、もはやここに居続ける理由はない。

一日でも早く、就活に専念せねばならない。

「辞めるう？」

坂田が慌てた口調でいう。「お前、そりゃねえだろう。こっちだって、人の遣り繰りってもんがあんだぞ。それをなんだ突然に。少しは迷惑ってもんを考えろ」

「人の遣り繰りなんか、簡単につくでしょう。いままでだって、ノルマ達成できないやつは、ばんばんクビ切ってきたんじゃないですか」

「数字が読めるやつに、急にいなくなられたら困んだよ」

結局理由はそれかよ。

大事にされるのも、実績を残せばこそ。自分の評価に繋がるからじゃねえか。

人の将来を慮《おもんぱか》るような言葉を吐いておきながら、結局は保身のためじゃねえか。

正体見たりとはこのことだ。

もううんざりだ。

「長いことお世話になりました」

陽一は一方的に話を打ち切ると、休憩室に向けて歩き出した。

「おい、百瀬！　考え直せ。後悔すんぞ！」

背後から坂田の声が聞こえたが、陽一は振り向かなかった。

そのまま作業場を出ると、休憩室のドアを開けた。

終業時間を過ぎて十分。次のシフトに就く作業員は、既に持ち場に入り室内にさほどの人はいない。

陽一がロッカーを片づけはじめたその時だ。

背後から呼びかけられて、陽一は振り向いた。

「百瀬君」

渡部である。「酷くやりあってたけど、何かあったの？」

本やCDを携帯端末の指示に従って拾い集めていくだけの単純作業だ。日を追うごとに渡部の作業効率も改善してはいたが、それでもようやくノルマの三を行ったり来たり。いまだ劣等生であることに変わりはない。

類は友を呼ぶとはよくいったものだ。

どうやら、坂田に叱責《しっせき》される様子を見て、同類に落ちたとでも思ったに違いない。

「どうもこうもありませんよ。ちょっと数字落ちたぐらいで、ぎゃあぎゃあ騒ぎやがって」

朝の一件の不満が鬱積《うっせき》していたせいもある。

陽一は怒りを爆発させた。

「珍しいね。どうしたの。数字落ちたって、どれくらい？」

渡部は興味津々《しんしん》だ。矢継ぎ早に訊ねてくる。

「もう、そんなことはどうでもいいんですよ」

陽一はいった。

さぞや酷い数字を期待しているのだろうが、二・八なんて数字は渡部にしたら日常茶飯事。さぞや、プライドが傷つくだろうと思ったからだ。

「僕、今日でここ辞めますから」

陽一は続けて断言した。

「辞めるう？　辞めてどうすんの？」

「就活すんですよ」

「就活う？」

陽一はそれから暫《しば》くの時間をかけて、事の経緯を話してきかせた。

柳田に対する怒りもあった。甘言を信じた揚げ句、窮地に立たされた恐怖もあった。

とにかく、この思いの丈《たけ》を誰かにぶちまけなければ、気が収まらなかったのだ。

「どうりでなあ。何か君、派遣にしては随分余裕かましてるなと思ってたけど、話を聞いて合点がいったよ」

渡部は大袈裟《おおげさ》な口調でいうと、「だけど、良かったじゃないか。スロットになんか入んなくて正解だったぜ。正社員になったら、もっと酷い目に遭うところだった」

意外な言葉を口にした。

慰《なぐさ》めか。

しかし、陽一を見据える渡部の目は真剣そのものだ。

「どうしてです？　こっちは梯子《はしご》を外されたんですよ。そりゃあ内定取り消しなんて、世間には当たり前にある話かもしれませんけど、経営環境が急激に悪化したってわけじゃない。日の出の勢いで成長してる会社でですよ」

陽一は返した。

「日の出の勢いねえ……」

渡部は鼻を鳴らした。「君、それ、スロットがどんな会社か、ちゃんと調べた上でいってんのか」

「一応は――」

陽一はこたえた。「スロットに関する本はたくさん出てますからね」

「本ねえ……」

渡部は眉を吊り上げる。「どんなことが書いてあった?」

「どんなことって……。ネット通販は、今後既存流通に取って代わるポテンシャルを十分に秘めた業態だ。スーパーや小売店なんかの既存店舗は、早晩スロットに食われる運命にある。実際、僕らの世代じゃ、リアル店舗は現物の品定めの場ですからね。そこで買うと決めたら、スマホ使ってどこの店が一番安いか検索すれば、まず間違いなくスロットが——」

「あ〜あ。入社が決まったと思って、ポジティブな情報しか頭に入んなかったんだな」

渡部は肩を竦めると、「まっ、学生の企業研究なんて、そんなもんだろうな」

呆《あき》れたように眉尻を下げた。

何を偉そうに、このオヤジが——。

そういい返したいのは山々だが、確かにネガティブな要素は頭にない。

言葉につまった陽一に向かって、

「まあ、そこに座れ」

傍《かたわ》らにあるパイプ椅子を渡部は目で指した。

促されるまま、そこに腰を掛けると、

「柳田だっけ。センター長クラスがクビになんのも、スロットじゃ当たり前の話なんだよ」

渡部は落ち着いた口調で話しはじめた。「君、スロットの売ってる商品がどこよりも安いっていうけどさ、何でそんなことが可能か考えてみたことあっか？」

「そりゃあ、実際に店舗持たないからでしょう。普通の店なら問屋にマージンが抜かれますし、店舗の家賃に従業員の人件費だってありますからね。その点、スロットは違います。メーカーから直接仕入れる商品も多いわけですから、その分安く手に入る。店舗の家賃だって発生しませんからね」

「こっから発送される本やＣＤには、宅配料金がかかんだぞ。本一冊、ＣＤ一枚、普通に送ってたらいくらかかんだよ。本やＣＤなんて利益の薄い商品なんか、儲けが出るどころか真《ま》っ赤《か》っかだろうが」

「それは、大量仕入れによる値引きがあるからでしょ。どんな商売だって大口の客には値引きがあるのは当たり前じゃないですか」

「ここにある本の大半は、取次からの仕入れだ。町の本屋と利幅はほとんど変わんねえんだぞ」

そう返されると、言葉がない。

黙った陽一に向かって、渡部は続けた。

「君、スロットの決算書って見たことあるか?」

「決算書は非公開ですけど、スロットが毎年莫大な赤字を出していることは知ってます」

「それ、当たり前のことだと思ってんの?」

渡部はいった。「毎年赤字を積み重ねてる会社が、どうしてやっていけんのか。おかしいとは思わねえのか?」

「それは、事業拡張のために戦略的に赤字出してんでしょう。黒字出して税金払うくらいなら、その分を設備投資やサービスの向上に回せば、事業は確実に大きくなっていくわけですからね」

「その通りだ」

渡部は頷いた。「もっとも、普通は毎年赤字じゃ株主が黙っちゃいねえ。こんなことが許されんのも、いずれスロットが世界の流通を一手に握る。投資家は、そう信じてスロットの将来に賭けてるからだ。だがな、だからって赤字出し放題ってわけじゃない。絞るところは徹底的に絞る。つまり、無駄ってもんがスロットには一切ない。株主がそう見ているからだ。その最たるものが人件費だ」

「えっ?」

確かに、柳田は給料もボーナスもそこそこだとはいったが、その代わり三年勤務すれば、それ以降、毎年四百万近くに相当するストックオプションを行使する権利が発生するといった。

それが人件費を絞るって、どういうことだ。

「この現場で働いてみて、俺は改めてそれを感じたね」

渡部の声に確信がこもる。「庫内作業員は全部派遣。いくら働かせても時給千円だ。ボーナスも社会保険料の負担金も支払う必要はない。しかも同一の事業所で働けんのは三年だ。それじゃ賃上げする必要もねえだろが。時給千円の派遣でさえそうなんだぞ。遥かに高い賃金を払わなきゃなんねえ正社員を、そのままにしておくと思うか？」

「だからって会社の都合で、そう簡単に首が切れるもんじゃないでしょう」

「首を切る方法なんていくらだってあるよ。組織の人間ってのはな、自分が生き残るためならなんだってやるんだ。恐ろしい才能を発揮するもんなんだ」

渡部の言葉には実感が籠《こも》っている。

陽一は再び黙った。

「企業ってとこには、飛び切りフレッシュな、それもあまり表に出ねえリアルな情報が集まってくる」

渡部はいう。「スロットのやり口は有名でな。賃金テーブルは、何段階にも分かれていて、ランクが上がれば給料も上がっていくってことにはなってるが、それはあくまで制度上のことだ。大抵は昇給を果たせないまま、三年以内に辞めて行くやつが大半なんだとよ」

「どうしてです？　それじゃ、人材が育たないじゃないですか」

「賃金テーブルはあっても、年齢とともに上がっていくわけじゃないんだよ。そこがアメリカ企業と日本企業が根本的に異なる点だ」

渡部は顔の前に人差し指を突き立てた。「オフィスで働く連中にだって、高い目標が課せられる。目標は達成して当たり前。以下ならバッテン。以上の働きをしてはじめてマル。ランクを上げるためには、マルを取り続けなけりゃならない。これだけ徹底して、コスト削減に励んでいる会社だぞ。目標のハードルだってそりゃあ高くなるさ。マルが取れなきゃ昇進なしだ」

そこまで聞けば学生の身にも、透けて見えてくるものがある。

「それじゃ、体《てい》のいい派遣ですよね……」

陽一は語尾を濁らせながら視線を落とした。

「だからみんな辞めちまうんだよ」

渡部はすかさずいうと、「ただな、君を誘った柳田の言葉に嘘はなかったと思うよ」

ぽつりと漏らした。

「えっ？」

陽一は顔を上げた。

「だってそうだろ。中途採用ってのは、即戦力。その分だけ給与ベースは高くなる。新卒がそのレベルに追いつくまでは、十年や十五年はかかるだろう。だけど、仕事なんて三年もあれば大抵のことは覚えちまうもんだ。もちろん、管理職になるまでは、十年やそこらかかんだろうが、五年選手に十年選手の仕事ができないかっていったら、そんなこたあない」

「同じ仕事をさせるなら、給料の安い人間がいいってわけですか」

陽一は訊ね返した。

「もちろん、新卒社員と中途で入った社員への期待値は違う。目標のハードルもずっと低いだろうさ。だがな、そこはアメリカの会社だ。有能な人間ならば、五年もすれば管理職になれんだろうが、そこから先はさらに高《た》っかい目標を突きつけられる。達成したらしたで、目標はもっと高くなる。そして、結果を残せなければ、それまでだ」

つまり、昇給が望めぬことに絶望して自ら会社を辞めるか、クビになるかのいずれかの道を選択せざるを得なくなる時がいずれやってくる可能性は極めて高いといいたいわけだ。

「まっ、どこの会社だって、兵隊は必要だからな」

渡部は軽い口調でいう。「管理職は外から連れてくることはできても、兵隊はそうはいかねえ。兵隊が将校になったあたりで辞めてくれりゃ万々歳。使えるやつだけが残ってくれりゃ、それでいい。スロットってのはそういう会社なんだよ。まあ、いまや日本の企業も程度の差はあれ、似たようなもんだがな」

スロットに入らなくて良かったじゃないか——。

そういった、渡部の言葉の意味がいま分かった。

しかし、それ以上に陽一の胸を抉《えぐ》ったのは「いまや日本の企業も程度の差はあれ、似たようなものだ」といった最後のひと言だ。

「企業があり続けるということと、社員で居続けられるということは別物だ」

はじめて酒を酌《く》み交わしたあの夜、渡部はそういった。

あの時は、負け犬の遠吠え程度にしか思えなかった言葉に、厳しい企業社会の現実が凝縮されていたのだと、陽一はいまさらながらに気がついた。

「もう、大企業に入ったやつが勝ち組だなんて時代じゃねえんだよ」

果たして渡部はいう。「厳しい競争に勝ち抜いて、最後まで残ったやつが、全てを攫っ攫う。途中で振り落とされたやつには何も残されない。そんな時代なんだよ。格差が広がるのも当たり前ってもんさ」

「でも、そんな社会って――」

誰も幸せにはなれない。

間違っている。そう続けようと思った。

しかし、それより早く渡部はいった。

「スロットなんて、その典型だ。商店街がシャッター通りになったのは、大型スーパーのせいだっていうけどさ、今度はそのスーパーがスロットにやられる番だ。かろうじて残った零細商店なんかひとたまりもねえよ。かくして、流通はスロット一社に握られる。弱者を食い物にして、富を貪《むさぼ》る帝国の完成ってわけだ」

2

翌日は朝遅くに目が覚めた。

スロットを辞める気持ちに変わりはない。

もともと今日は仕事が休みの日で、午後からは大学の研究室に出かけることになっていた。

自室を出て一階のキッチンに入ると、テーブルの上に置き手紙があった。

『先に出かけます。朝食はパンで済ませて下さい。冷蔵庫の中にサラダが入っています』

母は就職留年が決まった直後から、週五日のパートに出ている。両親は職場結婚だ。銀行勤めの経験が幸いして、近所の小さな会社に経理の仕事を見つけたのだ。

「仕事も決まったし、あなたに迷惑かけないように、いまから老後に備えて自分たちの蓄えを少しでも増やしておかなきゃね」

柳田からスロットに誘われたことを話した時の母の喜びようったらなかった。世間でのスロットのイメージは、いまをときめくIT業界の雄。それも世界的企業の代表格だ。

知名度もある。将来性も十分。

母にしてみれば満願成就。完全に子育てが終わった。これまでの苦労が報われた。そんな気持ちになったことだろう。

だから、あの話が御破算になったことはとても話せるものではない。

また、就活をはじめなければならないと告げようものなら、どれほど失望するか――。

それを考えると気が滅入る。食欲など湧いてくるはずもない。

陽一は冷蔵庫を開けた。

中に入っていた紙パック入りのオレンジジュースを取り出すと、リビングに入った。

ソファーに腰を下ろしながら、リモコンを使ってテレビをつける。

時刻は午前十時半。

「たったいま、入ったニュースです」

朝の情報番組のキャスターが緊張した声でいった。「本日午前八時。現地時間では前日の午後七時になりますが、アメリカのロードアイランド州にある個人所有の島で行われていた結婚式で、銃の乱射事件が発生しました」

映像が切り替わった。

ヘリコプターからのものだ。

夜間である。島の輪郭は定かではない。画面中央に映る豪壮な建物。その周囲に灯《とも》る無数のガーデンライト。照明に浮き上がるプールのブルーの色が一際《ひときわ》鮮やかだ。その周囲に張られた、幾つものテント。街路灯に照らされた桟橋《さんばし》も見える。そこには四隻《せき》の巨大なヨットが係留されている。

中継映像にキャスターの声が重なる。

「襲撃されたのは著名なアメリカの投資家、モーガン・ヘンドリック氏の一族で、当時島ではヘンドリック氏の孫娘の結婚式が行われていたそうです」

漆黒《しっこく》の部分は海面だろう。警察の船舶か、ブルーと赤の点滅光が島を取り囲むように瞬《またた》いている。低空を舞うヘリコプターが、サーチライトで地上を照らし出す。その中に、自動小銃を構えた黒ずくめの武装警官が周囲を窺いながら動き回っている姿が浮かび上がる。

「被害の詳細は、まだ入ってきておりませんが、現地にはニューヨーク支局の沢村《さわむら》さんが行っております」

画面にキャスターの姿が現われると、「沢村さん。何か詳しい情報は入ってきておりますでしょうか」

またすぐに映像が切り替わった。

「はい。わたしはいま、島の対岸に来ております」

記者がイヤフォーンを装着した耳に手をやりながら、切迫した声を上げる。「銃撃がはじまったのは、現地時間の午後七時。島では盛大なパーティが行われている真っ最中で、そこに突如乱入した一団が自動小銃を乱射しはじめたということです。公式な発表はまだありませんが、かなりの死傷者がでているという情報もあります。なお、容疑者は現時点では判明しておらず、事件発生から二時間以上経ったいまも、犯行グループが島内に潜伏している可能性も考えられ、緊迫した状況が続いています」

「分かりました。何か情報が入りましたら、お知らせ下さい」

画面がスタジオに戻り、キャスターの姿を映し出す。「大変な事件ですね。これはテロでしょうか」

「テロというより、一族を狙ったのではないかと思いますね」

話を振られた中年の男性コメンテーターがこたえた。「モーガン・ヘンドリックといえば、アメリカ有数の巨大投資ファンド、トップ・フライト・キャピタルの総帥《そうすい》です。株式、債券、不動産や商品とジャンルを問わず、あらゆる分野で巨額のマネーを動かしていますし、資産も莫大なもので、世界富豪番付の常連ですからね」

「そんな人物がなぜ？　狙われる理由なんてあるんでしょうか」

「ＩＳ（イスラミック・ステイツ）が創設された当時、世界中から多くの若者がシリアに入りましたが、あれは宗教的な共感もさることながら、現代社会、特に西側先進国の社会のありように対する不満の現れという一面もあったと思うのです」

男はいう。「つまり、格差が開く一方で、貧困の連鎖から抜け出せない社会への不満が鬱積してるんですね。確立された社会体制、制度というものは、革命でも起きなければ覆せません。そんなことは資本主義社会、特に先進国では起こり得ませんから」

「なるほど、内戦状態にあるシリアでなら、アサド政権を倒せば新しい国家を一から造り上げることができる。既得権益もなにも関係なくなるわけですからね」

「富める者は、ますます富み、貧しき者は貧困から這《は》い上がれない。所謂格差社会が顕著になっているのは先進国に共通した現象です。しかも、ほんのひと握りの富裕層が富を独占している。その典型的な国がアメリカです」

「確か、アメリカでは全体の一〇パーセントに過ぎない人が、七〇パーセントの富を独占してるといわれてますよね」

「世界でいえば、たった八十人のスーパーリッチが、三十五億人分の富を握っているわけで、そのうちの三十五人がアメリカ人。さらにいえば、上位二〇パーセントの富裕層が世界の富の九四・五パーセントを握っている。それ以外のわずか五・五パーセントを残り八〇パーセントの人たちで奪い合っている。それが現実なんです」

「八割の人たちが五・五パーセントを奪い合ってるって、凄い話ですよね」

キャスターが大袈裟に目を剝《む》く。

「日本で暮らしているとなかなか実感が湧かないのですが、世界には一日二ドルで暮らしている人たちが、数十億人もいるといわれてるんです。その一方で、アメリカのトップ一パーセントは、一九八〇年から二〇〇〇年の二十年間で、二〇〇パーセントも富を増やした。残り九九パーセントの人たちは全く増えていない。富の偏在に加速度がつく一方なんです」

なあにが実感が湧かないだ。

陽一は罵《ののし》った。

テレビのコメンテーターは、間違いなく勝ち組に属する人間だ。

生涯、時給千円の生活を強いられる派遣社員のことを考えてみろ。それで、一家の生活を支えなくてはならない人間が、この日本にもごまんといるんだぞ。

先の見えない恐怖、絶望感がどれほどのものか。

この男は、それを真に理解してはいない。

「わたしは、こうした事件がいつか起きるんじゃないかと懸念していたんです」

男は続ける。「世間を満たす絶望感、閉塞《へいそく》感が怒りに変わり、その矛先《ほこさき》が富を独占する人間たちに向く。もし、それが現実のものとなるのなら、スーパーリッチが集まり、銃社会であるアメリカでではないかと——」

その時だった。

キャスターが男の発言を遮った。

「なにか新しい情報が入ったようです」

再度映像が現地からのものに切り替わる。

ハンディーライトに照らされた沢村の姿が現われた。

「犯行声明が出されました」

そう告げる沢村の声に緊迫感が籠る。「犯行声明は『フィスト』と名乗る集団によってネット上に公開され、文面には富が偏在する一方の現代社会への怨嗟《えんさ》。カネにカネを生ませるような手法で財を膨れ上がらせる超富裕層に対する批判。また、貧困層救済に動くどころか、富裕層重視の政策を取り続ける政治への不満が綿々と書き連ねてあります」

「その象徴とされたのがヘンドリック氏。つまり、見せしめというわけですか」

「はい。その可能性は極めて高いといえるでしょう」

沢村は頷く。「犯行声明文にはカネを貪り食うブタといったような過激な表現で、富裕層を罵る文言《もんごん》が数多く使われており、いまこそ搾取《さくしゅ》される側が立ち上がり肥《こ》えたブタを殺す時だと民衆に決起を促しています」

「一般大衆を扇動しているわけですか」

「その通りです。すでに、ネット上には犯行声明に共感するメッセージが多数見られ、中にはフィストをチャールズ・マンソンの再来と称するものまで見受けられます」

「チャールズ・マンソン……！」

キャスターが絶句した。

はじめて聞く名前だった。

それって、誰のことだ。

その疑問にこたえるかのように、沢村がいった。

「チャールズ・マンソンは一九六九年に、有名なハリウッド女優であったシャロン・テートさんを惨殺した集団のリーダーですが、犯行自体に政治的動機があったわけではありません。しかし、成功者をターゲットにした点、惨殺現場に被害者の血で『ピッグ』と書きなぐったところが、今回発表されたメッセージと共通したところがあり、それが貧富の格差が著しく開くアメリカ社会に不満を覚えている層の共感を呼んでいると思われます」

「それで、容疑者はどうなったんでしょうか。身柄は拘束されたんですか」

キャスターが話題を変えた。

「フィストがいかなる組織であるのか、島に上陸した侵入経路、武装集団の人数も含めて詳しいことはまだ分かってはいません」

沢村がこたえた。「当然のことながら、島には厳重な警備体制が敷かれていたといいます。それを打ち破ってのことですから、相当数の人間が犯行に加わっていたことは間違いありません。警察が島に駆けつけた際には、犯行グループとの間で、激しい銃撃戦になったという情報もありますが、現場は混乱していて、それも正確なことは何ひとつとして分かってはいないのが現状です」

「分かりました。また何か新しい情報がありましたら、お報せください」

映像がスタジオに戻った。「ご指摘の通りでしたね」

キャスターがいった途端、コメンテーターの顔が大写しになった。

いった通りだろといわんばかりの男のどや顔だ。

勝ち組の、上から目線のコメントに興味はない。

陽一はリモコンに手を伸ばし、電源を切った。

本来なら、朝一番の凄惨《せいさん》なニュースは、気持ちを暗くさせるものだ。

しかし、その時陽一が覚えたのは、残虐《ざんぎゃく》極まりない犯行に対する嫌悪や怒り以上に、犯行声明に対するある種の共感だった。

たった一パーセントの富裕層が、二十年の間に二〇〇パーセントも富を伸ばした。

その一方で、残り九九パーセントの人間の生活は、何も変わってはいない――。

アメリカはチャンスの国といわれる。なるほど、己の才覚に賭け、一代で莫大な富を築き上げた人間は確かに存在する。だが、それすらも富裕層の中に占める割合はほんのわずかにすぎない。

スーパーリッチと称される人間たちは、生まれながらにして富を手にし、カネがカネを生む手段を以《もっ》て、財を雪だるま式に膨れ上がらせていく。本来、富の再分配は社会秩序を司《つかさど》る政治の役目だが、ことアメリカではそれも期待できない。

なぜなら、政治はカネを必要とするからだ。

己の不利になるような政治家を支援する奇特な人間はこの世に存在しない。つまり、政治家もまた、莫大な献金をする富裕層のための政治を行い、彼らに都合のいいルールを法の名の下に定める。かくして、九九パーセントの人間は取り残され、富裕層がますます肥え太る社会が形成されるというわけだ。

これを搾取といわずして、何というのか――。

まるでスロットの現場そのものじゃないか。

会社を支えるのは、圧倒的多数の派遣労働者。いくら働いても時給千円。昇進も昇給も望めない。三年経《た》てば雇い止め。新たな職場に転じたとしても、派遣であることに変わりはない。

長い人生をその繰り返しで終えるしかないのだ。

その一方でスロットは着実に事業規模を拡大し、いまや世界の流通を手中に収めんとしている。

まさに現代の奴隷制度そのもの。この理不尽極まりない社会に反旗を翻す人間が出てくるのも、何ら不思議ではない。

しかし、こんなことが起こり得るのもアメリカならではのことだ。

「こんな社会、一旦リセットされちまえばいいのに……」

思わず呟いた陽一だったが、もちろん、陽一にはそんなことをしでかす度胸もなければ、術《すべ》もない。

結局、負け組は一生負け組のままだってか。

陽一は陰気な笑いを顔に宿すと、残っていたオレンジジュースを一気に飲み干した。

3

「よお、百瀬じゃないか」

不意に呼び止められたのは、新宿駅の雑踏の中でのことだった。

振り返った先に高校時代に同級生だった井村敏《いむらさとし》が立っていた。

別の大学に進んだので、いまは何をやっているのかは知らないが、順当に行っていれば、職に就《つ》いているはずだ。しかし、平日だというのにジーンズにポロシャツというラフな姿に加えて、頭髪は金色に染めたつんつん頭だ。

「何やってんだ、お前。今日は仕事休みか」

陽一は訊ねた。

「俺、大学やめちゃってさ……」

井村は複雑な笑みを宿す。

「やめたあ？　いつ」

「二年の時――」

井村はいった。「音楽で食っていこうと思ってさ」

「そういえば、お前ギターうまかったもんな」

陽一は高校三年の時の文化祭を思い出した。

日頃は影の薄い井村が、金髪のヘアピースを被《かぶ》り、強烈なビートを奏でながらステージ狭しと飛び跳ねる。卓越したギターの腕前もさることながら、普段とのギャップに、あの場に集まった学生たちが驚愕したことは良く覚えている。

しかし、あれから五年。当時はほっそりした体つきだったと記憶しているが、肩は二回りほど大きくなった気がするし、腕にもみっしりと筋肉がついている。

「だけどさ。俺程度の腕のやつなんて、世の中にはごまんといてな」

そういう井村はどこか寂しげだ。「曲を作る才能は俺にはねえし、ギター一本で食っていこうと思えば、スタジオミュージシャンだ。で、その道のトッププロの坊やになったはいいんだけどよ――」

「ぼうや？」

「師匠の機材を運んで、スタジオにセットするとか、身の回りの世話の一切合切《いっさいがっさい》をやる。車の運転手とかもさ。まあ、付き人ってやつなんだが、ミュージシャンの世界じやそう呼ぶんだよ」

井村はこたえた。「そのうち、ちょっと弾いてみなっていわれてさ。三回目で、お前の腕じゃこの道で食っていくのは難しい。生涯坊やってわけにいかねえだろうし、諦めんなら早いうちだってソッコーいわれちまってさ。まっ、早い話がクビだ」

「それでお前、いまどうしてんだ」

「派遣だよ」

井村はこたえた。「いまどき大学中退じゃ、ろくな仕事はねえしな。それに、サラリーマンになるつもりなんか端からなかったし——」

「お前も派遣やってんのか」

「お前もって、それじゃ——」

「去年、就活に失敗しちまってさ。就職浪人したんだよ。あとは卒論だけだし、親にも余計な負担をかけたからな。せめて学費ぐらいはと思ってさ。それで、派遣で働いてたんだ」

「余裕だな」

行き交う人波の中には、OB訪問にでも行った帰りか、スーツ姿の学生の姿も散見できる。「今年の就活は、とっくにはじまってんだろ」

井村は、ちらりと視線をそちらに向けた。

「しょうがねえんだよ。内定貰ったも同然だったところに振られちまったんだ」

「内定同然って、選考はまだ解禁前じゃなかったっけ」

「派遣先のお偉いさんにいわれたんだよ。うちに来ないかって……」

「派遣先ってお前、どんな仕事やってたんだよ。どっか、でかい会社で働いてたのかよ」

おそらく井村は、どこぞの大企業のオフィスワーカーとして派遣されたとでも思ったのか、目を丸くしながら訊ねてきた。

「まあ、でかいっちゃでかいんだが……」

その言葉を口にするのも忌《い》まわしい。

陽一は一瞬口籠《くちごも》ると、

「スロットだよ――」

ぼそりといった。

「スロット？　お前もスロットにいたのか」

井村が、ぽかんと口を開けた。

「お前もって……」

「俺もスロットで働いてたんだ」

「どこの現場だよ」

「大井《おおい》のセンターだ。そこで、飲料の入出庫をやらされてたんだ」

どうりで、体つきが変わるはずだ。発達した筋肉は過酷な労働の成果だ。

「そりゃまた、きっつい仕事を」

「お陰で、腰をいわしちまってさ。今日は病院の帰りだ」

井村は顔を顰《しか》めた。「最近じゃ水やお茶とか、重たいもんはみんなスロットで買うからな。二リットル入りの飲料が一ケース六本。それが二箱セットになってみろ。二十四キロだぞ」

「何でまた、そんな仕事に就いたんだよ。俺なんかCDと本だぞ。時給だって、変わんねえのに」

「しょうがなかったんだよ。勤務先を決めんのは派遣会社だ。それに、坊やの仕事なんか、たまに小遣い貰うだけだからな。蓄えなんかありゃしねえし。勝手に大学やめちまったんだ。いまさら親の世話になるわけにもいかねえし――」

「で、まだその仕事やってんのか」

陽一は訊ねた。

「いや……」

井村は視線を落とすと、「腰の痛みが酷くなる一方でさ。我慢できなくなって、医者に行ったら、ヘルニアだっていわれちまって――」

悔しそうに言葉を飲む。

「それ、立派な労災じゃん。派遣会社にいったのか？」

「いったさ」

井村は少しむきになったようにこたえた。「だけど、労働条件はみんな一緒だ。腰いわしたのなんか、お前がはじめてだ。こんなの労災なんて認められねえ。そういいやがんだ」

「そりゃねえだろ」

陽一の語気も荒くなる。「二十四キロもある箱を、一日中カートに積んでって仕事やらされたんだろ。因果関係は明らかじゃねえか。それも、一分間、一時間、一日単位で、ノルマを管理されてんだろ」

「もちろん」

「生身の人間をあんなふうにこき使ってたら、誰だって体おかしくすんだろが。お前がはじめてなわきゃ――」

ねえだろ。

そう続けようと思った陽一を井村が遮った。

「ふつーは、体いわす前に辞めちまうんだよ。無理してまで、あんな仕事続けるやつはいねえからな」

「だったら、お前もさっさと辞めれば良かったじゃねえか。派遣会社なんて、いくらでもあんだろが」

井村は、視線を落として押し黙る。

雑踏の騒《ざわ》めきが、一際大きく耳の中で渦を巻く。

何か、理由がありそうだった。

「場所変えようか」

陽一はいった。「本当は奢ってやりたいとこだけど、俺もカネなくてさ。コンビニで酒でも買って、少し話さないか」

4

「親父が、死んじまってさ」

井村がぽつりと漏らしたのは、コンビニで買った缶チューハイを口にした直後のことだ。

夕暮れ時の公園に、人影はまばらだ。

ベンチに腰を下ろしたふたりを見下ろすように、窓が明るくなった新宿の高層ビル群が聳《そび》え立っている。

「それ、いつのことだ？」

陽一は訊ねた。

「一昨年の夏――」

井村はまたひと口チューハイを呑むと、「あれは、戦死だよ」

ほっと肩で息をつき、空を見上げた。

「戦死？」

「親父、大手の機械メーカーで部長やってたんだけど、とにかく仕事がきつい会社でさ。子供の頃から、まともに家にいた記憶が俺にはねえんだ」

「でも、管理職だったんだろ？　ぺーぺーじゃあるまいし、そんなに仕事忙しかったのか」

「そんな甘《あ》めえ会社じゃなかったんだよ」

井村は高層ビルに目をやった。「部下の日報、電話件数、訪問数、商談数、デモ回数まで、全部ノルマが決まってて、それを親父が毎日チェックすんだぞ。ごまかそうにも監査があってさ。電話記録、通話時間、果ては、取引先に出向いて、営業マンがほんとに行ったのかまでチェックされんだ。虚偽記載がバレたら、責任を問われんのは部下だけじゃねえ。管理職も同じだ。おまけに、売上目標の達成は絶対命令だ」

「マジかよ。本当に訪問したかどうかまで、客先まで出向いてチェックすんのかよ」

「始業時間は朝の八時半。だけど、それは営業マンが会社を出る時間でな。実際は七時半には、朝礼やなんだで仕事がはじまる」

「それ、残業扱いになんの？」

「んなわきゃねえだろ」

井村は鼻を鳴らした。「部下がそんだけ早く出てくんだ。管理職はもっと早くに出社しなきゃ示しがつかねえ。外回りの人間が、会社に戻ってくんのは、午後七時頃。それから日報書かせ、チェックしてってやってたら、親父の帰りは何時になると思う？」

「凄《すさ》まじい会社だな」

「それだけじゃねえ」

まだあるのか。

井村は続ける。

「親父がいた会社は、出荷イコール売上でな。ノルマがどうしても達成できねえ時には、営業マンの自宅に製品を送るんだ。もちろん、管理職だって例外じゃねえ。部全体の成績に責任を持つのが部長だからな。酷い時なんて、家に一千五百万円以上の製品が送り付けられてきたこともあったんだぜ」

「どうすんだ、そんなもん家に抱えて」

「そりゃ売るのさ。その意味では、一時預かりみたいなもんだが、それでも常に家の中は、製品の山よ」

井村は苦笑いを浮かべると、「早朝出かけて深夜まで。機械メーカーの納品先は工場だ。メンテナンスは土日だからな。設置に立ち会い、部品届けたりとやってたら休みも満足に取れやしねえ。そんだけ働いてりゃ、そりゃ過労死もするさ」

「親父さん、過労死だったのか」

「会社は絶対認めなかったけどな」

そういう井村の声は震えている。怒りを飲み下すようにチューハイを口にすると、

「だから、俺の腰のことにしたって、労災なんていったって無駄だってことは分かってたんだよ。認定されようもんなら、休業補償に医療費だ。度重なれば、事業改善命令だぞ。派遣会社なんか、やっていけなくなんだろが」

吐き捨てるようにいった。

返す言葉が見つからなかった。

陽一は黙ってチューハイを呑んだ。

「退職金は、お袋の老後の糧《かて》だ。俺も好き勝手いって大学やめちまったんだ。自分の食い扶持《ぶち》は自分で稼ぐ。それしかなくてさ」

「それで、無理したんだ」

井村は黙って頷いた。

「しっかし、スロットもひでえ会社だったな」

陽一はふと漏らした。「作業は機械に指示されるまま。熟練労働者はいらない。労働者は使い捨て。いま思い返せば、ブラック企業の典型だぜ」

「それでも、物凄い勢いで成長し続けてんのは、消費者が支持しているからだ」

感情を抑えた口調だが、井村の瞳の中に暗い光が宿っている。

「消費者って、馬鹿ばっかだと思わねえか？」

井村は続ける。「スロットが消費者に歓迎されているのは、物が安く買えるからだ。だけど、消費者ってのは、何でスロットの商品が他より安いのか、それを不思議に思うやつはこれっぽっちもいやしねえ。桜の木の下には死体が埋まってるとも知らねえでよ」

「スロットが桜なら、俺たち派遣は死体ってわけか――」

陽一は、空を仰《あお》いだ。

「スロットが繁栄してるのも、急成長し続けてるのも、安いカネで徹底的にこき使われてる派遣の血と汗って肥やしがあるからだ。いや、俺たちだけじゃねえ。出荷した荷物を宅配便の連中が、雨の日も風の日も、大変な思いをして配達してっからだ」

「だよな……」

その言葉に、陽一はかつてテレビで紹介された宅配業の過酷な現場を思い出した。

「日本には、車が入れない急斜面に建ってる家がまだ沢山《たくさん》あって、宅配の配送員たちは、重たい荷物を背負子《しょいこ》に山と積んで、人力で担ぎ上げげんだっていうからな。まして、超高齢化社会だ。それこそ水やお茶の配達が激増して、大変な重労働になってる。不在なんてことになったら、そのまま荷物を担ぎ下ろして再配達だって——」

「つまり、買ってるやつらが楽した分だけ苦労している人間がいるんだよ」

井村は吐き捨てる。「それでも、まともな料金を払ってんならまだいいさ。ところがスロットは、派遣を低賃金でこき使ったあげく、物量を楯《たて》に運賃だって徹底的に叩きまくってんだぞ」

「スロットは、こんだけでかくなっても毎年赤字。それも税金払うぐらいなら、設備投資に回して、会社をでかくする方が得だって考えてるからだっていうからな」

陽一は、いった。

「そんなことやってんのか？」

井村は目を丸くする。

「しかも、世界中のオーダーはアメリカ本社経由。スロット・ジャパンは出荷を請け負うだけの会社で、売上は日本には立たない。つまり、将来スロット・ジャパンが流通市場を制して黒字になっても、日本には、びた一文のカネも落ちない。そんな仕組みになってんだとよ」

「そんなとんでもねえ会社を、日本の消費者は喜んで使ってるってわけか」

井村が乾いた笑い声を上げた。「日本人ってのは、何も考えねえんだな。それじゃ、スロットにただカネを吸い上げられてるだけじゃねえか」

確かにその通りかもしれない。

労働者は所得に応じて、さらに消費するごとに税金を払う。企業も同じだ。物を仕入れることで税金を支払い、収益を上げればまた税金を支払う。それが、社会を維持する原資となって、国民に還元されていくのだ。

しかし、スロットのビジネスモデルは違う。

収益源は、ネット上の仮想ショッピングモールに出店された店へのオーダーの仲介と、巨大な物流センターにストックする商品の販売だ。前者は、売価の一定割合を抜くだけ。決済は全てシステムが行う。後者にしても、本やCDは委託品だから仕入れにまつわる費用は発生しない。服や靴にしても同じ。それどころか、保管料や入出庫料を徴収するのだから濡れ手で粟《あわ》のような商売なのだ。

もっとも、井村が作業に従事していた飲料などは別だ。こちらは、直接スロットが仕入れるのだが、納品価格を徹底的に叩きまくるのだから消費税は知れたもの。そして売上は、アメリカ本社に立つ。かくして、消費が発生した日本社会には、ほとんど税金はもたらされない。

まさに悪魔的手法で、どこよりも安く買えると喜んでいる消費者も、立派に実害を被《こうむ》っているのだ。

「なあ、百瀬よ」

井村が視線を向けてくると、「こんな会社、あっていいのか」

心底悔しそうにいった。

「そういわれてもなあ。もはやスロットは、立派な社会インフラのひとつだからな。どうすることもできねえよ」

それ以外にこたえる言葉がない。

「こんな会社が流通を制して、経営の手本みたいな扱いをされるようになってみろ。正規労働者なんか抱える企業は、ますます少なくなんぞ。一生派遣の人間で世の中溢《あふ》れ返っちまったら、まともな生活送れる人間なんかいなくなっちまうぞ」

「企業だって馬鹿じゃねえよ。そんなことになったら、誰も物を買えなくなんじゃん。消費が冷え込んだら、企業だってやっていけなくなっちまうよ」

「カネがねえなら、安いもんしか買えねえだろが。そん時、どこが一番安く物を売ってんだよ」

井村はチューハイに口をつけようとしたまま、上目遣いになった。「スロットだ。

そうだろ？」

そして、ぐいと缶を傾けると、

「貧しい者から、ケツの毛まで毟《むし》り取りながら成長を続ける。そして、スロットの中でも、ほんのひとつまみの人間だけが、富の大半を手にするわけだ。こんなことが許されんのかよ。これじゃあ、あんな事件が起きるのも、当たり前だ」

空になった缶をぐしゃりと握り潰した。

「あんな事件って何のことだ」

陽一は訊ねた。

「お前知らねえのか。今朝アメリカであった乱射事件――」

「ああ、あのことか」

陽一もまた、チューハイを一気に呷った。

「分かるなあ。あいつらの気持ち――」

井村はレジ袋の中から、ふた缶めのチューハイを取り出す。「貧困層に生まれついたが運の尽き。カネ持ちの家に生まれたやつは、何の苦労もしねえで、一生贅沢《ぜいたく》極まりねえ生活を送れる上に、黙ってたってカネは雪だるま式に増えて行く。その一方で、どんなに頑張ってもどん底から抜け出せねえんじゃ、革命起こすしかねえって気持ちになるのも当然だ」

「だからって、銃で襲撃ってのもなあ……」

「革命に血はつきもんだろ。フランス国歌の歌詞知ってっか？『汚れた血が、我らの畑の畝《うね》を満たすまで』だぞ。『下劣なる暴君が、我らの運命の支配者になることなどあり得ない』だぞ」

そういう間に、井村はチューハイの缶を開ける。

どうやら酔いが回りはじめたようだ。

井村の声に力が籠る。

「病院の待合室で見てたんだけどよ。ツイッターなんか共感の嵐だぞ。日本が銃社会だったら、いま頃大変なことになってたぜ。スロットなんか、とっくの昔に暴動が起きてたかもな」

テロもどきの行為を肯定するつもりはないが、これも酔いの勢いというものかもしれない。

「スロット潰すのなんか、簡単なんじゃね」

陽一は井村の勢いにつられて、ふと漏らした。

「簡単って……どうすんだよ」

井村の瞳に暗い光が宿った。

陽一もまた、ふたつめのチューハイの缶を開けた。

「スロットの弱点って何だと思う?」

陽一は問いかけながら、チューハイに口をつけた。

「弱点なあ。そんなもんあんのか」

井村は首を傾《かし》げた。

「スロットは世間じゃIT企業のように思われてっけど、実態は物流会社そのものだ」

「まさか、システムをハッキングしてダウンさせるとか?」

「そんな難しいことじゃねえよ。もっと単純なことさ」

本気でいったわけじゃない。

思いついたことを口にしたまでだ。

「配送が麻痺《まひ》しちまったら、物が届かなくなんだろ」

「なるほど、配送ね」

てっきり否定的な見解が返ってくるものだと思っていたが、井村は感心した様子で呟いた。

物騒な話になるが、所詮《しょせん》は机上の空論だ。

陽一は続けた。

「スロットの荷物は、基本的にオーダーの翌日に届くだろ。システムだって、それが前提で組み立てられてるし、客だってそれが当たり前だと思ってる。その前提が、何らかの理由で崩れちまったらどんなことになる？」

「崩れるって？」

「つまりこういうことだ」

陽一はチューハイを一口呑むと、続けていった。「スロットのオーダーは、ふたつの流れで処理される。ひとつは、仮想ショッピングモールに出店してる客先に。もうひとつは、俺たちが働いていた物流センターだ。どちらにオーダーが流されるにしても、最終的に荷物を運ぶのは宅配業者だ」

「それで」

井村は興味津々だ。

姿勢を正して、先を促してくる。

「もし、何らかの理由で、宅配業者の機能が麻痺したら、どんなことになると思う？」

「そりゃあ、大変なことになんだろうな」

井村はその光景に思いを巡《めぐ》らすように、視線を宙に向ける。「物流センターには、宅配業者のトラックが常時待機していて、荷造りが済んだ荷物を片っ端から積み込んで、ターミナルへピストン輸送だ。配送が止まれば、スロットのシステムの中にはオーダーが溜る一方ってことになるよな」

「つまり、注文を受けても出荷ができない。出荷ができなきゃ、スロットは商売にならない――」

「でも、どうやって配送を止めるんだ。そんなことできんのか？」

井村は視線を陽一に向けたまま、チューハイを口にした。

「できるさ。簡単な話だ」

陽一は顔の前に人差し指を突き立てた。「宅配便ってのは性善論。お互いの信頼関係の下で成り立ってんだよ。空輸便は別だけどな」

「どういうことだ？」

「飛行機乗る時には、厳重な手荷物検査があんだろ。それはなぜだ」

「そりゃあ、危険物を機内に持ち込ませないためだよ。ハイジャックの危険性もあるし、最近じゃ自爆テロ起こすやつもいるからな」

「じゃあ、宅配荷物は？」

「内容物を書く欄があんじゃねえか」

「正直に書けばね」

「えっ？」

井村は不意を衝かれたように固まった。

「宅配便の内容検査なんて、やってねえんだよ。少なくとも、スロットの宅配を請け負ってる会社はな」

陽一はいった。「電車と同じだよ。宅配便の物量は半端なもんじゃねえ。いまや立派な社会インフラのひとつだからな。空港でやってるように、ひとつひとつの荷物をX線にかけて、中に危険物が入ってねえかどうかを、いちいちチェックしてたら、翌日配送なんてできやしねえだろうが」

「なるほどな」

「花火でもなんでもいいさ。可燃物にニクロム線巻いてさ、そいつにタイマーつけて、固形燃料と一緒に宅配物の中に詰めんだよ。発火時刻は、午前一時。宅配荷物は各地のターミナルに向かうトラックの荷台の中だ。それもその時刻なら、高速道路を走行中だ」

「高速の上でトラックの荷台が燃え上がりゃ、交通は麻痺するよな」

「そいつを、各方面に送るんだよ。東名《とうめい》、関越《かんえつ》、中央道に東北道。そして常磐道《じょうばん》——。さあ、そこから先は、どうなるでしょうか」

陽一はニヤリと笑った。

「そりゃ、物流は完全に止まっちまうぜ。スロットだって物流が止まっちまえば、庫内作業も止めざるを得ない。オーダーが来たって、出荷できないんじゃ商売上がったりだ」

井村の目に怪しい光が宿る。

「一度でも、そんな事件が起きてみろ。性善論で宅配業なんかやってらんねえぞ。物騒な物が入ってねえのかなんて疑い出したら、全部チェックしなけりゃならなくなる。莫大な投資が必要になれば、設備を整えるのにも時間がかかる。態勢が整ったとしても、いままでのようなスピードで、荷物を捌《さば》くことはできなくなる。翌日に注文の品が届くなんてこたあ、まずできなくなるぜ」

「スロットにとっては大打撃。いや、企業存亡に関わる大問題になるな」

井村は頰を緩《ゆる》ませる。

「消費者がスロットを積極的に使ってんのは、価格が安いってこともあるが、配送が迅速、かつ確実に行われるからだ。翌日届いてたもんが、いつ届くか分かんねえなんてことになったら、誰がスロット使うよ。買うなら最寄りの店でってことになんだろが」

「結果、リアル店舗に客が戻り、雇用も守れるようになるってわけか」

井村は、まじまじと陽一を見つめる。

「スロットって会社は、極度に発達した物流システムがなけりゃ成り立たないんだよ」

陽一はいった。「重たい荷物でも、玄関口まで届けてくれる。時間指定だってできる。不在の時だって、電話ひとつでその日のうちに再配達してくれる。昔のように、郵便小包で何日もかかって荷物が届くってんだったら、スロットなんて会社は生まれなかったんだ」

「なるほどなあ。宅配業者がスロットの生命線であり、最大の泣き所ってのがよく分かったよ」

井村は、陽一のアイデアを噛みしめるかのように何度も頷いた。

「だから、スロットをぶっ潰すんだったら、何もマシンガンぶっ放す必要なんかねえんだよ。花火ひとつで、あっという間に息の根止まっちまうよ」

できるということと、やるということは、別の次元の問題だ。

その点からいえば、いまいったことは全て妄想の世界の話だが、それでも、スロットが窮地に陥《おちい》る姿を想像するだけでも少しは気が晴れる。

「やれっかもしんねえな……それ」

井村は、ぽつりといった。顔に表情はないが、井村の目は真剣そのものだ。

「やれっかもって、マジな顔していうんじゃねえよ」

陽一は慌てていった。「動機はどうあれ、立派な犯罪行為だぞ、それ」

「革命だって、行為そのものは犯罪だろ？　成功すれば英雄だ」

「国民。それも圧倒的多数に支持されればな」

陽一は返した。「第一、革命なんて手段がまかり通ったのは、社会が未成熟だった時代の話だ。日本は法治国家で、治安保持の仕組みも確立された近代国家だぞ。こんな国で、革命なんか起きるもんか」

「だから、こんな社会になっちまったんじゃねえか」

酔いのせいもあるのだろう。井村の声に熱が籠る。「不正を正す、犯罪を取り締まるのが警察なら、いかに万人が安心して暮らせる社会を作るかは政治の仕事だ。だけど、いまの世の中はどうなんだ。政治にはカネがかかるって当たり前のようにいうけどよ、そのカネのために、カネ持ちに都合のいいような法律作って、弱者をないがしろにしてんのがいまの政治家じゃねえか。そいつらが作った法律を執行すんのが警察って、それで世の中良くなんのかよ」

「まあ、お前のいうことも分かんなくはないけどさ――」

なんだか話が妙な方向に向かいはじめた。

陽一は、溜め息をついた。

「お前は、いまの社会に革命なんか起こり得ないっていうけどよ。ほんの一握りの富裕層が富のほとんどを奪い去り、圧倒的多数の人間の生活はなにも変わらない。それどころか、貧富の格差は開く一方って、昔、革命が起きた時代そのまんまじゃねえか」

「残念ながら、こと日本においては、それでも何とか暮らしていけるってとこがミソでな」

陽一はいった。「人間、いまの生活が維持できるなら、大した不満は抱かねえんだよ。莫大な富を持ち、日々それを膨れ上がらせる人間がいたとしても、世の中には運のいい人がいるもんだ、その程度の気持ちしか抱かねえんだよ」

「貧困層だって、どんどん増えてんじゃねえか」

井村は声を荒らげた。「俺たちなんか、その典型だろ？　スロットのような会社ばっかりになってみろ。大企業だって、親父のような会社は珍しくはねえんだ。こき使われたあげくに放り出されちまったら、他に職を探すのも難しい。そんなことになっちまったら、いまの生活を維持するどころか、食うや食わずの生活を強いられることになんだろうが」

確かに、いまの企業社会はひと昔前とは別物だ。それは、渡部の話からも明らかだ。

最小限の人員で、最大の利益を上げることを企業が目指している以上、期待通りの働きができない社員はお荷物以外の何物でもない。まして、人件費は企業にとって最大の固定費のひとつだ。いかに人を安く使うか。余剰な人間を抱えずに、コストダウウンを図るかを経営者は常に考えている。

それを可能にする最も手っ取り早い方法は、必要に応じて調整が利き、かつ人件費が安く、健康保険などの福利厚生といったものを企業が一切負担する必要がない労働力。つまり派遣社員で仕事を賄うことだ。

「そんな社会って間違ってるよ。ほんの少しの勝ち組が富を掴み、圧倒的多数が貧困に喘《あえ》ぐようになるんだぞ。それでも、みんなしょうがねえって黙ってるしかねえってのかよ」

そんな社会は間違ってる――。

スロットが何を目指しているか。その果ての社会に思いを馳せた時、確かに自分もそう思ったことを陽一は思い出した。

しかし、どう考えてもこの日本で革命が起きるとは思えない。

「あのな、サトシ――」

陽一はいった。「お前、俺のアイデアをえらく気に入ったみたいだけど、実際にこいつをやろうと思えば、穴はいっぱいあんだよ」

そういったのは、ひょっとして、井村は本気でこのアイデアを実行に移す気になったのではないか。ふと、そんな不安を覚えたからだ。

陽一は続けた。

「宅配便の伝票にはバーコードついてんだろ。どこの誰が、どこから荷物を出したか。配送を依頼した瞬間から、宅配会社のシステムに完璧に把握されるんだ。そりゃあ、一回目はうまくいくかもしれねえさ。だけど、一晩、いや数時間高速が閉鎖されただけじゃスロットの商売には何の影響もないね。それどころか、あっという間に警察がやって来て、お前は御用だ。一生を棒に振ることになるんだぞ」

井村はこたえを返さなかった。

陽一の指摘に視線を落としながら、無言のままチューハイを呷った。

「もちろん、自宅からじゃなくとも、宅配は依頼できる。偽《にせ》の住所、名前を使うこともできるしな」

陽一はさらに続けた。「だけど、いまじゃどこにだって監視カメラがある時代だぜ。日本の警察の捜査能力は半端ないからな。どのトラックに、誰の荷物を積んだかも、システムが完璧に把握してんだ。容疑者特定されて、映像が公開されりゃ、お前のような金髪のつんつん頭なんか、ただでさえ目立つんだ。すぐに足がついちまうよ」

「だよなあ……」

井村は心底残念そうに溜め息をつくと、高層ビルの群れに目をやった。「あ〜あ。つまんねえ。結局、負け組は、負け組のまんま。勝ち組に生き血を吸われながら地べたを這いずり回って生きていくしかねえのかよ。こんな、酷《ひで》え世の中をひっくり返す手段はねえのかよ」

悲痛な声を上げた。

俺だって、そう思うさ。

そう返したいのは山々だったが、すんでのところで陽一は言葉を呑み込んだ。

共感してみせたところで、解決策があろうはずもないことが分かっていたからだ。

第三章　祭り

1

「完璧にやられちゃったな。君、スゲーな」

いきなり声をかけられたのは、グループディスカッションを終え、控え室に戻った直後のことだ。

確か、芳賀《はが》といったか。同じグループの中にいた男子学生のひとりである。

出遅れた就活だったが、エントリーには何とか間に合った。

今日は、その中の一社、総合商社四葉《よつば》物産《ぶっさん》の一次試験の日だ。

「やった、やられたなんて関係ないよ。話の内容、リーダーシップ、協調性、考え方、まとめ方、会社の人は、いろんな角度から学生を観察してるんだ。喋《しゃべ》ればいいってもんじゃないからね」

そうはいっても、二度目の就活だ。まして、去年はいずれも最終面接まで漕ぎ着けている。ディスカッション開始直後こそ緊張したものの、時間の経過とともに勘が戻ってきたせいもあって、手応えはある。

「俺、今日が初めての試験なんだけど、このクラスの会社になると、みんな君のようなのばっかなのかな。他のやつらも俺なんかよりずっと優秀に感じるし……お先真っ暗だよ」

「そんなこといってたら、二次、三次って進んで行ったらびっくりすんぞ。こんな学生いたのかってやつらばっかになっちゃうから」

エントリーの段階で、一定の数まで絞られているとはいえ、所詮は履歴書とTOEIC、SPIといった試験の成績、そして出身校でスクリーニングされた学生が集まっているだけに過ぎない。一次試験には同じ学生の目からしても、箸にも棒にもかかりそうにない応募者がごまんといるが、二次、三次と進むに連れ、学生の質は一変していく。

まさにサラリーマン予備軍。それも選びに選び抜かれた精鋭軍団。首尾よく入社に漕ぎ着けても、こんなやつらと、競争して行かなければならないのかと、漠とした不安に駆られたことを、陽一は思い出した。

その点からいえば、確かに芳賀はどこか頼りない。散髪したての頭髪。真新しいインクブルーのリクルートスーツに水色のネクタイ。うりざね顔に黒縁眼鏡。ほっそりとした体つき。とにかく、存在感がないというか、線が細いのだ。ディスカッションでの発言も、何を語ったのか記憶にない。

「そんなこと、どうして知ってんの？」

芳賀は少し驚いた様子で訊ねてきた。

「実は俺、就職浪人したんだ。去年就活に失敗してさ――」

陽一は肩を竦めた。

「そうだったんだ」

芳賀は納得した様子で、こくりと頷いた。「どうりで、場慣れ感が半端なかったもんな」

「もっとも、留年したことは履歴書見れば一目瞭然だからね。それが、合否にどう働くか分かんないけどさ」

「でも、そうまでしても、入りたい会社なんだろ。熱意の表れって見なされんじゃゃね」

「どうだかね」

陽一は苦笑いを浮かべながら芳賀を見ると、

「そんなら、去年採用されてるって。いらない人間は、どこへ行ってもいらないいんだよ。去年駄目で、今年は合格なんてことはまずあり得ないだろうね」

かつて渡部にいわれた言葉を口にした。

「じゃあ、去年もここを受けたんだ」

「ああ……」

陽一は頷いた。「最終面接までいったけど、お祈りメール食らっちまった」

すると芳賀は、驚いたように目を見開き、

「それ分かってんのに、今年も？」

と訊ねてきた。

「勘を取り戻すためさ」

陽一は平然とこたえた。「ここの試験は特に厳しいんだ。グループディスカッションのレベルも高いし、二次、三次の面接も半端ないからね。肩慣らしにはちょうどいいと思ってさ」

「余裕だなあ」

芳賀は羨《うらや》ましそうな目をしながら溜め息をついた。「解禁初日だぜ」

余裕かましてるわけじゃねえよ。

陽一は胸の中で毒づいた。

この一年間の浪人生活では、多くのことを学んだ。

大企業への就職が一生を約束するものではないこと。首尾よく採用を勝ち取っても、それは激烈な競争のはじまりであること。そして、期待された成果を挙げなければ、いとも簡単に切って捨てられること——。

だから陽一は、もはや大企業への就職に拘《こだわ》ってはいない。

自分を買ってくれる会社かどうか。一緒に成長していける会社かどうか。企業の価値は、そこにあると心底思うようになっていた。

「君、ここが第一志望なんだろ」

陽一は訊ねた。

「そりゃあ、採用してくれるなら喜んで入るけど、うちの学校は採用実績がほとんどないから——」

芳賀は、寂しげに笑った。「駄目元《だめもと》で出したエントリーが引っかかって、ラッキーと思って来たんだけど、やっぱりハードルが高いや。一日無駄にしちゃったな」

「こんなことというのも何だけど、あんまり会社の規模とか、名前とかに拘んねえ方がいいぞ」

芳賀を見ていると、かつての自分を見ているようだ。「俺が去年失敗した理由は、それだから」

「百瀬さん……だっけ。第一志望はどこなの？」

「名前いったって分かんねえと思うよ。就職ポータルサイトに登録したら、資料を送ってきて、熱心に誘ってくれる会社が幾つかあんだ。その中から選ぶのもいいかなと思って」

「幾つかって、資料を送ってくる会社、そんなにあんの」

芳賀は目を丸くして驚く。「百瀬さん、学校どこ？」

「慶明だけど」

「慶明……」

芳賀はゆっくりと視線を落とした。「やっぱ、有名校は違うんだな。俺らになんて、そんな誘いなんかひとつも来ないぜ」

ふと、学校名を訊ねたい気持ちに駆られたが、陽一は思いとどまった。それを敢《あ》えて訊ねるのは、胸を張っていえるものなら、自ら口にしているはずだ。それを敢えて訊ねるのは、傷に塩を擦《す》り込むのも同然の行為だからだ。

「……ったく、どうなるんだろ、俺……。うちの学校じゃ、就職浪人したって、不利になるだけだしなあ……」

芳賀はひとりぼやくと、鞄の中を探りスマホを取り出した。

次のスケジュールでも調べるつもりなのか、何気なく目をやった陽一は画面を見て驚いた。

パネルに表示されていたのは、ニュースサイトだ。

「おい、ここでスマホはまずいだろ。どこで会社の人が目を光らせてるか分かんねえんだぞ」

窘《たしな》めた陽一に向かって、

「大丈夫だよ。こんなに人がいんだ。それに、どーせ来るのはお祈りメールに決まってるし」

芳賀は捨《す》て鉢《ばち》のような口ぶりでこたえると、パネルの上で指を動かす。

四葉のグループディスカッションは、八人ずつが五つの部屋に分かれて行われる。終了後は、今後の選考スケジュールの説明が行われることになっており、四十人の学生が緊張した面持ちでその時を待っている中で、芳賀の行為はよく目立った。

肩慣らしに受けたとはいえ、こんなやつに関わっていると、ろくなことにはならねえ。

陽一は無視を決め込むことにした。

「おっ、またテロだ——」

画面に見入っていた芳賀が、ぼそりと呟いた。「『フィスト』の影響力は凄いな。今度はロンドンだってさ」

アメリカでヘンドリック一族襲撃事件が起きてから三ヵ月近くが経つ。

その後の報道では、実行部隊となったフィストのメンバーは十名。いずれもサイレンサー付きのサブマシンガンで武装しており、夜陰に乗じて上陸するや、警護に当たっていたガードマンを射殺し、佳境を迎えていたパーティ会場を襲撃したという。パーティ会場には百五十人からの出席者に加えて、接客にあたる六十人の人間がいたが、賊は見境なくサブマシンガンを乱射した。その結果、最大のターゲットであるモーガン・ヘンドリックを含む死者七十二名、負傷者八十名を数える未曾有《みぞう》の大惨事となった。

武装したメンバーはその後島に駆けつけた警察の特殊部隊によって全員射殺されたが、ネット上には犯行声明の後も、格差が開く一方の現代社会に対する怨嗟と、超富裕層を特権階級と位置づけ、彼らの殲滅《せんめつ》を扇動するメッセージがフィストの名前で随時アップされた。

そして事件から一週間後、リーダーと目されるスコット・ウイリアムズの身柄が拘束されるや、世界中のメディアが彼の生い立ちから、いまに至るまでを、そしてその主義主張を大々的、かつ詳細に報じた。しかし、それがさらなる共感者を生む引き鉄《がね》となったのだから皮肉なものだ。

アメリカ各地で、超富裕層をターゲットにした襲撃事件が相次ぐようになったのだ。

犯行はいずれも、アメリカ社会の中で貧困に喘ぐ若者によるものだった。将来に希望を見いだせぬ彼らにしてみれば、失うものは何もないが、一方の超富裕層はその点が違う。命を取られれば、栄華を極めた現世が無に帰すのだ。

こうなると、どちらが強いかはいうまでもない。

超富裕層は恐怖に怯《おび》え、目立つ動きを避けるようになった。それが、またフィストに扇動された若者たちを勢いづかせることになった。

共鳴の輪は確実に広がり、いまやアメリカのみならず、全世界へ波及しつつある。

スコット・ウイリアムズは、神となったのだ。

「シティで自動車爆弾が炸裂したんだと」

芳賀は淡々といった。

話しかけないでくれ。

陽一は芳賀を睨みつけたが、彼の目は画面に向いたままだ。

「なんか、ウイリアムズの主張も分かるんだよな」

芳賀は続ける。「アメリカじゃ給料は学歴に密接に関係するっていうからな。専門学位を持てば、生涯賃金が三百六十万ドル。高卒はたった、百三十万ドル。だけど、大学に行くやつだって、大抵の場合は学費ローンを抱えてマイナスからのスタートだっていうし、最近じゃ海外、特にアジアの大学進学率が激増して、高給だった仕事ほど優秀な大卒を安く雇える海外にシフトしてるともいうし」

「君、学費ローンを抱えてんの？」

沈黙を守るのも面倒だ。

陽一は皮肉を込めて訊ねた。

「いや、そういうわけじゃないけどさ」

芳賀はようやく視線を上げた。「せっかく学位を取っても、途上国の人間と天秤にかけられ、国内にはろくな仕事がないってんじゃ、夢も希望もありゃしない。その一方で、人件費削減に精を出してる経営幹部は、法外な報酬を得てんだぜ。若い世代にしたら、こんな理不尽な世の中があっていいのかって気にもなんだろさ」

聞いたふうな口利くな。俺はそんな現場で働いてたんだよ。

いかに人を安く使うかに血眼《ちまなこ》になっているのは、何もスロットに限ったことではない。どこの企業も常に人をいかに安く使うかを考えている。それが先進国の企業社会であり、社会構造なのだ。終身雇用なんて、とうの昔に終わったこと。でかい会社に入ったところで、生涯が保証される時代ではないのだ。

しかし、それをいまここで芳賀と語り合ったところで、どうすることもできない。

「良かったな、アメリカに生まれなくて」

陽一は素っ気ない言葉を返した。「だけど、日本の企業だって、とっくにそうなってるんじゃないのかな。アメリカで起きたことは、十年経って日本でも起こるっていうからな。就職できても、周りについて行けなきゃ振り落とされる。厳しいぞ、会社ってとこは」

嫌みに聞こえたことは分かってる。

思いっきりの上から目線であることも。

「まるで何もかもお見通しって口ぶりだね」

果たして、芳賀は口元を歪ませ、屈折した笑いを宿すと、「やっぱ慶明は違うな。頭のいいやつには敵《かな》わねえわ」

ぷいと視線を逸《そ》らすと、それっきり口を噤んだ。

2

「こちらから、訊きたいことは以上ですが、何か質問はありますか」

トヨトシ電装は、大手自動車会社にハイブリッド車向けのモーター部品を製造、納入する中小企業だ。

その会議室で、正面に座った男がいった。

歳の頃は、五十前後。

オールバックにした白髪《しらが》交じりの頭髪は豊かだ。銀縁眼鏡の下から、優しい瞳が覗いている。

白のワイシャツに燕脂《えんじ》のネクタイ。その上にカーキ色の作業服を着用し、胸には『人事部　石橋《いしばし》』と記されたネームプレートがある。

トヨトシ電装は、就活をはじめるに当たって就職ポータルサイトに登録した直後から、会社案内を何度も送ってきた会社だ。

今日は一次面接だが、いきなり一対一。二次試験で、こうした状況に出くわすことはままあるが、端からというのは珍しい。

もっとも、それも当然のことなのかもしれない。

創業六十年と社歴はそこそこだが、従業員数は二百名余。資料を送られて来なければ、存在すら知らなかった会社だ。控え室で一緒になった学生は僅か五人。解禁からまだ二日しか経っていないいま、佳境を迎えているのは大企業で、中小企業の就活が本格化するにはまだ早い。

「ひとつあります」

陽一はこたえた。「資料を何度もお送りいただいた理由はなんでしょう。わたしは経済学部の学生ですが、御社の事業は主にハイブリッド車向けのモーターの開発、製造がメインと理解しています。必要としているのは、文系よりも、むしろ理系だと思うのですが――」

　相変わらず石橋は、優しい目で陽一を見ると、こくりと頷いた。

「あなたはゼミで、ソシオ・エコロジカル・マーケティングを学んでいるんでしたね」

「はい」

「実は、弊社には大きなプロジェクトがありましてね。その陣容を強化する必要に迫られているんです」

　つまり、就職ポータルサイトに記入した、ゼミの研究内容が目に留まったというわけだ。

「そのプロジェクトの内容をお訊ねしてもよろしいでしょうか」

　陽一は訊ねた。

「構いませんよ。別に秘密にしてることじゃありませんから」

　石橋はそう前置きすると、「電気自動車の自社開発です」

　あっさりとこたえた。

「電気自動車？」

「自動車業界が、ガソリン車から水素自動車と電気自動車を次世代の車と定め、開発に鎬《しのぎ》を削っているのはご存知ですよね」

陽一は頷いた。

「弊社は、電気が次世代の自動車になると考えておりましてね」

「でも、水素自動車はインフラの整備が進んでいますし、走行距離も長い。何よりも充電に要する時間を考えると、充塡式の水素の方がずっと早く済む。水素が次世代の自動車の主流になるという見方もありますが？」

「いま現在の時点ではそうかもしれませんね」

石橋は微笑んだ。「でもね、電気自動車に使われる電池の開発は、はじまったばかりなんです。充電の方法も同じです。走行距離が飛躍的に伸びれば、充電時間も極めて短時間で済むようになるのも、そう遠い話ではありません。そんな時代がすぐそこまで来ているんです。実際、技術開発はもの凄いスピードで進んでいますから」

石橋の口調に気負いは感じられない。

それが、話の内容に説得力を持たせる。

「では、水素自動車の時代は来ないと？」

「そんなことはないでしょうね。水素と電気、どちらも次世代の自動車として普及していく。ただ――」

「ただ？　何でしょう？」

これが面接の場であることを思わず忘れ、陽一は問い返した。

優しい眼差し。誠実な話し方。

何よりも、面接の場で『質問はあるか』と訊ねられるのは珍しいし、会社の明確なビジョンを聞かされるのははじめてだ。

「最終的には、消費者がどちらに利便性を見いだすかで、シェアは大きく偏《かたよ》るとわたしたちは考えています」

石橋の目に確信の色が浮かぶ。「充電時間、走行距離が水素とさほど変わらないとなれば、電気はどの家庭にも供給されていますからね。水素を入れにスタンドに行く手間もなければ、コストも遥かに安くつきます。なにしろ水素は製造プラントが要りますし、ガソリン同様ステーションまで水素を運ばなければなりませんからね。燃料自体のコストがどうしても高くなってしまうんです」

その言葉を聞いて、陽一ははたと思いついた。

「自動車会社が、水素の普及に熱心なのは、そのせいなんですね。水素自動車の開発、製造には、高い技術力と大きな設備が必要ですが、その点、電気自動車は違う。自動車会社のビジネスというよりは、電器メーカーのビジネスに近いという話を聞いたことがあります。つまり、水素自動車の普及如何《いかん》に、大手自動車メーカーの将来がかかっている——」

石橋の目が細まった。

「おっしゃるとおり、自動車メーカーが水素の普及に熱心なのは、自分たちの優位性を維持するためという一面があるのです。電気自動車は、電池とモーターがあれば製造自体は難しいものではありません。もっとも、人の生命を預かるものですから、車体の安全性、その他諸々、開発には高い技術力が必要ですが、それでも水素に比べれば、遥かに難易度は低いといっていいでしょう」

「では、御社が目指しているのは、自動車メーカーになるということですか」

「弊社には、モーターを開発する技術力と生産力があります。電池の開発は家電メーカー、重電メーカーの分野ですが、調達すれば済むことです。弊社のような中小企業やベンチャー企業にとっては一大企業にのし上がるビッグチャンスなんです」

電気自動車の製造メーカー？　この会社が？

そんな内心が顔に出たものか、

「あり得ないと思われますか？」

石橋は優しい笑みを浮かべたが、すぐに真顔になると続けていった。「電気自動車の時代は必ずきます。なぜなら、自動車の燃費が向上すればする分だけ、ガソリンの需要が減っていくからです。それが何を意味するかは明らかでしょう」

「ガソリンスタンドが減っていくってことですか？」

「その通りです」

石橋は頷く。「自動車メーカーは、水素の普及に努める一方で、プラグインハイブリッド、つまり電池で走れるうちは電気で、切れればガソリンという車を当面の間次世代車の主力にしようとしています。しかし、今現在の電池の能力でも六十キロ程度の走行が可能です。自家用車を使って毎日六十キロも走るユーザーは、多くありませんから、ガソリンを補給する必要はほとんど無くなってしまうのです」

「それじゃ、ガソリンを補給しようと思っても、スタンドまで長距離を走らなければならない。水素と同じになってしまいますよね」

「その通りです」

「しかし、それがソシオ・エコロジカル・マーケティングとどんな関係があるんでしょう？」

胸が弾《はず》むような夢のある話だが、それゆえになぜ自分に何度も資料を送り付けてきたのか。その理由がますます分からなくなる。

「電気自動車普及の鍵は、経済性、利便性もありますが、これからの時代、エコがますます重要なキーワードになると考えているからです。水素、電気、どちらもクリーンなエネルギーのようなイメージはありますが、実はクリーンなのは自動車本体だけを取って見ればの話です。どちらにしても、製造の過程で莫大な化石燃料を必要とすることに変わりはありません。ただ、技術が進歩しているのは、発電も同じ。太陽光、風力発電技術も今後目覚ましい勢いで進歩していくのは間違いありません」

石橋はそこで一旦言葉を切ると、「いずれにしても電気自動車市場に乗り出すにあたっては、エコを前面に押し出したマーケティングを展開する必要があるんです」

はっきりといった。

謎がようやく解けた。

探し求めている人材がそこにあるとするなら、大学でソシオ・エコロジカル・マーケティングを学んだ人間に的を絞るのも頷ける。

トヨトシ電装は、紛《まぎ》れもない中小企業だ。しかし、石橋の表情、そして言葉からは、これから新しい事業に乗り出そうという希望と、強い意志がひしひしと伝わってくる。

これまでの面接といえば、表情を消した試験官が、慇懃無礼《いんぎんぶれい》な口調でありきたりな、時に意表を衝く質問を投げかけてくるのが常だった。

ミスをしてはならない。アピールしなければならない。素《す》の自分を見せるのが怖かった。この場をどう繕うか。それはかり気にしていたような気がする。

それがどうだ。

試験官が自らの口で会社のビジョンを語り、求めている人材を語る。

陽一はそこにトヨトシ電装の将来を、可能性を見いだした気がした。

「何度も資料をお送りした意図がご理解いただけましたでしょうか？」

石橋が問いかけてきた。

「はい。十分に――」

陽一はこたえた。

「他にご質問は？」

「いいえ」

「では、今日の面接はこれで終わりにさせていただきます」

石橋は相変わらず優しい笑みを浮かべながら、「それから、甚《はなは》だ失礼ですが、本日の結果はメールでお伝えさせていただくことをご了解ください。本日は、ありがとうございました」

深々と丁重に頭を下げた。

面接の終わりに礼をいわれるのは、決まりごとみたいなものだが、石橋の態度からはうわべだけではない誠意が感じられた。

この会社、いいナ――。

陽一は、心からそう思った。

『――厳正なる選考の結果、貴殿を採用することに内定いたしましたので、ここにご連絡申し上げます』

3

トヨトシ電装から内定通知が来たのは、最初の面接から五日後のことだった。

大企業と比べると考えられないほどの早さだ。

なにしろ、四葉の一次選考通過の知らせが届いたのが一昨日。明日はようやく二次面接である。

分母が違うといえばそれまでだが、対応の差は歴然だった。

違いといえば、トヨトシ電装の採用面接が二回であったこともそうだ。

事実上の最終面接は、社長と一対一で行われた。

送られてきた資料によれば、社長の大塚誠《おおつかまこと》は四十代半ば。創業者である父親の跡を継いだ若き経営者だ。

一次面接は、最後の質問を除けば、応募者の人となり、考え方を探るありきたりなものであったが、この面接の内容は大きく異なった。

初対面の人間同士がお互いのこれまでを、そして将来をとことん語り合う場となったのだ。

そこには雇用する者、される者といった雰囲気は微塵もなかった。

一次面接を担当した石橋と同じ作業服を着た大塚は、こういった。

「技術革新に伴う産業構造の変化は、ますます激しくなる。大企業であっても、変化の波についていけなければ、あっという間に淘汰《とうた》されてしまう。そんな時代を我々は生きることになる。だけど、それはわたしたちのような中小企業にとってはチャンスなんだ。企業規模が大きくなればなるほど、既存のビジネスの仕組みを維持していかなければ生き残れない。そう考えるものだからね。だけど、わたしたちのような中小企業は違う。新しい技術をいち早く採り入れ、どこよりも素晴らしい製品を世に送り出すことができれば、未開の市場を手に入れることができる。わたしは、そう確信してるんだ」

そして、こうもいった。

「どんな大企業だって、創業時はひとりかふたりではじまった零細企業だったんだ。たとえばアップル。パソコンの時代が来る。その可能性に着目して、いち早く開発に全精力を傾けた。その情熱と信念が世界を変え、世界に冠たる会社に育て上げた。わたしは、従業員と一緒に夢を追いたい。この会社を世界に冠たる電気自動車メーカーに育て上げたい。そう考えているんです」

経営者と直接言葉を交す。経営者自らが、会社のビジョンを語る。それも一時間近くの時間をかけてだ。

こんな面接ははじめてだった。

この人と一緒に働いてみたい。電気自動車を世界に普及させる夢を追ってみたい。

もはや企業の名前も、規模も、生涯賃金も気にならなかった。

むしろ、そんなことに拘っていた自分が、愚かに思えた。

しかし、問題は両親だ。

大企業への就職にあれほど拘っていた両親が、この決断を聞いてどんな反応を見せるか。

自分の人生だ。好きにやらせてくれ。

そういうのは簡単だが、やはり気になる。

結局、その夜は切り出せないまま、翌日の朝を迎えた。

「おはよう」

自室を出て階下にあるリビングに入ると、母は既に職場に出かける支度《したく》を調えていた。

父は既に出かけたのか、姿は見えない。

「もうそろそろ、起こさなくちゃと思ってたとこなの。あなた、今日は四葉の二次面接でしょう?」

「そのことなんだけど——」

陽一は口籠りながら、つけっぱなしになっているテレビの画面にふと目をやった。

車が連なった高速道路が映っている。

道路交通情報は、朝の情報番組の定番コーナーだ。

大事な話をしなければならない。

テレビを消そうと、リモコンに手を伸ばした瞬間、

「お伝えしておりますように、現在東京から各地方に向かう高速道路は東名、新東名、中央、常磐、東北、各線共に、今日未明に発生したトラック火災の影響で、酷い渋滞となっております」

というキャスターの声を聞いて陽一は手を止めた。

映像がヘリコプターからのものに変わる。

高速道路上に無残に焼け落ちたトラック。黒く焼け焦げたアスファルト。その周囲は消火剤か。真っ白になっている。

「静岡《しずおか》県上空からの映像です」

ヘリコプターに乗っている記者の声が告げた。「トラックは宅配便を輸送していた運送会社のもので、午前三時頃、目的地に向かって走行中に突然荷台が燃え上がった

ということです。ドライバーが気がついた時には、既に消火器では手のつけようがないほど火の勢いは強まっていたそうです。火災は報《しら》せを受けた消防車によって消し止められましたが、ご覧の通り車体は完全に焼け落ち、消火と荷台に満載していた荷物の処理に時間がかかり、発生から四時間経ったいまも、東名高速下り線は、一部の区間で通行止めとなっております。なお処理には、まだ暫くの時間がかかる模様で、東京、名古屋を結ぶ交通と物流の大動脈は、分断された状態にあります」

「それでは、次に中央道の様子です――」

画面が切り替わった。

やはり、ヘリからの映像だ。

「大丈夫かしら」

そばにいた母が、困惑した表情を浮かべた。

「大丈夫って何が？」

「昨日、社長さんに頼まれて、名古屋の得意先に生菓子を送ったの。先方のお父様の一周忌のご仏壇に上げるお供え物なのよ。こういう物って、日がずれちゃったら意味ないじゃない。第一、なまものだし――」

何、能天気なこといってんだよ。

それどころではなかった。

スロットを潰すのは簡単だ。物流を麻痺させればいい――。

数ヵ月前井村に語ったテロ行為そのものが現実のものとなったのだ。

世の中には同じようなことを思いつく人間はごまんといるだろうが、まさかこんなことが本当に起きるとは――。

「そんなの、発送伝票の番号調べりゃ、スマホから荷物がいまどこにあるか、簡単に調べられるよ。使えんだろ。スマホ」

陽一は吐き捨てるようにいうと、画面に食い入った。

「そんないい方しなくてもいいじゃない。伝票番号なんて、会社に行かなきゃ分かんないんだし……」

母はむっとした口調で返してくると、「早く行って調べないと。朝食は支度してあるから、勝手に食べてね。それから面接には、絶対に遅れないように」

そう言い残して玄関へと消えて行く。

映像は、中央道から常磐道、そして東北道へと変わる。

どの現場の状況も、東名と似たようなものだ。

焼け焦げたトラック。長い渋滞の列――。

「死傷者が出ていないのが幸いでしたが、東京から各地に向けての交通は大混乱ですね」

キャスターがいった。

「これは、単なる事故とは思えませんね」

コメンテーターがこたえた。確か新聞社の現役の記者だ。「東京から各地に向かう高速道路は、交通と物流の大動脈ですからね。一箇所ならともかく、五つもの主要幹線で同時に、しかも同じ会社のトラックが炎上したとなると、意図的に行われたとしか考えられません」

「事故ではないとすると、テロ……でしょうか」

「テロかどうかは分かりませんが、狙ったとしか思えませんね」

断言するコメンテーターの眉間に深い皺《しわ》が刻まれる。「宅配荷物は、深夜高速道路を通って、目的地近くの基幹ターミナルに運ばれるんです。もし、何らかの時限装置を用いて、トラックが高速道路上にいる時間帯を狙って発火させるようにしたら、今回のようなことを起こすことは十分可能でしょうからね」

「しかし、危険物の搬送は禁じられているんじゃ――」

「そこが盲点なんです」

コメンテーターがいった。「たとえば東京から荷物を送った場合、極度に進歩したいまの宅配システムでは、本州のほぼ全域が翌日配送のエリアになるわけです。当然仕分けも物凄いスピードで行われるわけですから、全内容物の検査を行うなんてことは、事実上不可能なんですよ」

「じゃあ、その気になれば、何らかの仕掛けを施した発火物を、荷物の中に忍ばせておくことができる……そういうわけですか」

「早さ、つまり便利さを取るか、百パーセントの安全性を確保するかの問題なんですね、これは……。前者を優先すれば、どうしても、作業効率を上げなければならない。そこに悪意を持った人間が、つけこむ隙が生じるわけです。これは、電車やバスのような公共機関でも同じなんですよ。飛行機は手荷物検査がありますけど、押し寄せる人を右から左に運ぶ電車やバスでは、そんなことできませんからね」

「そういえば、二年前に新幹線での焼身自殺なんていうのがありましたね」

キャスターが沈鬱な顔をして危機感を煽《あお》る。

「あれは、たまたま新幹線でしたが、満員の通勤電車で起こっていたらと思うと、ぞっとしますね。大変な数の死傷者が出ますよ。かといって、新幹線、まして通勤電車に乗るのに、いちいち手荷物検査をするっていうのは、現実的には難しい――」

「そりゃそうですよね。そんなことやったら、会社行くのに、一時間早く家を出なけりゃならなくなりますもんね」

「焦点を宅配便に戻しますとね、もし、今回の事件が宅配便を狙ったものだとすれば、社会に与える影響が広範囲にわたるということです」

コメンテーターの声に憂いが籠る。

「もはや、宅配便は社会インフラのひとつ。人々の生活に必要不可欠なものとなってますからね」

彼は続ける。「遠隔地から物を取り寄せるネット通販は、ほとんどが宅配便を使っていますが、これ全部、基本的に翌日配送を前提にしてるんですね。そればかりか、高齢化が進む過疎地の買い物難民の救済策として、ネット通販は決定打になるとも考えられているんです。一個一個の荷物に、危険物が入っていないかなんて検査を厳密にやってたら、現行のサービスレベルを維持することは、極めて難しくなりますからね」

「解決する手段はないんでしょうか」

キャスターの問い掛けに、

「技術は日々進歩してますから高性能の自動スキャニング装置のようなものを、開発することは可能でしょうが……」

コメンテーターはそこで、言葉を濁すと、「ただ、装置が開発されるまでには時間がかかるでしょうし、実用化されたとしても、全部のターミナルに設置しなければ百パーセントの安全性は保証されません。そのコストも馬鹿にならないでしょうし、それは回り回って、料金に跳ね返ってくるわけです」

苦々しげにいった。

「そんなことになったら、実体経済にも影響出るんじゃないですか」

キャスターが目を剝きながら、慌《あわ》てて返した。「わたしもよくネット通販使いますけど、大口顧客の配送料が大幅に値上げされたのに、いまでも年会費を払えばほとんど配送料は無料ですよね。また値上げしたら、さすがに無料とはいかないと思うんです。有料になっちゃったら魅力が半減しちゃいますよ」

「無料だったものを有料にするってのは、ハードルが高いですよね。それにネット通販の配送料が有料になれば、オーダーが減る。それは物量が減るってことですから、宅配会社も困る。もし値上げをするとすれば、まずは、個人の宅配物じゃないでしょうか」

「それも困りますよね」

キャスターは困惑した表情を浮かべる。

「いや、当たり前に考えればそうなりますよ」

コメンテーターはいった。「一般宅配物は確実に利益が見込める定価販売ですからね。先ほどもいったように、宅配便は現代社会の立派なインフラのひとつなんです。多少料金が上がったからって、使わない生活なんて考えられませんから」

「それはそうですけど、気軽に使えなくなったら、一般客だって利用を手控えるようになるんじゃ――」

「それが怖いんです」

コメンテーターは顔の前に人差し指を突き立てた。「確実に利益が上がる荷物が減れば、大口顧客の料金だって再度見直さなければならなくなりますからね。送料無料なんてことはできなくなる。そうなれば、家計にはダブルパンチですよ。それに、危険物の有無を自動スキャニングする装置を導入した場合、いまの仕分けスピードが維持できるのか。機械の性能次第では、翌日配送ができなくなる。あるいは荷物の引き取り時間をずっと早くしなければならなくなることも考えられるわけです」

「それも困りますよねえ。利便性は向上していくのが当たり前って誰もが考えてるのがいまの世の中です。それが、逆に後退するなんてことは、誰も想定していませんからね」

「こんな事件がそうそう続くとは思えませんが、いずれにしても早急に根本的な対策を講じなければなりません」

コメンテーターがそう断じたのをきっかけに、

「それでは次のニュースです」

キャスターが話題を変えた。

陽一はリモコンを使って、電源を落とした。

こんな事件がそうそう続くとは思えないって？

陽一は胸の中で、コメンテーターの言葉を繰り返した。

そんなことはない――。

この事件がフィストの呼びかけに共鳴した人間の仕業である可能性が高いことは、彼らも気づいているはずだ。そこに敢えて触れなかったのは、迂闊《うかつ》に名前を出して、第二、第三の事件が起きることを恐れたからに違いない。

つまり、今回のテロまがいの行為は、その気になれば誰もが簡単に実行でき、それでいて社会に及ぼす影響が甚大であるということを証明したのだ。そして、それはいまの社会に不満を抱き、絶望感に駆られている人間が、いかに多いかの表れでもある。

だとしたら、これははじまりに過ぎない――。

胸騒ぎを覚えた。

同じ犯行を思いついた者として、本気でこの社会を破壊する気ならば、次の一手がはっきりと見えた気がしたからだ。

まさか――。

陽一は、暗くなった画面を見つめながら、脳裏に浮かんだアイデアを振り払うかのように頭を振った。

4

キャンパスに着いたのは、午後二時のことだった。

結局、四葉物産の二次面接に行くのは止《や》めにした。

トヨトシ電装に行くと決めたからには、これ以上就活を続けるのは無意味だし、他社から内定を貰えたら貰えたで決意が鈍《にぶ》ると思ったからだ。

柳田との約束が反故にされたと告げた時の両親の怒りよう、失望たるや酷いものだった。特に母親の憤激ぶりは凄まじく、「口約束でも、約束は約束よ！」と絶叫し、スロットにねじこもうとしたほどだ。

それを収めたのは父である。

「それで、採用されたって、ろくなことにはならないよ。中途で採用されるのは、即戦力になる人間だ。それをあっさりクビにするくらいだ。右も左も分からない新入社員を自主退職に追い込むのなんか朝飯前だ」と、悔しさを飲み込むように唇を噛んだ。

以来、父は就職の話題には一切触れなくなったが、母親は違う。「アメリカの会社はそうでも、日本の大会社は違うわ」と、大企業志向は高まるばかりだ。

それでも手はある。

昨年同様、大手は全滅だったといえばいいのだ。まさか、再度留年しろとはいうまいし、内定を貰えたのがトヨトシ電装一社だけとなれば、さすがに諦めもつくだろう。

キャンパスを訪れたのは、ゼミの指導教授である成沢《なるさわ》に内定の報告をするためだ。同期よりも一年長く世話になったのだ。行く先が決まったからには、真っ先に報告しなければなるまい。

研究室に成沢の姿はなかった。

二年後輩の横田久《よこたひさし》が調べ物でもしているのか、部屋の中央に置かれたテーブルの上でパソコンに向きあっている。

「あれ、先生は？」

陽一は訊ねた。

「いま、講義に出てます。もうそろそろ、戻られると思いますが」

横田は振り向きざまにこたえたが、すぐにパソコン画面に視線を戻した。

「そっか……」

肝心の成沢が授業中では待つしかない。

椅子に腰かけた陽一に向かって、

「凄いことになってますよ」

横田が話しかけてきた。

「凄いって何が？」

「犯行声明が出たんだそうです」

「犯行声明って、何の？」

「今朝あった、宅配便トラックの同時多発テロのですよ」

「それ、ネットにアップされたの？」

「違います。マスコミに手紙が送り付けられてきたんだそうです。いま、ネットじゃその話で持ち切り。もう、祭り状態ですよ」

横田は、興奮した面持ちでいう。「やっぱ、フィストに触発されたみたいですね。格差が広がる一方の社会への怨嗟。それに気がつかず、抗うこともない能天気な日本人はいいかげん目を醒《さ》ませ。こんな社会は一度リセットしなければならない。なんか、そんなことが書き連ねてあるらしいですよ」

「社会をリセットするんなら、宅配便のトラック燃やしたってしょうがねえじゃん」

「さあ……」

横田は小首を傾げた。「だけど、犯行声明にはこうも書いてあったそうです。これは、手はじめに過ぎない。第二、第三の新たな手段を講じる用意がある。この社会が完全に麻痺し、ブッ潰れるまで戦い続けるって。なんたって、差出人の名前が『バルス』だっていいますからね」

「バルスぅ？」

陽一の声が裏返った。

バルスとは、アニメ映画『天空の城ラピュタ』のふたりの主人公が、宙に浮く城を破壊する際に唱えた呪文のことだ。単独犯なのか、グループなのかは分からないが、破壊願望が伝わってくる。

「で、他には？」

陽一は訊ねた。

「これ、後に続くやつが出るんじゃないかなあ。ネットの掲示板には、こいつの声明に賛同する声が結構ありますからね」

「いつものこった。調子に乗って、無責任なこと書いてるだけだろ」

ドアが開いたのは、その時だ。

スマホを耳に押し当て、誰かと会話を交わす成沢が入って来た。

「えっ……それじゃ、明日着くかどうか分かんないって？　そりゃ困るよ。スタートは八時なんだからさ。クラブなけりゃ、ゴルフできないじゃないか——なんだって？　今朝の事件で、荷が溜ってる？　しょうがないなあ。それじゃもういい。バッグ担いで電車で行くから」

成沢は溜め息をつきながらスマホを切ると、「おう、百瀬君」

陽一に向かって声をかけてきた。

「どうかなさったんですか」

陽一は訊ねた。

「いや、参ったよ。明後日ゴルフをする予定だったんだが、宅配便でクラブを送ろうとしたら、例のトラック炎上事件の影響で、配送に遅れが生じていてね」

成沢は視線を落とした。「現状では、明日届くかどうか保証できないっていってるらしいんだ」

「宅配、停《と》まっちゃったんですか」

「いや、荷物は受け付けるけど、車両の遣り繰りがつかないらしいんだよ」

成沢は困惑の色を隠せない。「末端の機能は動いていても、輸送の中間部分が麻痺したんだ。各地に荷物を運ぶ大型トラックは、シャトルのように都市間を行ったり来たりしてるわけだからね。途中で足止めを食らったら、運ぶ便が無くなっちゃうんだよ」

「あれ?」

横田が声を上げた。「スロットの表示が変だぞ。いまの時間なら本を注文すれば明日届くはずなのに、二、三日以内になってる。在庫はあんのに――」

「そりゃあそうなるだろうね」

成沢は軽く肩をすくめた。「ネット通販だって宅配便を使ってるんだ。配送物は、一旦宅配会社の基幹ターミナルに集められるわけだし、そこから先へ運ぶ車の運行スケジュールがずたずたになれば、荷物は溜る一方だ。いまごろ、宅配会社のターミナルは、荷物が溢れ返って大変なことになってるんじゃないかな」

大変なことになっているのは、宅配会社のターミナルだけではない。

スロットの物流センターだって同じだ。

本やCDの集荷ノルマは一分間に三冊。全国から押し寄せるオーダーを右から左に捌いていけば、出荷エリアは梱包が済んだ商品の山となる。本来ならば、宅配会社のトラックがそれを随時運び出して行くのだが、次のターミナルで宅配物が滞《とどこお》ってしまえば置き場所がない。結果、スロットは出荷作業を停止せざるを得なくなるのだ。

「もし、こんなことが続くなら、製造業にも大きな影響が出るだろうな」

成沢は、そっと眉を顰《ひそ》めた。「大きな工場は、どこもかんばん方式だ。物流が止まっちゃったら、部品が定刻通りに着かなくなるからね。生産ラインだって止まっちゃうよ」

かんばん方式とは、ジャスト・イン・タイムで必要な時に必要な量を生産ラインに供給する生産形態のことだ。

この方式の最大のメリットは、工場が在庫保管機能を持つ必要がなくなることにあるのだが、それも厳密に定められたスケジュール通りに部品が運び込まれてはじめて成り立つ。たったひとつの部品でも納品が遅れれば製造ができなくなってしまう、というリスクを常に孕《はら》んでいる。

「そういえば、静岡近辺には大手メーカーの製造拠点がたくさんありますもんね」

陽一はいった。

「特に自動車産業なんてのは、かんばん方式を行ってる代表格だからね。万が一にでも、工場がストップすれば、裾野の広い業界だ。多くの企業が影響を受けるだろうね」

その言葉を聞いて、陽一は改めて日本の産業構造、いや社会構造までもが、いかに緻密な仕組みの下に成り立っているかということに気がついた。

誰もが時間通りに完璧な製品を届ける。絶対的な信頼と、極限まで無駄を排除した産業構造、社会のありようは、まるで精緻な時計の内部を見ているようだ。

だが、それゆえに、たったひとつの歯車が機能しなくなっただけでも、産業が、社会全体が止まってしまう——。

図らずも、今回のテロは、その脆弱《ぜいじゃく》性を露呈することになってしまったのだ。

「先生、わたし、その自動車のモーター部品の製造メーカーから内定をもらいまして

「――」

陽一は、話題が自動車産業に及んだところで本題を切り出した。

5

バルスの予告はブラフではなかった。

三日後の深夜にも、同様の事件が起きたのだ。

しかも、今回は東名、名神《めいしん》、山陽《さんよう》道が狙われた。

犯行声明を聞いて、思い浮かんだ次の一手がまさにそれだった。

宅配便は基本的に翌日配送だが、たとえば東京から広島《ひろしま》宛に荷物を送り出した場合、配送時間は午後二時以降となる。

バルスはこの時間差から、トラックが高速道路を走行している時間を逆算したらしい。静岡、岐阜《ぎふ》、兵庫《ひょうご》、そして広島と各県内で、深夜・未明から午前中にかけて、相次いでトラックが炎上したのだ。

本州の主要な物流、交通の大動脈は、各地で完全に分断された。

そして、ほぼ同時にマスコミ各社に送り付けられた犯行声明――。

宅配会社は滞留する荷物を捌き切れず、かといって、全ての内容物を検査する術はない。ついに荷物の受付の一時停止を検討しはじめた。

スロットで一緒に派遣で働いていた海老原涼子から、久々に電話がかかってきたのは、そんなニュースが流れた直後のことだった。

「久しぶり。どうしてる?」

陽一は訊ねた。

「大変なことになっちゃってさ……」

涼子の声が暗く沈む。「仕事がなくなるかもしれなくて——」

「仕事がなくなる? それどういうこと」

「あの事件があって以来、スロットの現場は大混乱になってるのよ。オーダーはどんどん入って来るのに、荷物が出荷できないんだもん。うちのセンターだけじゃないのよ。飲料を扱ってる大井なんか、かさがある荷物を扱ってるでしょ。出荷エリアに商品があっという間に山積みになって、麻痺状態なんだって」

「それが、仕事なくなんのとどう関係すんだ」

「荷物が送り出せなくなったら、作業員なんてやることないじゃない。最小限の作業員を残して、残りは自宅待機させることをスロットは検討しはじめてるっていうの」

「それ、スロットの都合だろ。休業補償が出て、当たり前なんじゃないのか」

「あの会社が、そんなことすると思う?」

そう返されると、言葉がない。

黙った陽一に向かって、涼子はいった。

「ただでさえ、成績の悪い派遣は即刻クビにするような会社よ。派遣なんか、雇用の調整弁としかみなしてないんだもの。人が余れば減らすだけ。そうなるに決まってんじゃない」

どこまで、勝手な会社なんだ。

そんなことをやってるから、こんな事件が起こるんだ。

「だけど、クビを切るにも順番ってもんがあんだろ。だって、海老原さんはベテランだし、ノルマだって立派にクリアしてるじゃないか。先に自宅待機させられるやつが、いくらでもいんだろ」

スロットのやり方が許せない。

陽一は声を荒らげた。

「だって、作業が途中で何度も中断させられんのよ。荷物が出せないんだもの、ノルマも何も関係ないわよ。誰に自宅待機のお鉢が回ってくるか、みんな戦々恐々よ」

陽一は、今回の事件の影響の大きさに愕然となった。

考えて見れば、スロットの現場だって、精緻に嚙み合って動くこの社会を形成している歯車のひとつだ。

一分間に三冊。スロットのオペレーションはそれが前提で動いている。一人の作業員が、一時間に百八十もの書籍やCDをピックアップし、梱包が済んだそばからトラックに積み込まれるという流れ作業だ。そこから先の宅配機能が麻痺状態に陥れば、物の動きの源流にある庫内作業に影響が出るのは当たり前だ。

もちろん、スロットにとっても深刻な事態には違いない。いや、会社存亡の危機といえるだろう。しかし、会社云々以前に、真っ先に被害を被るのは、末端の弱い立場に置かれた人間たち。涼子のような派遣社員なのだ。

「本当に困ったわ」

涼子の声は狼狽《うろた》えている。「仕事なくなっちゃったら、次が見つかるまでは無収入。それで、子供抱えてどうやって生活していけばいいのか――」

確かに、生活が楽なわけがない。

時給千円。一日八時間、月に二十五日間の労働で二十万円。税金を引かれる上に国民健康保険の支払いもある。さらに年金をまじめに払えば、手取りは遥かにそれを下回る。貧困層の定義は、二人暮らしで年間手取り収入百七十五万円ともいうから、涼子の場合、それに該当するか、限りなく近いといえるだろう。

「そんなら、さっさと見切りをつけて、スロット辞めたらいいじゃん。人を人とも思ってない会社だ。それに、三年経てば雇い止めだろ。新しい派遣先を探して、そっちに移った方がいいんじゃないか」

「そんなことできるなら、とっくの昔にやってるわよ」

涼子は少しむきになった口調でいった。「この現場は家に近いし、子供のことを考えると、わたしにとっては一番都合がいいの。それに、派遣会社も、今回の事件で業務が混乱している派遣先が続出で、スロットと似たり寄ったり。派遣先はそう簡単には見つからないって……」

いわれてみればというやつだ。

物流機能が大混乱に陥っているいま、窮地に立たされているのはスロットに限ったことではない。

物が確実に流動することを前提に業務が成立している産業は世にごまんとある。その全てのビジネスが、スロット同様の状況にあることは間違いないのだ。

こたえに詰まった陽一に、

「百瀬君。あなたのところはどうなの？　仕事大丈夫なの？　新しい職場、見つけたんでしょう？」

涼子は矢継ぎ早に訊ねてきた。

なるほど、そういうわけか。

自分が一年間の就職浪人期間を利用して、スロットで派遣社員として働いていたことを彼女は知らない。まして、挨拶もなしに突然現場を去ったのだ。おそらく新しい派遣先で働いている。そう思い込んでいる。藁《わら》をも摑む気持ちで、情報を集めにかかっているのだ。

しかし、いまさら自分が就職浪人だった、今年の就活に成功して、内定を貰ったばかりだとはいえるわけがない。

「海老原さん――」

陽一はふと思いついていった。「これは僕の勘だけど、スロットが平常通りに戻るのは意外に早いかもしれないよ」

「どうして？　だって現に宅配会社は、荷物の受付を一時中断することを検討しはじめたって――」

「発火物が入っていたのは一般の荷物だ。出所がはっきりしているスロットのような荷物に、仕掛けをするのは不可能だ。宅配会社だって、いくらなんでも全面的に業務を中断するなんてことはしやしないよ。大口客の荷物は、いままで通り引き受ける。きっとそうなるって」

6

「まあ、そうせざるを得ないかもしれないけど、それでも宅配会社は大変だよ」

陽一の見解を聞くなり、大塚がいった。

その日の夕方は、トヨトシ電装を訪ねることになっていた。

早々に入社の決断を告げたのが、よほど嬉しかったらしい。

「社長を交えて夕食を一緒に摂《と》らないか——」

石橋がその場で誘ってきたのだ。

バブル華やかなりし頃は、内定者に逃げられないよう、旅行に連れ出したり、あるいは研修施設に囲い込んだりと、企業もあの手この手をつくしたと聞いたことがある。

従業員二百人余りの中小企業だ。採用人数も知れたものだろうから、内定者にこうした場を設けるのがトヨトシの慣習なのか。あるいは、一席設け、人間関係を深めれば、逃げるに逃げられまい。そんな狙いがあるのかは分からないが、いずれにしても、丁重な処遇である。

「ネット通販の荷物は、いまや最大手宅配会社の物量の四割を占《し》めるというからね。発火する可能性がある荷物は一般客のもの。根本的な対策が整うまで、取り扱いを大口顧客に絞るってのはひとつの手だろうが、採算面で考えたらどうなのかなあ」

大塚は小首を傾げる。

「でも、全面的に業務を停止したら収益はゼロですよ。その一方で宅配会社はドライバー、オフィスワーカーと正社員を多く抱えていますから、人件費が恒常的に発生するわけで――」

「業務用途の物量なんて、全体の五割程度じゃないのかなあ」

大塚はいう。「物量が半分になったからって、ターミナルの能力を半分に落とせるかっていったらそんなことはないからね。それは車両だって同じだよ。荷物は全国各地に向けて動いてるんだ。当然、車両の積載効率は落ちる。だけど、燃料代、人件費は、荷が満載だろうが、半分だろうがさほど変わらない。半端に動かした方が、マイナスになるってことも考えられるからね」

「それでも、いくらかのおカネになった方がマシなんじゃないですか」

「それがそうとはいいきれないんだよな」

所は、品川《しながわ》駅近くのビルの地下一階にある小料理屋だ。

石橋は、定刻を過ぎても現れない。

乾杯は彼が到着してからだ。

狭い座敷でテーブルを挟んで座る大塚は、そっと眉を顰めると続けていった。

「実は、宅配会社の売上は右肩上がりだけど、利益は全然伸びていないんだ。その理由はネット通販の荷物が物量に占める割合が激増しているからだ」

「えっ、そうなんですか？」

宅配会社のそんな内情ははじめて聞く。

陽一は思わず問い返した。

「それに宅配全体の物量も、膨《ふく》れ上がる一方だろ。サービスレベルを維持、向上するために、巨額の設備投資を行ってるからね。ネット通販の荷物を失えば施設、車両、人員が遊んでしまう。何年か前に、大幅に配送料の値上げをしたけど、それでも利益が増えていないってことは、まだまだ安い価格で請け負ってるんだろうね。会社を支えているのは間違いなく一般客の荷物だ。それが全面的に取り扱い停止なんてことになったら、ネット通販の荷物だけじゃ、やっぱり赤字が膨らむだけだ。宅配会社も頭を抱えていると思うよ」

「だったら、この際です。解決方法はネット通販会社の運賃をさらに値上げする。それしかないんじゃないですか」

「それも難しいだろうね」

大塚は即座に否定する。「そんなことをすれば、ネット通販会社の収益構造が狂ってしまう。利用者はどこよりも安く物が買える、しかも配送料金は無料。そこに魅力を感じてるんだからね」

「でも、宅配会社に手を引かれたら、ネット通販会社だって困るじゃないですか」

「その点からいえば、今回のテロ行為は、まさに現代社会の盲点を突いたものだといえるね。誰もが宅配便を使えば、荷物が翌日、指定された時間に間違いなく届いて当たり前と考えている。その前提に立って、暮らしも、仕事も成り立ってる。それが機能しなくなってしまったんだからね」

大塚は、そこで深い溜め息をつくと、「実は、我々の業界だって、例外じゃないんだ――」

深刻な声を漏らした。

「といいますと？」

陽一は訊ね返した。

「自動車会社の生産ラインが、かんばん方式で動いているのは知ってるね」

「はい――」

「最初のテロがあった日は、納品が間に合わなくなって、自動車会社の工場の生産ラインが一時停止したんだ。これは、深刻な事態でね。容疑者が捕まるか事態が落ち着くまで、高速道路の使用は当面見合わせることになったんだ」

「てことは、一般道を使うってことですか？」

大塚は頷く。

「高速道路を使わないとなると、輸送に時間がかかる。考えることはみんな一緒でね。一般道は大渋滞だ。当然、運送効率が落ちるから、車両も増やさなければならない。たかが一台、されど一台。コストアップにつながるわけだ。これは、それこそ何銭単位で、ぎりぎりの価格交渉を強いられている我々のような下請け企業にとっては大変な負担なんだよ」

「でも、それって、メーカー側の都合じゃないですか。コストがアップした分は、メーカーが負担して――」

当然じゃないか。

そう続けようとしたのを、

「メーカーはそんなこと認めないよ」

大塚は、苦笑を浮かべながら遮った。「大メーカーの購買担当なんて、どれだけ納品価格を下げるかが仕事で、それが評価に繋がるんだからさ」

そして、一転真顔になると、

「だから、電気自動車の開発に本気で取り組んでいるんだ。下請けに甘んじている限り、生かさず殺さず。値下げを飲めば、もっと下げられるだろうとくる。その繰り返しだからね」

目に並々ならぬ決意の色を宿した。

生かさず殺さず――。

そういう言葉を聞くと、中小企業の悲哀を思い知る。

陽一は思わず視線を落とした。

いや、中小企業ばかりではない。物量を握られてしまったがゆえに、料金を徹底的に叩かれた宅配会社の例でも明らかなように、一旦生命線を握られれば相手の前には跪《ひざまず》かざるを得ない。利益を吸い上げられ、生かさず殺さずの目に遭うしかないのは大企業とて同じなのだ。

「あくなき、コストダウンの要求。これが、どんなことに繋がっていくか分かるかい？」

大塚の言葉に、陽一は視線を上げた。

「人を切って機械に替えるか、あるいは安い労働力を使うか。そのどちらかだ」

大塚の視線が陽一を捉える。「人件費は固定費の最たるものだからね。その点機械は別だ。設備投資を行うのは楽じゃないが、人の仕事を機械に入れ替えてしまえば、導入資金が回収できた後は、利益を生み続けることになるんだ。機械はいくらこき使っても文句はいわない。賃上げをしてやる必要もないからね」

「そして機械よりも安くつくというなら、派遣というわけですか」

大塚は頷いた。

「悩ましいのは、そうした考えが経営判断としては間違ってはいないということなんだ。だけど僕はそういう経営手法は、人を不幸にするだけだと思う。僕が電気自動車の開発に乗り出したのは、我が社に技術があるからだけじゃない。この事業が軌道に乗れば、従業員に十分な報酬と、安定した雇用環境を与えてやれる。そう考えているからなんだ」

「でも、電気自動車メーカーになっても、全ての部品が自社で賄えるってわけじゃありませんよね。外部から調達するとなれば、やっぱりコストが問題になるんじゃ……」

陽一は、大塚の顔を見ながら、戸惑いがちに訊いた。

電気自動車は、家電産業やベンチャーが参入するチャンスだといった。だが、普及の鍵は性能はもちろんだが価格にもある。だとすれば、トヨトシが電気自動車の開発に成功し、大企業に成長すれば、いまの自動車会社と同じく、いかに販売価格を安く設定できるか。つまり、外部から調達する資材、部品のコストダウンに目がいくに決まってる。

「確かにコストは大切だよ。でもね、このプロジェクトは我が社だけのものじゃないってとこがミソでね」

「といいますと？」

「同じ立場に立たされている中小企業が、みんなで電気自動車を作っていこう。そういうプロジェクトなんだよ、これは」

大塚は笑みを浮かべた。「つまり、参加しているひとつひとつの会社が、いわば事業部、対等な立場で成長していくことを目指してるんだ。それぞれが持つ技術力と生産力を持ち寄って、電気自動車って市場を作り上げていこうってわけなんだ」

「まるで、中小企業の一揆《いっき》ですね」

陽一の口元も自然にほころぶ。

「ただ、今回のようなことが続くとなあ……」

大塚の顔が曇った。「正直いって、物流コストが嵩《かさ》むと、ぎりぎりのところでやってる中小企業には大打撃だ。今年はさておき、来年の新卒採用には、大きな影響が出るかもしれないね」

「本当ですか」

思いもしなかった言葉に、陽一は訊ね返した。

「いや、本当に今回の事件の影響は深刻なんだ」

大塚の声に緊張感が宿る。「日本の物流システムは、極限まで進化しているからね。魚や野菜だって、市場が開く時間は決まってて、そこから逆算して物が動きはじめる。競《せ》りに間に合わなければ鮮度が落ちる。漁師、農家、仲介業者だって大損害だ。打撃を受けているのは、中小企業だけじゃない。いまの時代、物流が滞るってことは、社会が麻痺するってことと同じなんだ」

「社会の麻痺は、経済の停滞に繋がる。当然会社の業績も落ちる。採用計画にも影響が出るってわけですか……」

「どれだけ、社会に恨みを持っているかは分からんが、全く悪魔的な仕業だよ」

実行したのはバルスだが、陽一は己のことをいわれた気がして、ぎくりとした。

大塚は続ける。

「確かに、社会を崩壊させるには、物の動きを止めてしまうのが一番早いんだ。しかも、これだけのことをしておきながら、死傷者は一人も出ていない。いったいどんなやつが、こんなことをしでかしてんのか――」

悪魔的といえば、トラックを炎上させる発火装置の仕組みが解明されてないこともそうだ。模倣犯を恐れて、捜査当局が公表をしていない可能性も考えられるが、マスコミの報道によると、トラックの積荷の燃えかすから発見されたのは、タイマーに使われたと思《おぼ》しき時計の部品だけ。それも満載していた荷物が全焼、さらにはガソリンタンクまで燃え上がったせいで、火勢が余りにも強かったためだ。

もっとも、タイマーの工作さえうまくいけば、発火させること自体は、何ら難しい話ではない。

火種を何にするかはさておき、火勢を一気に強める材料は簡単に手に入る。主にキャンプで使われる着火剤やライターのオイル、果ては花火に至るまで、いずれも発火物であるにもかかわらず、ネット通販で買える上に、発送方法はゆうパック、宅配便のいずれかだ。トラック、積荷は全焼。しかも、火災を消し止めるために、消火剤がふんだんに使われたのだから、発火物の正体を特定するのが困難を極めることは、容易に想像がつく。

「でも、宅配会社はどこで出された荷物が、どのトラックに積まれたか、伝票番号で全部管理しているはずです。それを辿《たど》っていけば、犯人は早晩捕まると思うんですが――」

陽一がいったその時、入り口の引き戸が開けられ、石橋が現れた。

「すいません。遅くなりまして」

どうやら駆けてきたのか、石橋の息は弾んでいる。「お待たせしてしまって……百瀬君、失礼したね」

「何かあったのか」

大塚が訊ねた。

「電車が止まってしまいまして……」

「事故か」

「そうじゃありません。車内検査があったんですよ」

「車内検査？　なんだそりゃ」

「よく分からないんですけど、とにかく電車を止めて、駅員が総出で網棚の上の荷物を全部チェックしたんです。自分の荷物を手に取って下さい。持ち主がいない不審な荷物はありませんかって、全車両――」

「何があったんだろう」

怪訝な表情を浮かべる大塚に向かって、

「調べてみましょうか」

陽一はいった。

バルスのことが話題になったばかりだ。

大塚も気になるらしい。

彼が頷くのを見て、陽一はスマホを取り出すと、ニュースサイトにアクセスした。

結果はすぐに現れた。

『山手線内で不審物発見。都内全線が一時停止。車内検査行われる』

速報のトップニュースだ。

文面を一読して陽一は驚愕した。

「バルスです」

陽一はいった。「今度は電車の中に強酸性のトイレ洗剤と、石灰硫黄《せっかいいおう》合剤と書かれた容器が入った紙袋が置かれていたそうです。バルスを名乗る人物から駅に通報があったとかで――」

「強酸性の液体と石灰硫黄って……硫化《りゅうか》水素か！」

大塚が目を剝いた。「おいおい冗談じゃないぞ。電車の中で、そんなものが発生したら、みんな死んでしまうぞ」

「どうりで、駅員が血相をかえて探し回るはずです。尋常ならざる雰囲気でしたからね」

恐怖からか、そういう石橋の顔は引きつっている。

「こんなことやられたんじゃ、電車もおちおち乗ってられないじゃないか。会社行くにしたって、誰もが鞄の一つは持ってるもんだ。女性はもれなくバッグを持ってるしね。それが、どこにこんな物騒《ぶっそう》なもんが仕掛けられてるか分かんないってことになったら……」

大塚の言葉には、怒りが滲んでいる。「物流止めた次は、人の移動かよ」

「防衛策といえば、通勤時間をずらして、人があまりいない時間帯に電車を使うくらいしかありませんからね」

「そんなことはできないよ」

石橋の見解を大塚は即座に否定する。「一時間早く家を出ろっていうのは簡単だが、いうは易《やす》し、行うは難《かた》しの典型みたいなもんだ。それに、誰もが同じことを考えるだろうし、結局、空《す》いてる車両が来るのを待って乗るってことぐらいしか防衛策はないじゃないか。そんなことやってたら、いつ会社に着くか分からないよ」

「かといって、この二つは、簡単に手に入る代物《しろもの》ですし、販売を中止するってわけにもいかないでしょうからね」

石橋の言葉に間違いはない。

強酸性のトイレ洗剤は、薬局やホームセンターで簡単に買える。一方の石灰硫黄合剤は農薬だが、これもまた園芸用品としてホームセンターで手に入る。

世間には単体では脅威とならずとも、組み合わせによって、人の生命を危機に晒《さら》す商品が当たり前に流通しているのだ。

「全く、大変なことをしでかすもんだ」

大塚は苦々しい口調で呻《うめ》いた。「これ、模倣犯が出るぞ。今回は未遂で済んだが、一度でもこんなテロが現実のものとなれば、社会に計り知れない影響が出る。物流が止まり、人の動きもままならなくなったら、それこそ社会は崩壊しかねない」

本来ならば、早々に祝杯をあげるところなのだろうが、場の雰囲気は暗く沈んでいく。

もっとも、バルスがこんな犯行に及ぶ気持ちも理解できる部分がないわけではない。

スロットの現場で味わった派遣労働者の待遇。将来に抱く不安、そして絶望感は、いまでも鮮明に覚えている。事実、こんな社会は間違っている。壊れてしまえ。そう思ったこともある。

しかし、現実に社会が壊れようとする時、真っ先に窮地に追い込まれるのは、やはり弱者。この格差社会の底辺で、明日を生きるために必死で働いている労働者なのだ。それは、仕事を失うかもしれないと怯えている涼子の言葉からも明らかだ。

結局は、体力が弱い順番から死に絶えていく。強き者が最後まで残る。

弱者への救済策なくして、現状を破壊しようとする行為は、単なる自己満足に過ぎない。

そこに気がついた時、陽一はこの無責任極まりない行為に、やり場のない怒りを覚えた。

いったい、バルスはどこまでやるんだ。

本気で社会を潰すつもりなのか――。

不吉な予感を覚えながら、陽一は黙ってスマホの電源を落とした。

第四章　週刊近代

1

夜十時。

普通の会社なら残業の社員が残っているかどうかの時間だが、週刊近代編集部には昼も夜もない。

マスコミの現場ほど整理整頓という概念に乏しい職場はあるまい。

週刊近代もその例外ではなく、どの机の上も堆《うずたか》く積まれた資料や書籍の山が崩れんばかりになっている。その中に埋もれるようにして、パソコンに、あるいは原稿に向き合う編集部員たちの姿がある。

部屋の一角に並ぶ三つのドアは、電話ブースだ。

ライバル誌と特ダネを巡って抜きつ抜かれつの激烈な競争を強《し》いられている世界

で、ネタは週刊誌の生命線だ。編集部には、カメラマン、フリーのライター、ジャーナリストと様々な人間が出入りする。どこに、人の耳があるか分からない。たとえ同じ編集部員といえども、記事がゲラになるその時まで、知られてはならないネタもある。秘密保持、情報源の秘匿《ひとく》、双方の観点から、編集部員とはいえ担当者以外に絶対に聞かれてはならない電話をする際は、このブースが使われる。

「いま、帰りました」

内海健太郎《うつみけんたろう》は、鞄を椅子の上に置きながら、直属の上司である不動悦男《ふどうえつお》に声をかけた。

健太郎は二十七歳。総合出版社である俊芸社《しゅんげいしゃ》に入社して以来五年、週刊近代の記者として取材に追われる日々を過ごしている。

「お疲れ。何か収穫あったか」

書類の山に埋もれながら、机に向き合っていた不動が顔を上げた。

入稿日間近だ。原稿書きは時間との勝負だ。不動の額は、滲み出した脂《あぶら》でてかっている。

「事態の深刻さは想像以上ですね。宅配会社は、もうパニック状態ですよ」

健太郎はこたえた。「なんせ、どの荷物に発火物が入っているのか皆目見当がつかない。かといって、全部の荷物を開けて内容物を検査するなんて不可能ですからね。

防衛策といえば、配送日時の指定をできなくすることぐらいしかないっていうんですから」

「配送日時の指定をできなくするって、どういうことだ」

不動は怪訝な顔をして訊ねてきた。

「どっかで、荷物を留め置くってことを考えてるみたいですよ」

健太郎はすかさず返した。「高速道路を走行中のトラックを狙い撃ちできるのも、翌日配送が基本だから。それが、いつ荷物が届くか分からないとなりゃ、発火時刻のセッティングが難しくなるじゃないですか。少なくとも、高速道路が止まる可能性は、低くなる――」

「そんなことできんのかよ」

不動はあからさまに疑念を呈する。「荷物を留め置く場所なんてどこにあんだよ。仮にあったにしても、客の荷物を野積みってわけにはいかねえだろ。屋内で発火したら、建物ごと燃えちまうじゃねえか」

「だからパニック状態だっていってんです。本当に手の打ちようがないんですよ」

昼の間に宅配会社二社の広報担当者に会い、その後、各社の中央ターミナルに出向き、現場の人間に取材を重ねたが、宅配便を狙ったテロは前例がない。誰もが処置無しとばかりに頭を抱えるだけで、これぞといった対応策はついぞ耳にすることはなかった。

しかも、今日の未明にも同様のテロが起きたのだ。事の経緯からすれば、三度目の犯行が起こる可能性は捨て切れない。日本が世界に誇る宅配ネットワークは、いまや完全な麻痺状態に陥りつつあった。

「でもさ、事業者が発送した荷物にも遅れが出てるってのは、どうしてなんだ。個人の荷物には、何が入ってるか分かんねえけど、そっちは別だろ。差出人の身元がはっきりしてんだ。内容物のチェックなんかする必要ねえだろが。いっそ、個人発送の荷物の取り扱いを中断して、事業者の荷物だけを扱うって方法だってあんじゃねえのか」

「それが、個人の荷物の配送を断るわけにはいかないんですよ」

健太郎はメモを広げた。「取材して分かったんですけど、宅配業界における通販の荷物量は、年を追うごとに激増してましてね。中でもネット通販の伸びは凄くて、いまや荷物量の約四割を占めるっていうんです。これを多いと考えるか、まだ四割と考えるかは見方によるでしょうが、残る六割はその他の事業者と個人の荷物ということになるわけです」

「そうか……。いまや何でもかんでも宅配で送る時代だからな。個人宅配物を失うのはでかいな」

「でかいなんてもんじゃありませんよ。宅配会社は、個人の荷物で食ってるようなもんですからね。事実、宅配荷物の取扱量は、右肩上がりで増加し続けているのに、業界最大手、今回テロに遭った宅配業者の利益は、ほとんど伸びていないんですよ」

「配送料金を大幅に値上げされたってのに、まだ無料でやってられんだもんな」

不動は、忌々《いまいま》しげに唸る。

「本なんか、その典型じゃないですか。配送料無料なのに、値段は書店と同じどころか、ポイントまでつくって、値引きしてんですよ。仕入れ値は書店と同じなのに何でこんな商売が成り立つのかっていえば、配送料を叩きに叩きまくってる。そうとしか考えられませんよ」

書籍のネット通販最大手はスロットだ。

最近では、出版社がスロットと直《じか》に取引するケースも出てきているが、大手の本はいまだ取次経由。出版物の卸《おろし》から仕入れている。まして、出版物は再販制度があるせいで、値引きはできない。つまり、利益率は街の書店と変わらないはずなのだ。

健太郎は続けた。

「それに書店の場合、本を探すのもレジまで持ってくるのもお客さんですから、集荷のコストはゼロ、配送費だってかからない。書棚に本を並べる手間は、書店もスロットも一緒ですが、スロットは本の集荷やパッキングにだってコストがかかるんです」

「その上、ポイント還元で実質上の値引きをやってるわけだから、どう考えたって赤だよな」

不動は薄くなった頭髪をてろりと撫《な》で、腕組みをしながら背凭《せもた》れに体を預けると、

「それじゃあ、値引きなしの個人の荷物を止めるってわけにはいかねえよなあ……。じゃあ、どーすんだよ、いったい。根本的な対応策を講じないことには、宅配会社が潰れちまうじゃねえか」

手にしていたペンを机の上に放り投げた。

「宅配会社だけじゃありません。このままだと、ネット通販会社はもちろん、産直をやってる商店とか、配送に宅配使っているあらゆるビジネスに甚大な影響が出ますよ。だって、そうじゃありませんか。ネットを使う通販が成り立つのも、絶対的に信頼を置ける宅配会社があればこそ。スロットなんかは、百パーセント宅配に依存してんです。それが麻痺したら、即死ですよ」

「ひょっとして、バルスの狙いはそれじゃねえか」

不動は、はたと思いついたように呟いた。

「狙いって？」

「ネット通販潰しだよ」

不動はいう。「大型スーパーもここにきて、地方の店舗の撤退閉店が相次いでんだ

ろ。じゃあ、地方の商店街が息を吹き返すかっていえば、そんなこたあねえ。スーパーがなくなりゃ、消費者はネット通販をいままで以上に使うようになんだろうからな。そうなりゃ、ただでさえ苦しい地方の地場《じば》商店は、止《とど》めを刺される――」

「どうですかね」

健太郎は首を傾げた。

というのも、週刊近代に配属されて間もない頃、大型スーパーが撤退した後の地域の苦境を取材したことがあったからだ。

地方に進出する大型スーパーの出店方法には、パターンがある。

店舗建設用地は借地。上物には、極力カネをかけない。従業員の中で、正社員は店長をはじめとする数人で、ほとんどがパート。地代は所によって違うものの、健太郎が取材したケースでは、月額坪五百円――。

なぜ、そんな安い地代で借りられるのか。

地方の郊外という立地もあるが、雇用の創出を目的に、行政当局が工業団地を造成したはいいが、あてが外れて放置されている広大な空き地が地方にはごまんとあるからだ。そして、新設された大型スーパーには、ほとんどの場合テナントが入る。

ここがミソだ。

取材したケースでは、スーパーがテナントから徴収する家賃は、なんと坪一万五千円。これが固定収入となる上に、広大な駐車場を完備しているとなれば商圏は広くなる。かくして、出店された地域の地場商店は壊滅、多くの失業者が出た。雇用促進の目的で造成したはずの用地が、全く逆の結果を生んでしまったのだ。まして、店舗用地は借地である。上物の建設費は回収できているのだから、収益が上がらなくなったと見るや、さっさと撤退。後に残るのは、買い物の空白地域。それが『焼き畑商業』といわれる所以《ゆえん》である。

「大型スーパーが進出した地域の地場商店なんて、とっくの昔に壊滅してますからね。いまさら、ネット通販に打撃を与えても、何が変わるってわけじゃないと思いますよ」

「そうでもねえだろ」

不動はいう。「大型スーパーの周りには、集客力を見込んで中央、地場資本の店が集まるもんだ。その多くは、ネット通販が扱ってる商品とかぶってる。スーパーが撤退すりゃ客足も落ちる。じゃあ、どこから買うのかとなれば、ネット——」

「やっぱり違うと思うんですよね」

健太郎は不動の言葉が終わらぬうちに首を捻《ひね》った。「バルスは犯行声明の中で、ネット通販には一切触れていませんからね。文面に溢れているのは、いまの社会全体に対する恨み、不満、絶望感じゃないですか」

「恨み、不満、絶望感か――」

不動は、健太郎の言葉を繰り返すと、「確かにそうだよな」

同意の言葉を漏らした。

「あの声明を読む限り、バルスが、フィストの主張に触発されたことは間違いないでしょう。本来ならば、彼らに倣《なら》って、スーパーリッチの大虐殺でもやりたかったんでしょうが、日本では銃を手に入れることはまず不可能だし、そんな度胸もない。それで宅配に目をつけた。物流網を大混乱に陥《おとしい》れれば、経済活動、ひいては社会に甚大な打撃を与えることもできますからね。考えてみりゃ、まさに貧者のテロってやつですよ」

「貧者のテロか――」

「だから、余計犯人像が絞りにくいんですよ」

健太郎はいった。「大企業に入ったって、一生安泰って時代じゃありませんし、技術の進歩に取り残されれば、事業部一つ、会社一つ。それどころか産業自体がまるまる消滅する時代ですからね。会社の業績が順調だって、給料に見合わぬ働きと見なされれば、簡単にリストラですもん。まして、企業はいかに正社員を抱えずに、労働力を確保するか。そこに知恵を絞ってんです」

健太郎は続けていう。「派遣なんかその最たるものですよ。時給なんぼの生活に陥ろうものなら抜け出すのは難しい。一生こんな生活を続けなきゃならないとなりゃ、こんな社会なんか潰れちまえ。そう思ってる人間は山ほどいますよ」

「だよなあ……」

不動は嘆息する。「スロットなんかその典型だもんな。配送料無料にしても、立派にビジネスになんのは、配送料金を叩いてるだけじゃねえ。現場で働いている労働者の大半を派遣でまかなっているからだ」

「そんな会社ばかりになったら、貧富の格差は開くばかり。それも、圧倒的多数が困窮した生活を強いられることになるんです。それを何とかするのが政治なんでしょうが、現実を是正するどころか、与党は企業とくっついて、格差を助長するような政策を打ち出すんですからね。そりゃ、絶望感にも駆られますよ」

「だけどさあ、あんなメッセージを発した割には、スコット・ウイリアムズってのも、覚悟が足りねえっつうか、いま一つ、しでかしたことと、いってることがちぐはぐな気がしねえか？」

「どういう点がです」

健太郎は問い返した。

「だってさ、島を襲った実行部隊十人、全員射殺されてんのに、首謀者のウイリアムズは、一人生き残ってんだぜ。しかも、犯行現場は死刑制度のないロードアイランドだ。端からテメエだけは生き残る気満々じゃねえか」

「メッセージを発し続ける人間が必要だって考えたんじゃないですか」

健太郎はこたえた。「ISだってそうじゃないですか。指導者は反乱を煽りはしますが、自らは絶対に戦闘にも加わらないし、自爆テロなんて間違ってもしませんからね。それが、カルトっていわれる所以じゃないですか」

「カルトなあ……」

不動はうんざりした様子で、鼻を鳴らした。「まっ、テロにしても戦争にしても、命懸けで戦うのは兵隊さん。指導者は、間違っても先頭には立たねえからな」

「実際、ウイリアムズは、監獄から相変わらずメッセージを発しているわけですし、共感者だって出てきてるわけじゃないですか。だからチャールズ・マンソンの再来っていわれてんですよ」

不動は机の上に置いた、マグカップに手を伸ばすと、

「で、鉄道の方はどうだったんだ」

もうひとつの取材先の様子に話題を転じた。

「こっちも上を下への大騒ぎ。対応策が見つからないのは、宅配業者と同じです」

「対処のしようがねえか……そりゃそうだよな。手荷物検査なんてやれるわけねえもんな」

「鉄道各社が頭を痛めているのはそこです。この手のテロを完全に防ごうと思ったら、空港と同じ設備を設けて、乗車前に客全員の荷物をチェックするしかないけど、乗車客が一番多い新宿駅なんて、一日七十六万人もの人が利用してんですから」

「だよなあ……X線検査なんかやってたら、電車乗るだけでも、三十分、一時間かかっちまうだろうし、ラッシュアワーになんか、到底対応できねえもんな」

「それどころか、公共交通機関の利用者を狙ったテロに対応しようと思ったら、駅だけじゃ不十分です。バスも含めて、利用客全員の荷物を事前にチェックしなきゃならなくなるんですよ。鉄道だけでも、日本中に駅がいくつあるか知ってますか？」

「いや……」

不動は首を振った。

「約九千二百です」

「そんなにあんのか？」

「もちろん、無人駅も含めてですが、手荷物検査を徹底的にやろうとするなら、無人ってわけにはいきませんよね。バス停だって同じです。全部に人を置いたら、人件費だって莫大な額になるでしょうし、設備だって駅に一つってわけにはいきません。東京とか新宿なんて、一箇所の改札口に何十って検査場が必要になるでしょうからね。とても現実的な話とは思えませんよ」

「だったら、硫化水素を発生する商品の販売を停止するとか——」

本気でいっているのか？

ちょっと考えれば分かりそうなことを、うっかり口にするところからしても、不動の困惑の度合いが窺い知れる。

「そんなことできませんよ」

健太郎は断じた。「強酸性の液体なんて、山ほどあるんです。石灰硫黄合剤を使った農薬だって、効果がある上に、扱いが簡単だから当たり前に売られてるんです。販売を中止するわけにはいきませんよ」

不動は黙った。

「こちらもまた、極めつきの貧者の兵器なんですよ」

健太郎は続けた。「サリンのような化学兵器は、大がかりな設備と、それなりの知識がないと製造できませんが、硫化水素は違うんです。誰もが簡単に買える材料で、簡単に発生させることができる。そして、限定的とはいえ、人を死に追いやることも十分可能。だから厄介極まりないんです」

「こりゃ大変な事態だな」

不動はいまさらながらに、呆然とした面持ちになった。「で、どうすんだ、いったい。対策に目処は立ってんのか」

「まあ、いろいろと考えているようですけど、耳にした範囲では、どれもこれも現実的とは思えないものばかりで――」

「たとえば？」

「網棚の使用を禁止するとか、まあ、そんなところです……」

「網棚使わせねえって、ラッシュの時なんか鞄どうすんだよ。新幹線とか中長距離の移動には、大きな荷物抱えてる人がごまんといるぞ。それ、どこに置かせんだよ。宅配があるならまだしも、そっちだっていつ着くか分かんねえんじゃ、荷物持って電車に乗る人間がいままで以上に増加するに決まってんだろが」

「だから現実的とは思えないっていってんです」

健太郎はいった。「もっとも、公共交通機関の場合、今回は防犯カメラが未設置の車両が狙われましたから、早急に全車両に防犯カメラを設置するって対策は取れるでしょうが、それにしたって時間がかかりますし、捕まることを覚悟でやろうと思えばやれますしね。そう考えると、宅配テロも、硫化水素テロも、根本的な防止策は荷物を全部チェックする以外にない――」

「じゃあ、処置無しってことじゃねえか……」

不動は呻いた。

「明日からの、交通機関は大変なことになるでしょうね。どこに危険物が置かれているか分からない。そんな空間に身を晒しながら、移動しなきゃなんないんですからね。誰もが酷いストレスを覚えるでしょうし、それが社会にどんな影響を及ぼすことになるのか――」

その時だった。

「いま戻りました」

編集部の入り口から、男の声が聞こえた。

2

「おう、クロさん、お疲れ」

不動がいった。「どうだった。捜査は進展してんのか」

「難儀してるみたいですね」

黒木《くろき》和弘《かずひろ》は今年五十二歳になる週刊近代専属の契約記者だ。

通信社で長く記者として勤め、その後フリーのジャーナリストとして独立したはいいが、隆盛を極めた出版産業も、ここ二十余年間は、年を重ねるごとに市場は縮小する一方だ。総合月刊誌は相次いで休刊。週刊誌にしたって同じようなもの。かくして活躍の場は減るばかり。そんな状況の中にあって、黒木が週刊近代に契約記者として職を得ているのは、事件取材を得意としていたからだ。

いわゆる、『サツ回り』である。新聞やテレビとは違い、雑誌媒体は記者クラブに加盟しておらず、独自取材を強いられる。長い記者生活の中で培った人脈を持つ黒木は、貴重な戦力だ。

「宅配便の方は、発火荷物の差出人の特定作業がはじまっているようです」

黒木はいった。「炎上したトラックに積まれた荷物は、伝票番号が全部把握されていますし、一度でも宅配便を使えば、電話番号、住所、氏名がコンピュータの中にデータとして記録されていますからね。それを片っぱしから潰していけば――」

「でも、トラックには千単位の荷物が積まれてるわけでしょう？　それに、こんなことをしでかすからには、バルスも、その辺は十分計算ずくなんじゃ――」

そう返した健太郎に向かって、

「不審な荷物の絞り込み自体は、それほど難しい話じゃなさそうだ。千単位の荷物が積まれていても、事業者が出した荷物は、端から除外してかかっていい。個人の荷物に絞れば、不審者はおのずと浮かんでくるさ」

黒木はこたえた。

「差出人の住所名前は出鱈目《でたらめ》に決まってますよ。それに、宅配の受付にしたって、個人宅からとは限りませんし――」

「受付窓口が絞り込めれば、人物像が把握できるかもしれないじゃないか」

黒木はさらりと返してきた。「自宅以外から宅配便を送ろうと思えば、コンビニ、駅、空港、窓口はごまんとあるが、そうした場所には大抵防犯カメラがあるからね。外に出ても、また防犯カメラだ。なんせ、日本の防犯カメラの設置台数は六百万台に迫ろうって勢いだ。送り出した場所が特定できれば、該当窓口、周辺のカメラを徹底的に洗って、バルスの姿が摑めるはずだ」

「その時点で、やつの姿を公開すれば、身元に繫がる情報は集まってくるってわけか」

不動は納得した様子で頷いた。「こりゃ、意外に捕まるのは早いかもしれないな」

「そういえば、炎上したトラックに積まれていた荷物の送り主、受取人の双方から、不着の問い合わせが宅配会社に殺到してるっていってましたよ。バルス本人が、そんな電話をしてくるわけありませんからね。絞り込みにも、それほど時間はかからないかも——」

健太郎は、取材の中での話を思い出しながらいった。

「それよりも、面白い話を聞きましたよ」

「どんな」

黒木の言葉に、不動は身を乗り出した。

「警察は、発火装置のメカニズムをある程度把握しているようでしてね」

「あれっ？　炎上したトラックは、積荷もろとも焼け落ちてて、どんな物質が使われたのか、発火装置の仕組みの解明に苦労してんじゃなかったっけ」

「それは、あくまでも表向きの話です」

黒木はいう。「公表しないのには、二つの理由があると思います。一つは、手口を明かしてしまうと、模倣犯が現れる可能性が高いこと。もう一つは、秘密の暴露。つまり、容疑者を逮捕してからの証拠固めです」

「誰でも簡単に作れちまうような代物だったら、真似する馬鹿が出てくんだろうからな」

「爆弾作るってんなら話は別ですが、発火させればいいだけですからね。荷台はカートンがびっしり詰まってんです。ドライバーが異変に気がついた時には、火はすっかり回ってんですから、消火器程度じゃ消せません。しゃれになりませんよ」

「メカニズムが解明できたら、そっちの線から犯人に迫るってこともできるかもしれんな」

「そこまで捜査が進んでいるかどうかは、今日のところは摑めませんでしたが、少なくとも当該荷物が関東から発送されたものだということは、間違いないようです」

黒木は冷静な声でこたえた。

「関東から？」

　不動の片眉がぴくりと動く。

「そういえば、宅配会社の社員の人もいってましたね」

　健太郎は口を挟んだ。「炎上したトラックは、全車が、東京のターミナルから出発したもので、あの時刻に積み込まれた荷物は、関東一円から集まってきたものだって――」

「バルスが関東にいるってんなら、硫化水素もやつの仕業だって可能性が高いな」

「捜査当局も、そう見ているようですね」

　不動の言葉に黒木は頷く。「山手線内に置かれたふたつの容器ですが、あれ、中身は水と小麦粉だったそうですよ」

「水と小麦粉？」

　不動は拍子抜けしたような様子で、口をぽかんと開く。

「それじゃ、模倣犯が出た。ただの悪戯《いたずら》ってことも考えられませんか？」

　健太郎は訊ねた。

「いや、それはないな」

　黒木はそう断言しながら健太郎をちらりと見ると、すぐに不動に視線を戻した。

「宅配便の次は公共交通機関……狙いには、社会に必要不可欠なインフラを麻痺させるって共通点がある」

「なるほどね。バルス以外には考えられんな」

不動は忌々しそうにいい、マグカップに手を伸ばす。「宅配テロにしても、死傷者を極力出さねえようにしてるのも、やつの手口の特徴だ。今度は、公共交通機関を狙うふりをして、人々の不安心理を掻き立て、社会をさらに混乱させようってわけか」

「いや、それについては警察は違った見方をしてるようです」

しかし、黒木は不動の見立てを即座に否定する。「バルスはいまのところ一匹狼。宅配テロもやつ一人の仕業なら、硫化水素の件も同じと見て間違いない。狙いはフィストで知れたこと、メッセージを発する度に、バルスの犯行声明に共感する人間が必ず出てくる。やつは、後に続く同志となる人間に、テロのヒントを与えているんじゃないか。そう見ているようですね」

「まさに、スコット・ウイリアムズが取った手法を踏襲してるわけですね」

健太郎の言葉に、

「それ、どういう意味だ？」

黒木は、怪訝な表情を浮かべて問い返してきた。

「いや、さっきちょうどその話をしてたんだよ」

こたえたのは不動だ。「ヘンドリック一族を襲撃した実行犯は全員射殺されたってのに、ウイリアムズだけはちゃっかり生き残ってる。しかもロードアイランドには死刑がない。こいつあ、メッセージを発信し続けることで、後に続く人間が出てくることを、端から狙ってのことなんじゃねえのかって――」

「警察が恐れているのはまさにそれです」

黒木の声に緊張感が籠る。「宅配テロは絶大な効果を発揮した。これで、硫化水素テロなんてもんが本当に起きようものなら、物流に加えて交通機関と、社会インフラの保安対策を根本から考え直さなければならなくなります。いまの社会に不満や絶望感を抱いている人間はごまんといますからね。快哉《かいさい》を叫んでいる人間も少なからずいるでしょう。そんな連中からしてみれば、硫化水素テロだと思っていたのが、実は水と小麦粉だったなんてことになったら、カタルシスよりも、フラストレーションを覚えるんじゃないかと――」

「バルスにその勇気がないんなら、俺がってやつが出てくるってのか？」

「そういう意味では、確かにバルスはウイリアムズのやり口を踏襲してる。いや、第二のウイリアムズを目指しているといえるのかもしれませんね」

黒木はいう。「あくまでも自分は煽動者。テロの手口を教えれば、それに続く人間が必ず出てくる――」

「実際、ロンドンでもウイリアムズに触発されたやつが出たわけですしね。そして、賛同者の輪が広がるにつれ、社会は混乱の度合いを深めていく。日本でその引き鉄を引いたバルスもまた、カリスマに等しい存在になる……ってわけですか……」

健太郎がいうと、

「それが、やつにとっては、この社会で己の存在を示す唯一の方法なんだろうな」

黒木は哀《あわ》れむようにいい、ふうっと肩で息をした。

「しかし、すでにバルスの行為が社会に甚大な影響を及ぼしつつあるのは厳然たる事実だ。やつの目論み通りにことが運んでいけば、収拾のつかない事態になるぞ。日本社会の安全神話が根底から覆されたんだ。それも、どこで発生するか分からないテロに怯えて過さなけりゃならないとなると、日本人が覚えるストレスは半端なもんじゃないぞ」

不動は、そこでがぶりとコーヒーを飲むと、「話は大体分かった。二人とも、今日の取材内容をすぐまとめてくれ。この事件に解決の目処がつくまでは、毎号バルスの特集を組む。取材を継続してくれ」

改めて机に向き直った。

3

スマホが鳴る音で目が醒めた。

カーテンのわずかな隙間から差し込む日の光に、部屋の中が朧《おぼろ》に浮かび上がる。

パネルには、不動悦男の名前が表示されている。

「はい！　内海です」

ベッドから跳ね起きた健太郎は、スマホを耳に押し当てながらこたえた。

「火災だ。今度は、中央ターミナルだ」

緊迫した不動の声に、意識が急速に覚醒する。

「どこのです？」

不動は、宅配会社の名前を告げてくる。

すでに二度、テロに遭った会社だ。

「たったいま連絡が入ってな。中央ターミナル構内の複数箇所でほぼ同時に荷物が炎上したってんだ」

「複数箇所って、どういうことです？」

「そんなの知るか！　お前にそれを確認して欲しいから電話してんだよ！」

不動は声を荒らげた。

ごもっとも――。

「火災はまだ続いているんですか」

それでも健太郎は訊ねた。

「だから、詳しいことは分からねえ」

不動は切迫した様子で早口で話すと、「お前、すぐ現場に行って取材して来い」

当然のように命じてきた。

でた――。

取材対象への夜討ち朝駆けは当たり前だが、仕事の命令もまた同じ。部下の都合など、お構いなしだ。

健太郎は、ベッドサイドに置いた時計に目をやった。時刻は七時になったばかりだ。

マンションに帰り着いたのが午前三時半。それからシャワーを浴び、缶ビールを一缶呑んで床《とこ》に就いたから、三時間ほどの睡眠しか取っていないことになる。

バルスのテロが起きてからというもの、宅配会社に交通機関と、取材に駆けずり回り、さらには取材メモのまとめと、早朝から未明まで働きづめだ。

しかし、メディアの世界にそんな理屈は通らない。

取材命令とあれば、こたえる言葉はただひとつ。

「イエス」以外にあり得ない。

「分かりました。すぐに向かいます」

ったく――。

健太郎は胸の中で、罵りの言葉を吐きながら電話を切ると、ベッドを抜け出た。

着替えに取り掛かる前に、テレビをつけた。

朝のニュース番組をやっていたが、いずれの局も昨日亡くなった芸能人の訃報《ふほう》を報じている。

出火間もないこともあって、映像が間に合わないのだろうが、それにしても酷い。

バルスの動向に優《まさ》るニュースはないはずだ。

今朝の通勤電車の様子、新たなテロ、バルス関係の特集を組んでしかるべきなのに、に、能天気もここに極まれりというやつだ。

ネクタイを片手に、部屋を飛び出すまでには五分とかからなかった。

中央ターミナルは江東《こうとう》区にある。

健太郎が住む台東《たいとう》区からは、さほど離れてはいない。

通りに出たところでタクシーを拾い、行く先を告げたところで、

「悪いけど、ラジオつけてくれませんか。ニュース聞きたいんです」

健太郎は運転手に向かっていった。

ラジオの音声が聞こえてくる。

「……運輸のターミナル火災は、構内に積み置かれた荷物の一部、及び庫内機材の一

部を焼き、先ほど鎮火しました。なお、この火災での死傷者は出ていない模様です。今回の火災は、宅配便を狙った一連のテロとの関係性が疑われ、捜査当局は新たな火災が発生する可能性が高いとみて、警戒を高めています。なお、今回の火災で仕分けラインの一部が炎上したことによって、中央ターミナルを通過する宅配便の荷受け、配送ができなくなり、同社の関東地区の宅配機能は完全に麻痺状態に陥りました。現在のところ復旧の目処は立っておらず――」

仕分けラインが燃えたあ？

いったい、なんでそんなことになるんだ。

ニュースを聞き終えた瞬間、健太郎は凍りついた。

宅配会社の仕分けラインは、最先端の物流テクノロジーの塊《かたまり》だ。

宅配荷物は集荷する作業員が伝票のバーコードをスキャンし、送り先の郵便番号をハンディーターミナルに打ち込んだ瞬間から、宅配会社のコンピュータシステムが個々の伝票番号、荷物の行く先、サイズまでをも把握する。そして、そのデータを元に、長大な仕分けラインを荷物が通過する間に、高精度のスキャナーがバーコードを読み取り、凄まじいスピードで各方面ごとに仕分けして行く。

一見、ただのベルトコンベアにしか見えない仕分けラインには、人間にたとえれば目となるセンサーやスキャナー、神経となるそれらを結ぶ配線と、ハイテク機器がびっしりと詰まっている。一部とはいえ、それらがダメージを被ったとなれば、ターミナルの機能は死んだも同然だ。

ニュースは次の話題へと移る。

「運転手さん、もうラジオ切ってもいいよ」

健太郎はいった。

「お客さん、宅配会社にお勤めですか？」

運転手が話しかけてきた。

「えっ……まあ……」

「大変ですねえ」

運転手は心底気の毒そうにいう。「わたしらのような者でも、宅配が時間通りに届かないと、困っちゃうんですよね。うちは、まだおむつしてる子供がいるもんで、ベビー用品はほとんどネット通販で買ってるんです」

歳の頃は、三十代半ばといったところか。

運転手は、ハンドルを握りながら小さな溜め息を吐く。

「仕分けラインがダメージ受けたとなると大変ですよ。これ、復旧するまでには、何日もかかりますよ」

健太郎はこたえた。

「じゃあ、その間、宅配全部止まっちゃうんですか」

「いまのニュースでいった通りです。仕分けラインがやられたんじゃ、お手上げですよ。仕分けは全部コンピュータがやってんですから。人で捌けるような量じゃないんです」

「困んだろうなあ、うちのやつ……」

運転手は困惑した声を上げる。「いや、ただでさえもおむつとかミルクとか、嵩張るもんをベビーカー押しながらぶら下げて帰るのは大変なんですよ。雨の日なんかは特にね。それに、うちはスーパーから遠いし――」

「とにかく、こう波状攻撃みたいに、こんなテロが続くとねえ……」

そうとしかいいようがない。

健太郎は呻いた。

「物騒な世の中になりましたよねえ」

運転手はまた溜め息を吐く。「わたしらの業界も、昨夜から急に配車の予約が増えたんですよ。朝一番に車回してくれって」

「どうしてです？」

「やっぱり、電車のテロの影響でしょうね。未遂に終わったっていうけど、ふたつの薬品が混ざれば、硫化水素でしたっけ、毒ガスが発生するってんでしょう。いくら何でも、そんなことしないだろうとは思うんですが、実際、宅配便には火ぃつけて回ってんですもんね。怖くて電車になんか乗ってられませんよ」

「それ、本当の話なの？」

健太郎は思わず問うた。

「本当も何も、お客さん乗せる前に、世田谷《せたがや》から予約の方をお送りしたばっかりなんですから。何かあったら大変だ。命落とすかも知れないとなりゃ、銭《ぜに》カネの問題じゃないって」

なんてこった――。

宅配テロと硫化水素。その気になれば誰でもできる。まさに貧者のテロが、日本の社会を大混乱に陥れていく――。

健太郎は、呆然として外の光景に目をやった。

やがて行く手の倉庫街の空に、白煙が立ち上る一角が見えてくる。

上空に複数のヘリが旋回している。

爆音が徐々に大きくなってくる。

中央ターミナルだ。

4

現場に行き着くまでには、時間を要した。

近辺の道路は消防車で埋まり、さらには消火活動を妨げぬためであろう、宅配会社の車両が周辺に溢れ出していたからだ。

ニュースは鎮火したと報じたが、ターミナルの軒先からは、まだ白煙が漂ってくる。

紙、ビニール、樹脂とあらゆるものが焼けた臭いが鼻をつく。

目を引くのは、プラットホームの一角に積み上げられた荷物の山だ。どうやら、そこがもうひとつの出火現場らしい。こちらは、すでに完全に鎮火しており、ずぶ濡れになって崩れ落ちた荷物の山の中の焼け焦げたカートンから、半焼けとなった内容物が周囲に散乱し、無残な姿を晒している。

その周囲を慌ただしく消防士たちが動き回る。

バルスの仕業であることは確定的だ。警察車両も数多い。そこにマスコミが押し寄せたせいで、現場は大混乱だ。

人波から少し離れた辺りでは、テレビの記者がターミナルを背景に、レポートを行っている姿がある。

こんな中で、どこから取材をはじめたらいいんだ——。

周囲を見渡すうちに、ひとりの男の姿が目に留まった。

ライバル誌、週刊新報の記者、中前田剛《なかまえだつよし》である。

健太郎と同じ入社五年目。ジェルを利かせたつんつん頭。週刊誌の記者は、いつもスーツ姿だ。ラフな格好のテレビクルーが多い中で、中前田の姿はよく目立った。

「早いな。もう来てたのか」

健太郎は声をかけた。

「昨夜は徹夜でさ。やっと家に帰れると思ったらこれだ」

中前田はうんざりした顔で、ターミナルに目をやった。

「俺も似たようなもんだ。寝てたとこを電話で叩き起こされちまってさ」

出版業界は、村社会そのものだ。

文芸の世界では担当作家を中心に、会社の枠を越えて親しく付き合うようになるのが常だが、週刊誌の世界もまた同じだ。

独自の取材を通じてものにする特ダネもあるが、記事の多くは日々発生する事件、事故の背景を掘り下げるものだ。取材先が重なることも多く、時には張り込み先の路上でパンを囓《かじ》り、あるいは、風雨に曝《さら》されながら、取材対象が現れるのを待つ。そんな場を重ねていれば、ライバル意識は抱いてはいても、自然と俺、お前の仲になる。

「こりゃ、完全に止まっちまったな。ここをやられちまったら、関東一円の宅配は完全にパンクだ」

中前田は呆然とした面持ちで首を振った。

「仕分けラインが燃えたって聞いたけど、何でそんなことになったんだろ」

健太郎はいった。

「よりによって、発火物が入った荷物がコンベアを流れていた最中に燃え上がったらしいぜ」

「流れている最中に？」

「このターミナルの売りは、高速仕分けラインだからな。物凄いスピードで荷物がコンベアの上を流れている最中に発火すりゃ一気に燃え上がる。しかも、炎を撒《ま》き散らしながら流れていったってんだ。ガソリンが使われたらしいからな。ひとたまりもねえよ」

「ガ・ソ・リ・ン？」

健太郎は思わず問い返した。

「消防士が話してるのを、小耳に挟んだんだ。それっぽい臭いがするって」

中前田は頷いた。「まっ、特定されたわけじゃねえが、引火性の強いもんが使われたのは間違いないだろうな」

「それで、よく火が消し止められたな。事と次第によっちゃ、ターミナルが全焼したって不思議じゃなかったろうに」

健太郎は、ターミナルに目をやった。

「スプリンクラーが働いたんだよ。おかげで火は消し止められたけど、構内は水浸《みずびた》しだ。機能が回復するまでには、どれだけかかるか――」

「機能が回復したって、バルスが捕まんねえ以上、テロは続くぞ」

「だな……」

中前田は素直に同意の言葉を漏らすと、「しっかし、バルスの野郎も宅配会社の手の内を読んだようなやり口だよな。前回までは、トラックが高速道路を走行中の時間帯を狙い、日時指定ができねえとなった途端に早朝だ。荷物がターミナルで滞留してるところを狙いやがった」

話題を変えた。

「あの荷物の山の中でも発火したんだな」

健太郎は、ずぶ濡れになった荷物の山を目で指した。

「でも、考えようによっちゃ、バルスは致命的なミスをしでかしたかもな」

中前田の目が鋭くなる。

「ミス？　ミスってどういうことだ」

「荷物の絞り込みが、ずっと楽になっただろうからな」

「何でそういえんだよ」

「あったり前だろが。コンベアに乗せられた荷物がどうやって行く先別に仕分けされんのか考えてみろよ」

「あっ、そうか」

ターミナルでの仕分けは、荷物がコンベアに乗せられた直後、送り状のバーコードをスキャナーが読み取り、事前にコンピュータシステムが把握しているデータと照合することによって行われる。火災を感知した瞬間にコンベアは停止したはずだから、システムに残った直近のデータを調べれば、発火した荷物の伝票番号は絞り込みやすくなる。

そうなれば、あとは芋づる式だ。

伝票番号が分かれば、受付窓口が特定できる。宅配会社のデータに当たれば、差出人、受取人も判明するだろう。もちろん、差出人、受取人は、ともに出鱈目だろうが、その周辺の防犯カメラを当たれば、バルスの正体が摑める可能性は極めて高い。

「こりゃ、意外と早くバルスは捕まるかもな」

中前田の見立ては間違ってはいないかもしれない。

しかし、バルスが捕まったとしても、根本的な問題が解決されたわけではない。

健太郎はいった。

「この事件が、社会にもたらした影響は大きいぜ。だって、そうだろ。物流機関、公共交通機関の安全性が根底から覆されちまったんだ。荷物の中身をいちいちチェックしねえことには荷物も送れねえ、電車にも乗れねえなんてことになったら、どうなるんだよ。物も停滞すりゃ、人の動きもいままで通りとはいかねえぞ」

「確かにそれはいえてんな――」

中前田は頷いた。「だけど、根本的な対策を講じるなんてことは不可能だよ。サリンのテロが起きた時を考えてもみろよ。地下鉄の中で化学兵器が使われて、多くの死傷者が出たってのに、根本的な対策なんか、どこの交通機関も講じなかったじゃないか。せいぜいが、ゴミ箱の撤去とか、不審な荷物を見つけたら、駅員、乗務員にお知らせ下さいってアナウンスする程度だ。バルスが捕まりゃ、何日間かは大騒ぎになんだろうけど、その熱もあっという間に冷める。後は何事もなかったように、いままで通りの日常に戻る。そんなとこなんじゃねえのか」

「今までのテロとは動機が違うよ」

「違うって何が？」

中前田が問い返してきた。

「これまで国の内外で起きたテロって、サリンしかり、アメリカの九・一一しかり、海外で頻発している自爆テロにしたって、背景には大抵宗教が絡《から》んでた。だけど、今回はいまの社会に対する怨嗟が根底にあるんだぜ。先進国では例外なく貧富の差は開く一方だ。しかも、増加を続けてんのは、富裕層じゃない。貧困層だ。フィストからはじまった一連のテロは、狂信者やマイノリティが起こしてるもんじゃない。いまの社会に対する不満や絶望感を抱いているマジョリティが怒りを爆発させてんだ。そう考えるとだな――」

「テロリスト予備軍は、ごまんといる。そういいたいのか」

中前田は、健太郎の言葉を遮っていう。

「時代は変わってんだよ」

健太郎はいった。「サリン事件が起きた頃って、ネットどころかパソコンだって一般家庭にあるのが珍しい時代だったんだぞ。同志を募ろうにも、どこに賛同者がいるのか、どうやって集めるのか、皆目見当もつかなかった。だから、狂信者が集う組織以外にテロの輪は広がらなかったんだ。それが、いまやどうだ。SNSを通じて、あっという間に不特定多数の人間と繋がることができるんだぜ。しかも、バルスと同じ不満を抱えている人間は、世の中にごまんといるんだ」

「そっか……」

中前田は顔に、ふと憂鬱な影を宿す。「事の善し悪しはともかく、格差社会の底辺で喘《あえ》ぐ人間がマジョリティとなりゃ、共感を覚える人間も少なからずいるかもな。後に続く馬鹿のひとりやふたり出てきたって不思議じゃねえよな」

「お前んとこも摑んでんだろ。電車の中に置かれた容器に入ってたのは、水と小麦粉だったってこと」

「ああ……」

「乗ってきたタクシーの運転手がいってたよ。今朝は予約の車がいつになく増えてるって」

健太郎の声も自然と硬くなる。「宅配便、硫化水素、実に単純極まりない手口だが、社会に与える影響は甚大だ。バルスはそれを証明して見せたんだ。触発された人間が、本当に硫化水素を使ったテロなんか起こそうものなら――」

「それでなくとも、実体経済に影響が出てんだ。大変なことになんぞ」

中前田は考えたくもないとばかりに首を振る。「実際、宅配会社、通販会社の株は、バルスの犯行声明が出た途端にだだ下がりだ。そこに、このターミナル火災だ。場が開いたら、また売りが殺到すんのは、間違いないだろうからな」

株価は経済のバロメーターだ。

トラックが炎上したのが単なる事故ではないと知れた後、株式市場が開いた途端、宅配事業各社の株価はたちまちストップ安となった。それは、宅配便なしでは事業が成り立たない通販会社も同じだ。そして、このターミナル火災である。

しかも、昨日の夕方には、硫化水素騒ぎだ。

こちらの影響はまだ未知数だが、投資家は機を見るに敏である上に、いささかのリスクも嫌うものだ。航空会社は別として旅客運輸株を中心に、幅広く売りが殺到するのは想像に難くないし、株価の下落は、企業価値を棄損するだけに止《とど》まらない。市場からの資金調達にも大きな影響を及ぼす。

バルスが行ったテロの影響は、どこまで及ぶか分かったものではないのだ。

規制線に沿って群れていたマスコミの人間が、一斉に動き出したのはその時だ。人垣の向こうから、ターミナルの従業員か、二人、三人とこちらに向かって歩み寄ってくる男たちの姿が見えた。いずれもラフな私服姿であるところを見ると、正社員ではなさそうだ。

宅配会社のターミナルで荷積み、荷卸し作業に従事する作業員は、派遣社員やバイトが使われるケースが多いのだが、中の様子が知れるなら、正社員だろうが派遣だろうが関係ない。

テレビクルーが、新聞記者が、雑誌の記者が一斉に彼らを取り囲む。

たじろぐ男たち。

だが、メディアの人間は容赦がない。

健太郎もまた、少しでも彼らに近づこうと人波をかき分けながら前に進んだ。

「どうなんですか！　中の様子は！　作業は今日は行われないんですか！」

怒号のような声が飛び交う中で、健太郎は必死の思いで耳を傾けた。

5

編集部の一角には、四人掛けのテーブルが設けられている。

夜八時。

週刊近代の編集部では、不動を囲んで今日の取材の成果を報告するミーティングがはじまっていた。

中央ターミナルの状況を健太郎が説明し終えたところで、正面に座る不動が大きな溜め息を吐いた。

「いまのところ復旧の目処は立たずか――」

「そりゃそうですよ。まず最初に現場検証。それから被害状況を把握し、機材を入れ替えて、ラインのテストってやってたら、月単位の時間かかりますよ。当分の間、別のターミナルへ荷物を振り分けるしかないんですが、そもそも、中央ターミナルが使えなくなるなんて事態は想定していませんからね。システムも変更しなきゃならないし、荷物が捌き切れるのかっていう問題も生じます。対応できなきゃ、関東地区の宅配機能は当分の間停止してしまうかもしれません」

「機能停止っていっても、一社だけだろ」

「いまのところはね」

「そう考えてみると不思議なんだよな」

不動は、ふと思いついたように首を捻った。「宅配機能を麻痺させるっていうなら、何で他は狙わねえんだろう。同じ会社にテロ仕掛けてんのはどういうわけだ」

「個人向けの宅配の最大手だからじゃないですか」

「郵便があんだろうが」

そういえばだ──。

健太郎はこたえにつまった。

「何か、他に狙いがあんじゃねえのかな」

不動は思案するように天井を仰ぐ。

「他に狙いっていいますと？」

「犯行声明には、いまの社会に対する怨嗟が書き連ねてあったけどさ、本当にそれだけなのかな。社会に恨みを抱いているのは間違いないとしても、どっか特定の企業をぶっ潰す。それが、まず動機の根源にあってこんなテロを起こした。なんかそんな気がすんだよな」

「特定の企業ですか……」

健太郎がそう呟いた時、隣に座る曾根幸介《そねこうすけ》が口を開いた。

「宅配が止まって打撃を食らっている業態は多々ありますけど、企業というなら、一番打撃を被ってるのは、当の宅配会社と通販会社でしょうね」

曾根は健太郎の三年先輩で、こちらもまた入社以来一貫して週刊近代の記者をやってきた男だ。仕事にもいよいよ脂が乗ってくる年齢だ。今日も早朝から通販会社を中心に取材に走り回り、たったいま帰社したばかりだ。

「スロットなんかもう大変ですよ」

曾根はいう。「関東の物流センターの業務は完全に停止です。商品によっては、全国レベルで配送不能になった物もあるんです」

「全国で？」

不動が怪訝な顔をしながら問い返す。「なんでそんなことになるんだ。スロットの物流拠点は、日本各地に分散してんだろうが」

「もちろん、九州、西日本の一部からのオーダーは、九州のセンターから出荷っているような態勢を敷いてはいるんですが、関東地区の物流センターにしか在庫を置いてない商品が結構ありましてね。そういった商品は、全て全国レベルで受注停止。地方の出店者の関東地区向けの商品も同じです。これは大打撃ですよ。何といっても、関東は最大のマーケットですから」

「ラストワンマイルが潰されちまったら、お手上げってわけか」

ラストワンマイルとは、元々は通信接続の最終行程、通信業者の基地局からユーザーの建物までの接続手段を指すのだが、物流業界においては物を運ぶ最終行程、つまり、消費者への配送のことを意味する。

「買い物はクリックひとつで済むようになった。決済もクレジットカード、銀行引き落とし。そんなことができるのも、ITを駆使すればこそのことですが、ラストワンマイルを握ってるのは運送業界なんです。この部分だけは、どんなテクノロジーを駆使したところで、どうにもなりませんからね」

曾根は絶望的だとばかりに首を振った。

「だよな……。自己完結型のオペレーションを確立しても、配送だけは外に頼るしかねえもんな。今回のようなことが起きると、どうすることもできねえわな」

「じゃあ、他の宅配会社、たとえば郵便を使えるかといえばそれもできない。なんせ、出荷ラベルにプリントされるバーコード、伝票ナンバーは配送を委託してる宅配会社の仕様に合わせてるんですからね。配送を他社に任せるとなれば、大掛かりなシステム改変が必要なわけで。こっちが駄目なら、あっちってわけにはいかないようになってるんです」

　曾根は断言すると、「でも……」

　いいかけた言葉を呑んだ。

「でも……何だ？」

　不動は曾根を促した。

「不動さん、いま、スロットのオペレーションは自己完結型っておっしゃいましたが、視点を変えると必ずしもそうとはいい切れないかもしれませんよ」

「どうして？」

「これ、宅配会社にもいえることなんですけど、確かにふたつの企業とも、オペレーション自体は、とことんまで効率性が追求され、システム化されているんですが、人間が関与する部分には、大量の安い労働力、それも、業務量に合わせて調整可能な人間が、使われているんです。特に、スロットのような通販業界はね」

「調整可能な人間？」

「派遣です」

　曾根はいった。「スロットの物流センターは巨大なものですが、入出荷作業に従事する人間は、ほぼ百パーセント派遣です。それは宅配会社も同じでしてね。ターミナルで仕分けラインから落ちてくる荷物をカゴ車に積み込むのは派遣。機械を使うより、人を使った方が安くつく。それも、熟練の技はいらない。単純作業の肉体労働っていう部分には、外部の人間が使われているんですよ」

「なるほど。ネット通販、宅配共に、大量の非正規社員を使ってる。自己完結型のオペレーションとは必ずしもいえないって共通点があるわけか」

不動は何事かを考えるように、腕組みをして天井を仰いだ。

「どっちもきつい仕事ですよ。特に、スロットはアメリカ企業ですからね。日本企業よりも、遥かにドライなら、人件費だって、とことん切り詰めていますからね。確か、時給千円程度じゃなかったかな。そうでなかったら、安売りしてる上に、配送無料、さらにはポイント還元なんてできるわけないじゃないですか」

「ですよね」

健太郎は相槌《あいづち》を打った。「ちょっと前に、テレビで宅配の仕事がいかに大変かってことをやってましたけど、長崎《ながさき》なんて車の入れない斜面に沿って建ってる家がごまんとあって、ドライバーが背負子に水のペットボトルとか重量のあるものを積んで担ぎ上げるってんです。しかも留守だと持ち帰りですよ。それが、どこから出荷されてんのかっていえば、スロットのような通販会社ですからね」

「宅配便のドライバーだって正社員ばかりじゃない。協力会社といやあ聞こえはいいが、下請だ。考えようによっては、派遣みたいなもんだ」

と、曾根が言葉を継ぐ。

「派遣か……」

不動は呻くと、「ひょっとしてバルスはそれ絡みかな」

曾根と健太郎の顔を交互に見据えた。

「どうですかね」

曾根は疑念を呈する。「確かに派遣は宅配と通販に共通するキーワードですが、実は今回のケースで一番被害を受けているのも派遣なんですよ。実際、スロットの関東地区の物流センターで働いている派遣労働者は、出社に及ばずって指示が出たそうですからね」

「出社に及ばずって……」

「当たり前じゃないですか。仕事無くなっちゃったんですよ。彼らは派遣会社と契約を結び、報酬だってそっから貰ってんです。スロットにしてみりゃ、ただそこにいるだけの人間に、何でカネ払わなきゃなんねえんだってことになりますよ。さっきいったじゃないですか。派遣先の企業からすりゃあ、彼らは調整可能な人間だって――」

そういう曾根の声には、怒りが籠っている。「酷い話ですよ」

果たして曾根は、吐き捨てた。

「時給千円で生計を立ててんだもんな。派遣先や賃金にどんだけ不満を抱いていても、自ら生命線を断つような真似をするわきゃねえよな」

「それに、バルスが派遣絡みと考えると、公共交通機関を狙う理由が分かりません。宅配物、一方は手荷物、どちらも何が入っているか調べようがないという共通点はありますけど、派遣とは全く関係ないじゃないですか」

「それについては、黒木さんが──」

昨夜、黒木が語った見解を健太郎が口にしかけたその時、

「不動さん」

その当人が、戻ってくるなり声をかけてくると、三人が座る席に向かって、小走りに駆け寄ってきた。「バルスの人物像の特定は、思った以上に難航しそうです」

6

「発送窓口は特定できたんですがね」

黒木は席に腰を下ろすなりいった。

「やはり、関東なのか」

不動が身を乗り出しながら訊ねる。

「千葉《ちば》です」

黒木は頷くと、「ところが荷物を受け付けたのは、一般取扱店でして……」

続けていった。

「一般取扱店？」

「ほら、宅配便の幟《のぼり》や、看板が出てる商店があるじゃないですか。あれですよ」

「そんなもんあったか？」

「都市部では滅多に見なくなりましたけど、田舎《いなか》に行くと酒屋やスーパーなんかで持ち込んだ荷物を取り次いでくれるところが、まだけっこうあるんですよ。急に宅配で荷物送りたいって時の窓口として――」

「自宅に取りに来てくれるし、何かの拍子にっていうならコンビニがどこでもあるって時代にか？」

不動が目を剝いて声を裏返らせる。

「コンビニだって、乱立してるのは大都市だけですし、地方に行けば町に一軒ってところだってごまんとありますからね。ひとつでも多く荷物を集めるためには、窓口が多いに越したことはないってことなんでしょうね」

ひとつでも多くの荷物を集める――。

そう聞くと、昨夜不動と交した言葉を思い出す。

宅配会社の収益を支えているのは、定価料金を払ってくれる一般客の荷物だ。たとえ、月に一つや二つでも、値引きを強いられる大口顧客の荷物に比べれば、定価を払ってくれる個人客の荷物は確実に利益を得られる貴重な収入源だ。巨大化する一方の宅配市場も、こうした小さな荷物の積み重ねがあって、はじめて成り立っていることの証左である。

「それはともかく、バルスが荷物を送り出したのは、千葉の、それも内陸部の、小さな町の酒屋からだったんです」

黒木は、続けてその町の名前を口にした。

聞いたこともないような町名だ。

なんせ千葉は広い。東京に近い、あるいは鉄道の沿線地域こそ都市が連なってはいるが、内陸部は深い山が続く中に人家が点在するだけという地域も多い。そんな町の酒屋から送り出したとなれば——。

果たして、黒木はいう。

「当然、防犯カメラなんてものはありません。人物像を摑むためには、荷物を依頼された店の人の記憶に頼るしかないっていうんです」

「そのものずばり。バルス本人の姿は、摑みようがないってわけか」

不動は呻く。

「もちろん、警察は聞き取り調査を行っているようですが、どれほどの成果を得られるか……」

「いまの時代に似顔絵かよ」

不動は肩を竦めた。「そんな公開情報なんて、いつ見たか思い出せねえよ。最近じゃ、全部防犯カメラの映像だからな」

「いや、最大の問題は荷物を受け付けた店の人ですよ」

黒木の眉間《みけん》に皺が浮かんだ。「だいぶ高齢のご婦人のようでして、どうも記憶がはっきりとしないらしくて……」

「記憶がはっきりしないって……。だってまとめて荷物出してんだろ？　それも連日
――」

「そうじゃないんです」

黒木は不動の言葉が終わらぬうちに否定した。「その酒屋から出されたのは、昨日の早朝。つまりターミナルで炎上した荷物だけなんです」

「なんだって？」

「これほど早く、受付窓口が特定できたのは、ターミナルで炎上した荷物が、仕分けラインに流された直後で、システムが読み取った伝票番号記録で取扱店がすぐに判明したからなんです。ところが、そのご婦人がいうには、うちで荷物を受け付けたの

は、ここ一月《ひとつき》、ただの一回だけだと……」

「じゃあ、それ以前の荷物は、他所《よそ》から出したってことですか？」

曾根が、傍らから訊ねた。

「バルスは、発送窓口を都度変えているんです」

「防犯カメラのない一般取扱店を選んでいるとしたら、広範囲を移動してるって可能性もありますよね。早晩、昨日以前の受付窓口も判明するでしょうから、Nシステムからバルスを特定できるんじゃないですかね」

健太郎はいった。

「やつが、車で移動してればね」

「車で移動してればって……どういうことです？」

黒木は難しい顔をして一瞬押し黙ると、口を開いた。

「ターミナルには作業状況を確認するために、あちこちに防犯カメラが設けられていてね、そこから今回発火した荷物の形状が分かったらしいんだ。それが、かなり小さなもので、必ずしも車がなければ、運べないって代物じゃなさそうなんだ」

「しかし、二度目のテロは三つの高速道路で発生してるんですよ。それだけの荷物を運ぶとなれば――」

すかさず返した健太郎に向かって、

「発火装置の仕組みが分かってきてね」

　黒木はいった。

「それ、警察が明かしたんですか？」

　健太郎は身を乗り出した。

　模倣犯の発生を恐れて、さらには、バルス逮捕後の『秘密の暴露』に繋がることを理由に、発火装置の仕組みを警察は伏せているんじゃないか。そういったのは黒木だったからだ。

「初期消火に当たったのは、宅配会社の社員だ。火元は端から特定されているわけだし、現物を見た人間もひとりやふたりの話じゃないからね。警察も隠し切れないと思ったんだろう」

　黒木はそう前置きすると、「タイマーには、アナログ式の目覚まし時計が使われたようだ。それがセットされた時間になると、ニクロム線に電流が流れる。紙やすりでも何でもいい。裸にしておいた線が、高熱を放つってわけだ。それが、盛大に発火する火種に巻きつけられている。そいつが燃え上がれば、ペットボトルに入れられたガソリンに引火。ガソリンは、五百ミリリットル入りのペットボトル二本。その程度の物なら、箱に詰めても大した大きさにはならない。靴の箱で十分だ。そんなものを運ぶ程度なら車なんかいらないよ」

改めて健太郎の見解を否定した。

「車いらないって……じゃあ……」

「たとえばバイク――」

黒木はこたえた。「最近のNシステムはバイクのナンバーも撮影してるが、全てが対応しているわけじゃない。網に引っかからないことも可能性としてはあり得るし、最悪なのは、バルスが千葉県内、それも当該地区の周辺にいることだ。県を跨《また》ぐ、あるいは大きな川を渡る場所には、たいていNシステムが設置されているが、山道を通られたんじゃお手上げだからな」

「でも、仮に車にしか対応できないとしても、Nシステムは画像を撮影してるわけでしょう？　そこから、バルスを洗い出すってこともできるんじゃ――」

「当然やってるさ。だが、こいつの尻尾を摑むのは、かなり難しい。なんか、そんな気がすんだよな」

「といいますと？」

三人の視線が黒木に向く。

こたえがあるまで、しばしの沈黙が挟まった。

「こいつは、いまの社会に監視の目が張り巡らされていることを熟知している。当然、Nシステムについても、警戒していると思うんだ」

「だろうな……」

同意の言葉を漏らしたのは不動だ。「宅配便を出すのに、わざわざ一般取扱店を選んでるのに、Ｎシステムには頭が回らねえって、そんな間抜けなやつとは思えねえもんな」

「それに、硫化水素にしたって、考えてみると随分知恵絞ってますよね」

曽根がいった。「山手線は常に周回してんです。ましてや、駅に通報がいくまで、荷物は網棚に置かれたままになってたんですからね。いつ、どこで、網棚に袋が放置されたのか、いくら駅構内には防犯カメラが張り巡らされているったって、その人物を突き止めるのは大変ですよ」

「その件なんだが――」

重い口調で再び黒木がいう。「バルスが置いた袋って、コンビニやスーパーで使われてる紙袋だったたってんだ」

それが、何を意味するのか分からない。

健太郎は怪訝な気持ちを抱きながら、黒木に視線をやった。

「強酸性のトイレ洗浄液の容器は五百ミリリットル。一方の石灰硫黄合剤と書かれた袋も、薄いキッチンバッグに入れていた。重量にして一キロ程度のもんだったたっていうから、そんなの、鞄の中に詰め込んで、車内に入ったところで取り出せば、駅の防犯カメラを当たったって無駄だよ」

健太郎はあっと声を上げそうになった。

確かに、黒木のいう通りだ。

駅構内の防犯カメラを虱潰《しらみつぶ》しに当たっても、不審者を特定する手段は、乗車時に所持していた物が下車した時には消えていたということぐらいだろう。当該物を別のバッグの中に入れて持ち込めば、特定するのはまず不可能のように思える。

「不動さあん！」

編集部に一際高い声が上がったのはその時だ。

声の方に目をやると、若い女性編集者が書類の山の中から立ち上がった。

「また、電車の中で不審物が発見されたそうです！」

彼女はパソコンの画面に目をやりながらいった。「たったいま、通信社の配信が入って……」

「何だって！」

立ち上がる不動。

健太郎も後に続くと、配信記事を読むべく彼女の元に駆け寄った。

第五章　手紙

1

健太郎は通勤に地下鉄を使うのを常としている。

昨夜は、またしても深夜まで仕事に追われたせいもあって、出社は九時半と少し遅い時間になった。

すでにラッシュアワーが過ぎた時刻である。

普段なら空席が目立つはずだが、今日はいつになく乗客が多い。

そういえば、雰囲気も普段とは違うような気がする。

車中ではまずスマホ——。

いまの社会にはすっかり定着した光景だが、乗客の誰ひとりとしてスマホを取り出す人間がいないのだ。

座席の乗客は上目遣いに網棚に目をやり、通路に立つ人間もまた、忙《せわ》しげに視線を動かす。

車内に漂う緊張感。息苦しくなるような張りつめた空気。

そう、皆一様に周囲の様子を窺っているのだ。

無理もない。

昨夜発見された不審物の中に入っていたのは、強酸性トイレ洗浄剤と石灰硫黄合剤の本物だ。しかも、前者は被膜を剝《は》がしたニクロム線で何重にも巻かれていた上に、後者は水溶性の紙袋に入れられていたという。

電池、タイマーは取り付けられていなかったそうだが、どんな効果を狙ったのかは想像がつく。

トイレ洗浄剤の容器は薄い樹脂でできている。ニクロム線が熱を持てば容易に溶ける。そこから流れ出した強酸性の液体が、紙袋に吸収される。紙はすぐに溶け、石灰硫黄合剤が剝《む》き出しになる。同時に硫化水素ガスを撒き散らしはじめるというわけだ。

最初はフェイク。二度目は、やろうと思えばいつでもやれる。メカニズムは宅配テロで用いたものとほぼ同じ。確実に機能することは、すでに実証済みだ。

警告のつもりなのか。あるいは、ただの脅《おど》しなのか——。

いずれにしても、社会全体がいつ身の回りで起きるか分からぬ毒ガステロへの恐怖に満たされていることは、この車内の雰囲気を見れば明らかだ。

電車が駅に着いた。

乗客が入れ替わり、若い男が乗り込んできた。

二十代半ばといったところか。スーツを着た、サラリーマン然とした男である。

彼は健太郎の隣に立つと、ごく自然な仕草で手にしていた鞄と紙袋を網棚の上に置き、吊り革を握った。

乗客の目が、一斉にそこに釘付けになる。

「ちょっ、ちょっとあなた！　荷物、そこに載せないでくれる」

甲高《かんだか》い声が、車内に響いた。

中年の女性だ。

座席から腰を浮かしたその目には、明らかに恐怖の色が浮かんでいる。

「ニュース見てないの？　どこに物騒なモノが仕掛けられているか分かんないってのに、少しは気を使ってよ！」

女性は、金切り声を上げる。

「変なモノなんか入れてませんけど」

男はむっとしたようにいい返すと、「大体、僕は乗ってきたばっかかなんですよ。危ないモノが入ってたのは、放置された荷物でしょうが。持ち主が目の前にいるのに、何か起こるわけないでしょう」

その通りだ。

理屈の上では男が正しい。

「何かあってからじゃ遅いからいってんのよ！」

女性はきまりが悪くなったのか、感情的な口調で返す。

「だったら、中を見せましょうか？」

男はいうが早いか乱暴な仕草で紙袋を引き下ろすと、ぐいと口を開いた。

紙袋の中に入っていたのは、プレゼンテーションの資料でもあるのか、ファイルに綴《と》じられた書類である。

「ほら、物騒なモノなんか入ってないでしょ？」

男は、そういいながら紙袋を女性の前に突きつけた。

中に目をやった女性が、ぷいと視線を逸らした。

「あなた、すみませんのひと言ぐらいいいなさいよ。人をテロリスト扱いしといて、その態度はないでしょう」

ふたりの間に険悪な空気が漂《ただよ》い出す。

「まあ、いいじゃないですか」

健太郎は割って入った。

関与するつもりは毛頭ないが、ただでさえもぴりぴりした空気に満たされる車内で、口論を目の当《ま》たりにするのは御免だという気持ちが先に立ったからだ。

「あんな事件が続いてるんだもの、気になるのも無理もありませんよ」

健太郎は男を宥《なだ》めた。

「そりゃ……まあ……」

男は語尾を濁すと、しょうがないなとばかりに溜め息を吐き、「でも、変なモノは入っていないことは、あなたも確認しましたよね。だったら、もういいでしょう」

乱暴な手つきで、どさりと紙袋を網棚の上に置いた。

車内が静寂に包まれる。

電車のモーター音。レールの継ぎ目を乗り越える車輪の音が虚《うつ》ろに響く。

誰もが周囲の人間の一挙手一投足を息を潜《ひそ》めて監視し合っている。

そんな気配が、ひしひしと伝わってくる。

電車が次の駅に着くまで、さほどの時間はかからなかった。

ドアが開くと、一瞬車内に安堵するような空気が流れた。

ホームに警察官の姿がある。

要人が来日した際に、主要駅で警察官の姿を見ることはままあるが、それにしたって改札口の付近くらいのものだ。

こんな光景を目にするのは、はじめてのことだ。

不審者はいないか。怪しげな荷物を所持している人間はいないか。警戒しているのだ。

普段見慣れぬ警察官の姿を目にしたせいか、車両に乗り込んで行く乗客たちは、無表情を装ってはいるが、そのどこかに緊張感が漂っているように感ずる。

「内海」

背後から声をかけられて健太郎は振り向いた。

曾根である。

「あっ、おはようございます」

健太郎は頭を下げた。

「えらいことになってんな。どの駅も警官だらけじゃねえか。おまわり立たせときゃ、テロを防げるってわけじゃねえだろうに」

「いや、そうでもないかもしれませんよ」

肩を並べて階段を昇りながら、健太郎はこたえた。「警戒されてるって印象づけるだけでも、抑止力にはなるでしょうからね。それに、乗客たちもかなり神経質になっているようで、ついいまし方も、網棚に荷物を載せた人を目にした途端、ちょっとしたトラブルになりまして」

健太郎が、事の経緯を話して聞かせると、

「荷物を置くな……か……」

曾根は口をへの字に閉じて、鼻で深い息を吐いた。

「まるで相互監視ですよ。これだけ周囲の人間の動向に敏感になってるんじゃ、網棚に荷物を放置するなんてことはできませんね。防犯カメラよりも人の目。立ち去ろうとした瞬間に、周りの客が騒ぎ出しますよ」

「問題は、この恐怖と緊張感がいつまで持続するかだな」

曾根はいった。

「それ、どういうことです？」

「出掛けにニュースでいってたよ。なんせ、昨夜あんな事件があったばかりだからな。各駅から通勤の様子を伝えるレポートをやっててさ」

ここ二日間は、満足に睡眠も取っていない。

ぎりぎりまで体を休めていたせいで、ニュースを見る時間はなかった。

曾根の住まいは会社がある文京区《ぶんきょう》にあり、ここからは二駅ほどしか離れてはいない。直近のニュースに見入る時間は十分にある。

曾根は続けた。

「快速電車はがらがら。各停に通勤客が殺到してるんだとさ」

「各停に?」

「インタビュー聞いてなるほどと思ったよ。快速は次の停車駅までの距離が長い分だけ、密室状態が長く続くわけだ。それに速度も出ている。そんな状況下で、硫化水素なんかが発生しようものなら、イチコロだ。リスクを少しでも抑えようとすれば、各停の方が、多少はましって考えてんだよ」

「じゃあ、いつもより通勤に大分時間がかかるじゃないですか」

「命かかってんだ。背に腹は代えられねえよ」

曾根は重い口調でいった。「しかし、テレビの影響力ってのはやっぱ凄《すげ》えな。レポーター、MCが繰り返しいってたよ。バルスの犯行を未然に防ぐためには、不審な荷物の有無に乗客が注意を払うことだって」

「じゃあ、さっきのトラブルは、そのアナウンス効果がさっそく出たってことですかね」

「乗客がお互いに監視し合うようになりゃ、バルスだって手の打ちようがねえだろ。やつが捕まることを覚悟でやってるとは思えねえし」

「ですよね」

健太郎は相槌を打つと、「だとしたら、少なくとも硫化水素テロが起こる可能性は、格段に低くなったといえますね」

同意を求めた。

「だから、この緊張感がいつまで持続するかが問題だっていってんだ」

ところが曾根は硬い声でいう。「お前が目にしたようなトラブルは、今日の通勤電車の中では、あっちこっちで発生してるだろうからな。バルスだって馬鹿じゃない。当面動きを止めるだろうさ。快速使わねえで、各停使うなんて客も数日もすれば元に戻るだろう。だがな、厄介なのは、やつが捕まらねえことには、何も解決しねえってことなんだ。気を抜いた途端に、また同様の手口でテロまがいのことをしでかされたら、また社会は大混乱。延々と同じことを繰り返すことになっちまう」

曾根の指摘は間違ってはいない。

世を騒がせた事件はごまんとあるが、報道が過熱するのは、事件に動きがある間だけだ。

ネタにも旬《しゅん》というものがあるし、事件、事故は日々起こる。紙面、あるいは放送時間という絶対的な制約がある中で、社会の動きを報じなければならないメディアにとって、動きが止まった事件、事故は、瞬く間に報じる価値が失せてしまうのだ。

そして、社会の関心度は報道量に比例する。日々目まぐるしく変わり、怒濤《どとう》のごとく押し寄せるニュースの中で忘れ去られてしまい、何事もなかったかのように元の日常に戻るのだ。

「それは、宅配テロにもいえますよね」

健太郎はこたえた。「中央ターミナルが復旧したところで、根本的な対策が講じられない以上、また同様のテロが起こる可能性は高いわけですし、一般取扱店は全国にまだまだたくさんあるそうですからね。どこでも手に入る発火物が使われてるとなれば、関東から地方へと、バルスが犯行の拠点を移すってことだって考えられるわけですし――」

行く手に出口が見えてくる。

俊芸社の地下一階は、地下鉄の通路と繋がっている。そこを入れば、すぐに通用口だ。

「こっちは、監視のしようがねえからな」

曾根は溜め息を漏らす。「かといって、いまや宅配は最も重要な社会インフラの一つだ。いつまでも止めるわけにはいかねえし、おっかなびっくり再開したはいいが、また狙われたら、混乱に拍車がかかるだけだしな」

健太郎もまた、深い息を吐くといった。

「いろいろ考えてみたんですけど、宅配が止まるってことは、とてつもない影響を社会に及ぼすんですよね。昨日長崎の件を話したじゃないですか」

「水とかの重たい物を背負って、ドライバーが坂道を登るってあれか？」

「ええ……」

健太郎は頷いた。「地方の高齢化は進む一方です。同時に過疎化も進んでる。スーパーが撤退して、買い物に苦労している人たちも増えてるはずなんです。高齢者の中には、自動車の運転ができなくなった人たちだっているでしょう。そんな人たちにしてみれば、宅配が止まるってことは死活問題そのものですからね」

「そうか……そうだよな」

曾根は顔を曇らせる。

「ネット通販に頼ってる高齢者がどれほどいるかは分かりませんが、団塊の世代だって高齢期を迎えてるんです。この世代の人たちは、現役時代をネットの進化と共に歩んできたんです。買い物の多くを通販で済ませている人たちも決して少なくないと思うんですよね」

曾根は、少しの間考え込むと、

「それ、面白い切り口だな」

眉を上げた。「昨日までのところでは、通販をビジネスにしてる企業への影響に目が行ってたけど、利用者って視点が抜けてたよな。確かに、超高齢社会に伴う買い物難民をどうやって救済するかっていやあ、通販しかねえもんな」

「都会の地場商店街の中には、まだまだ活況を呈しているところはたくさんありますけど、買い物カート押してっていうのも、いつまで続くか分かりませんからね。そうした視点から、警鐘を鳴らしておく必要があるように思うんですが……」

「不動さんもバルスの特集を暫《しばら》く続けるっていってたしな。それ、次の号の企画に上げるよう、持ちかけてみるか」

曾根は、そういいながら健太郎の肩をポンと叩いた。

2

「実体経済にどれほどの影響が出ているのかは、まだ分析の最中です。影響を受ける範囲が広過ぎて、全体像を把握するのが難しくて……」

太平洋総研《たいへいようそうけん》は、経済分析では日本有数のシンクタンクだ。

その応接室で、シニアアナリストを務める梶山武郎《かじやまたけろう》は健太郎の問いかけにこたえながら足を組み、背凭れに体を預けた。

白髪交じりの豊かな頭髪。縁無しの眼鏡。その下から覗く瞳に深い憂いの色が浮かんでいる。

週刊近代の読者はビジネスマンが多い。経済関連の記事を書く際には度々世話になるが、彼がこんな表情を浮かべるのははじめて目にする。

「これは本当に深刻な事態です」

梶山はいう。「たとえば、都内の高級レストランや消費者と契約を結んで食材を供給している生産者です。テロの発生以来、完全に出荷がストップしてしまったところが数多く出てきてるんです。最近では、農業のあり方も随分変わって法人化する、あるいは、個人で独自の販売ルートを確立している農家も多くなっています。中には、直接店に配達するといった方式を取っているところもありますが、そのほとんどが宅配便を使っているんですからね」

「野菜は鮮度が命ですものね。出荷が止まったら、たちまち廃棄となってしまいますよね」

健太郎は、相槌を打ちながらノートにペンを走らせた。

「こうした農家がつくってる野菜の中には、他に持って行きようがないってものが結構ありましてね」

「といいますと？」

「農協に加入していないってこともあるんですが、生産している野菜が一般市場には出回らない、普通の消費者には、見たことも聞いたこともない西洋野菜を栽培してるんですよ。いわばプロ向けのオーダーメイドなんです」

「一般消費者にはどんな野菜なのか、どうやって食べるものなのか、皆目見当がつかないというわけですか？」

「その通りです」

梶山は重い息を吐く。「当然、影響はレストランの側にも出ます。こうした野菜を使っている店は、漏れなく高級店で、生産農家の収穫状況を日々確認しながらメニューを決めているんですね。代替品を入手しようと思っても、一般市場には出回っていないんですからお手上げですよ」

「しかし、高級食材といわれるものは、他にもたくさんあるじゃないですか。他の野菜で代替が利くんじゃないですか？」

「それは違いますよ」

梶山は健太郎の見解を言下に否定する。「その手の食材を使っているのは、シェフが素材にこだわりを持っていることもありますが、生産量が限られ、他所《よそ》ではまず手に入らない厳選した食材を使っている、つまり蘊蓄《うんちく》が売りの一つでもあるんです。お客さんもそれを目当てで行くわけですから、いくら一級品を使ったとはいえ、簡単に手に入る食材じゃ、画竜点睛《がりょうてんせい》を欠くってことになってしまうんです」

「なるほど――」

「食材に関していえば、野菜だけじゃありません。卵だってそうです」

「た・ま・ご……ですか？」

顔を上げ、健太郎は訊《き》いた。

「野菜と同じく、鶏の種類を選び、飼育方法、餌《えさ》を工夫し、いかに高品質の卵にするか。そこに情熱を傾けている生産農家も増えていますから」

そこで、梶山は一瞬言葉を切ると、「内海さん。一番高い卵って一個いくらするかご存知ですか？」

訊《たず》ねてきた。

健太郎は首を振った。

「七百円もするんですよ」

「七百円？　一個がですか？」

健太郎は目を剝いた。

「一般消費者がそんな卵を購入するわけがありませんし、市場に出回ってもまず需要がありません。こうした卵を購入するのも、高級レストラン。そして、その最大の消費地が東京なんです。そこへの配送が、完全に麻痺してしまったんですからね。息の根を止められたも同然ですよ」

梶山は、お手上げだとばかりに両手を広げた。

「出荷ができなくなっても、鶏は卵産みますからね」

「いま申し上げたふたつの例は、そうした商品のごく一部です。他にも鮮魚、加工食品、米、果物、生産者はいかにして高品質かつ高額な値で取引される生産物をものにするかに鎬を削ってるんです。つまり、量よりも質で稼ぐというわけですが、こんなビジネスが可能になったのも、世界に類を見ないほど進化した、日本の宅配システムがあればこそなわけです」

「ある意味、農、漁業の危機じゃないですか」

週刊誌記者の悪い癖だ。

刺激的な情報に触れると、すぐに読者の興味を惹くような惹句《じゃっく》が頭に浮かぶ。

「おっしゃる通りです」

ところが梶山は、意外なことに真顔で頷く。

健太郎はペンを構え先を促した。

梶山は続ける。

「実はね内海さん。わたしは、今回のテロが農業をはじめとする地方産業の危機、いや、わずかながらも芽生えはじめた地方活性化の兆しを削《そ》ぐことになりかねないと危惧してるんです」

「地方活性化の勢いを削ぐ？」

そりゃ大袈裟《おおげさ》だろう。

そう続けたくなるのを健太郎はすんでのところで飲み込んだ。

「いや、本当にそう思ってるんです」

梶山の目は真剣だ。「契約先のニーズにこたえる商品を生産すれば、既存流通に頼らずとも十分生活が成り立つ。そこに可能性を見出した、若い農業従事者は確実に増えてきてます。過疎高齢化に悩む地方にとって、そうした人たちが増えることは地域を支えていく次の世代が生まれるということと同義なんですよ」

「突き詰めていえば、宅配便が地方産業のあり方を変えたといえるわけですね」

「いまの時代、工場誘致といった大きな雇用基盤が生まれることは、まず考えられませんからね。地道に地場産業を育てていく以外に地方が活性化する術はありませんから」

シンクタンクのアナリストが、世情の分析に長《た》けているのは当然だが、梶山の視点は実に幅広い。

彼の口を衝《つ》いて出る言葉のひとつひとつに、今回のテロがいかに現代社会に深刻な影響を及ぼすかを健太郎は改めて知る思いがした。

「まして、いまは所謂ＳＯＨＯでも全国規模のビジネスが展開できる時代ですからね」

梶山はいった。

「SOHO……ですか？」

健太郎は問い返した。

SOHOとはスモールオフィス・ホームオフィスの略で、小さなオフィスや自宅などでビジネスを行っている事業者のことだ。

「過疎化が進んで民力が落ちた場所、極端な話、過疎地の山奥の一軒家だって、ネットを通じて販売すれば、実店舗を持たずとも市場を全国に開けるのがいまの時代です。商品が評判を呼べば、物凄い収益を上げられるんですからね」

「確かに、パンとかクッキーといったスイーツや、薫製《くんせい》なんかを工房のような小さな施設で製造してネットだけで販売している人たちがいますよね」

「なんせ、地方は地代が安いし、自宅で製造するなら家賃はただ。店員を雇う必要もありません。当然、損益分岐点は、都会に店を出すよりもずっと低くなる。そうしたビジネスに活路を見出そうとする人たちがたくさん出てくれば、地方の衰退に歯止めがかかるかも知れない。そう考えていたわけですが、今回のようなことが起こると――」

「そのモデルが、成り立たなくなるというわけですね」

「もちろん、宅配機能が停止したのは、最大手の一社だけ。他社の宅配機能は平常通り動いているわけですから、小規模の生産者には、いまのところ影響は限定的といえるかも知れません。ですが、今回のテロの手口は、どこの宅配便にも通用するものです。これが二社、三社と広がっていけば──」

「では、そうなった場合、消費者への影響はどうなんでしょう」

そこで健太郎は話題を転じた。「ネット通販といえば、買い物難民の救済策になるといわれていますが、現時点では関東地区の宅配機能は完全に麻痺しているわけです。中でも、ネット通販最大手のスロットは出荷が止まった状態が続いていますが？」

梶山は、考えを整理するかのように、しばし沈黙すると、

「消費者、こと高齢者に限っていえば、いまのところほとんど影響はないでしょうね」

意外な見解を口にした。

「それはなぜでしょう。米や水とか、重量があって運ぶのに苦労するような商品をネットを通じて購入するといった傾向が高まっていると聞きますが？」

「ネット通販を使う年齢層は三十代がピークで、五十代以降になると鈍化する傾向にあるんです。これはインターネットが使われはじめて二十年以上たちますが、彼らが現役だった頃にはネット通販はそれほどポピュラーなものではなかったせいもあるでしょう。とはいえ、今後十年、二十年のスパンで考えれば、ネット通販が買い物難民

救済の決定打になるのは間違いありません。ですが、いまのところは高齢者に限っていえば、影響は極めて限定的だと考えられます」

あてが外れた——。

宅配が止まって、日々の生活物資の入手に困る高齢者。そこに焦点を当てた記事をと考えていたのだが、これでは企画倒れだ。

「そうですか……」

健太郎は声を落とした。

「それよりも、深刻なのは通販業界です。関東だけとはいえ、最大手の宅配会社の機能が止まってしまったわけですからね。これは、通販業界の存亡にかかわる大問題です」

梶山はいう。「なんせ、あの会社は通販商品の配送取り扱いシェアでは断トツの一位です。それに、通販といっても、何もネットに限ったことではありません。たとえばテレビショッピング。これだって立派な通販ですし、新聞や雑誌に広告を載せて通販を行っている企業だってたくさんありますからね。そして、利用者の地域性を見ると、関東の占める割合が高く、北海道、東北、中国、四国、九州は低い。つまり、最大の市場で、商品の配送ができなくなってしまったわけです」

話が思わぬ方向に展開しはじめた。

慌ててメモを取りはじめた健太郎に向かって、

「配送ができなくなれば、どうします？」

梶山は問うた。

「受注の停止……ですかね」

健太郎はこたえた。

「その通りです」

梶山は頷くと、「テレビや紙媒体を使った通販が受注を停止すれば、影響は通販会社に止まりません。番組、ＣＭ、広告が全て止まるんです。テレビ業界、新聞社、御社のような出版社にも、大変な損害が出ることになりますよ」

そんなところにまで影響が及ぶとは考えもしなかった。

民放テレビ、新聞社、雑誌。メディアにとって、広告料は貴重な収入源だ。特にテレビに至っては、いまや通販会社は大スポンサーだし、テレビ局自身が通販に乗り出し、大きな収益を得ている。それどころか、通販専門のチャンネルすらあるという時代に、受注ができないなんてことになったら——。

そこに思いが至ると、この事件をどこか他人事《ひとごと》のように捉えていた自分に気がつき、健太郎は呆然となった。

「広告の効果、特にテレビショッピングのそれは、実に短いもんでしてね。ＣＭが流れた途端に、コールセンターの電話が一斉に鳴りはじめるんです。そこがピークなんです。だから限られた時間の中で、いかに多くのオーダーを処理するかが勝負なんです。宣伝効果は一日、二日と持つものではありません。だから、同じ商品のCMを一日に何度も流す。あるいは、毎日同じ時間帯で流すんです。それが、全く無意味になったらどんなことになると思います？」

「テレビショッピングって、大抵は全国ネットですからね。地方局に限って流すってわけにはいかないでしょうし……」

「局も大損害なら、テレビショッピング専門の会社なんて、潰れてしまいますよ」

梶山は断言する。「それだけじゃありません。通販会社にとって深刻なのは、仮に一日、二日でも出荷が止まれば、膨大な人員が遊んでしまうということです。少し前に、ある中堅の通販会社の資料を目にしたことがあるのですが、全国に物流拠点が三カ所。そこで働く従業員は約千五百名。コールセンターには二百名。注文を受け付け、配送作業を行う人員だけで計千七百名。たった一社で、これだけの余剰人員が生まれるんですよ」

「仮に、人件費が一人一日一万円だとしても、千七百万円——」

「これは企業の側からすれば、大変な負担です」

梶山はいう。「その会社の売上高は千四百億。営業利益は三十億程度。仮に一週間で宅配機能が回復したとしても、利益に繋がらない経費が毎日それだけ出て行けば、取り戻すのは容易なことではありません」

「スロットは、現場作業員を一時出社停止にしたようですが？」

「まあ、あそこはアメリカ企業ですし、庫内作業員は百パーセント派遣ですからね」

梶山は皮肉を込めたように、口を歪ませた。「もちろん日本企業でも、単純作業を派遣にやらせているところはありますが、スロットのようにドラスティックな手法は取れないでしょうね。それに、物流拠点やコールセンターは人件費の安い地方に設けている企業が大半です。自社で直接地元の人をパートで雇っているところだってたくさんありますから、そう簡単に雇い止めなんてできませんよ」

「しかし、それでは――」

影響は派遣だけに止まらない。正社員だって同じだ。企業業績が悪化すれば、給与が下がることはないにしても、賞与には大きな影響が出る。

ローンを抱えていれば、支払いに困る人だっているはずだ。大きな買い物は控えざるを得ない。まして、物流施設やコールセンターの所在地が、大抵が地方であるということを考えれば、地域経済にとっても深刻な事態だ。

「それだけじゃないんです」

梶山はさらに続ける。

まだあるのか――。

健太郎は言葉を呑んで、話に聞き入った。

「テレビやカタログ通販をやっている会社の販売商品は、目まぐるしく変わります。当然、販売時期もかなり前から決まっているわけです。必然的に製造メーカーもそれに合わせて商品を製造し、納品するわけですから、出荷が止まれば今度は保管する場所がなくなってしまいます」

「納品を停止して貰うわけには――」

「この手の通販会社が販売している商品は、輸入品もかなりありますからね。それに国内メーカーだって、生産は海外で行っているところはざらにあります。そうした商品が、販売スケジュールに合わせて、いまこの瞬間にも続々と海を渡って来てるんです。まして、中には季節商品もある。宅配の混乱が長引けば、販売時期を逸してしまう。かといって来年まで持ち越そうものなら、その間仕入れに要した資金は寝てしまう。型が古くなって商品力自体がなくなってしまうことだってあり得るでしょうからね」

そこまで、影響は広がるのか――。

想像もしなかった事態の深刻さに、健太郎は息を呑んだ。

「それは、製造メーカーも同じですよね。納品先の商品が捌けなければ――」

健太郎はかろうじていった。

「もちろん、そうなります。製造メーカーの生産量が落ちれば、原材料への需要も減ります。そして、いずれの段階にも労働者がいて、その人たちの消費によって経済は回っているわけです」

「いったい、どれくらいの経済的損失が出るんでしょう……」

そのこたえを聞くのが怖い。

健太郎は生唾を飲み込みながら問うた。

「ですから、それはまだ分かりません――」

梶山はいった。「ただ、日本の通販市場は既に六兆円もの規模に達していますからね。この大半が配送を宅配に頼っているわけです。いまのところ関東だけとはいえ、そこの機能が停止したんですから、大変な金額になることは間違いないでしょうね」

冷静な口調でこたえる梶山だが、その声には明らかに緊迫感が籠っている。

バルスが行った宅配テロは、手口だけを取って見れば、実に単純なものだ。なのに、これほどまでの損害を社会に及ぼす――。

改めてそこに気がつくと、バルスの悪魔的手法に、健太郎は恐怖を覚えた。

テーブルの上に置いたスマホが震えたのはその時だ。

パネルには『不動』の文字が浮かんでいる。

話は、一段落したところだ。

どうぞと、梶山が目で促してくる。

「ちょっと失礼します――」

健太郎はスマホを耳に押し当てた。「はい、内海です……」

「すぐに戻ってくれ！　バルスと目される人物が捕まったぞ」

不動の興奮した声が聞こえてきた。

3

編集部に戻るまでに一時間を要した。

真っ先に目に飛び込んできたのは、一角に置かれたテーブルを挟んで何事かを話し合う不動と曾根の姿だ。

他の編集部員たちの動きも慌ただしい。

鞄を手に飛び出して行く者。取材を行っているのだろう、受話器を片手に、ノートにペンを走らせる者。つけっぱなしにしているテレビの音が、飛び交う声にかき消され、いつになく小さく聞こえる。

「バルスが捕まったって本当ですか！」

健太郎は、駆け寄りざまにいった。

「始発直後の山手線で紙袋を網棚に放置して立ち去ろうとしたやつがいてな。その瞬間を目撃した乗客が声をかけたら、一目散に逃げ出したってんだが、ホームでは警察官が警戒中だ。そこで御用になったんだとよ」

不動が経緯を手短に説明した。

「乗客はみんな不審物が置かれてないか、ぴりぴりしてますからね。相互監視の網に引っかかったってわけですね」

「袋の中を調べてみたところ、トイレ洗浄剤と農薬が出てきた。手口はこれまでの犯行と寸分違《たが》わない。断定こそしちゃいないが、テレビはバルスが捕まったってニュアンスで速報を打つわ、まるで全面解決したかのような大騒ぎだ」

「いったいどんなやつだったんです」

「無職の十九歳」

「十九歳？　未成年ですか」

「まあ、世間が抱いていた犯人像には確かに一致するよな」

不動は、マグカップに手を伸ばすと、コーヒーをがぶりと飲む。「犯行声明を読みゃあ、前途に希望を見出せず、いまの社会体制に不満を抱く若者ってとこだ。不遇をかこつに至った経緯は様々だろうが、一度道を踏み外せば、やり直すのは簡単じゃない。自助努力だけじゃどうにもならない世の中になっていることは確かだからな」

「ひょっとして、狙われた宅配会社で働いたことがあるのかも知れませんね」

曾根がふと思いついたように漏らした。

「それ、あり得ますよ」

健太郎は頷いた。「あの会社でターミナルの仕分け作業に従事する作業員の多くは、派遣と繁忙期に採用する日払いの労働者だっていいますからね。古株にはボーナスが出るけど、千五百円から三千円だって聞きました」

「千五百円？　それ本当の話かよ？　桁《けた》違ってるんじゃねえのか」

曾根が大袈裟にのけ反る。

「本当ですよ」

健太郎はこたえた。「時給なんぼの仕事を続けていたら、収入が増えるなんてことはあり得ない。何年、何十年経っても収入は同じ。ひとり暮らしていくのがやっと。結婚して家庭を持つこともできない。まして、マイホームは夢のまた夢です。そして、いずれ老後がやって来る――。十代にして、夢も希望も抱けない未来を見せつけられれば、そりゃあ社会をぶっ壊したくもなるでしょうからね」

「まして、派遣が増加する最大の要因は、いまの社会、消費者のニーズにあるともいえるわけだしな」

不動がいった。

「消費者のニーズ？」

「ちょうどいまそれを話していたんだ」

不動が座れとばかりに椅子を目で指した。「ファッション通販会社の社長がツイッターで『ただで商品が届くと思うな。宅配会社のドライバーさんが、汗水垂らして家まで運んでくれるんだ』って呟いて大炎上したことがあったろ」

そのことは覚えている。

「うちも小さな記事にしましたよね。あの件ですね」

健太郎は腰を下ろしながらこたえた。

「あの時の消費者の反応は、ネット通販の配送料はただで当然だと思っていることの証《あかし》だが、考えてみりゃ、あの社長のいってることはもっともなんだ。配送料がただなんてことはあり得ねえんだ。そもそもがおかしな話なんだよ」

「そういえば、だいぶ前にスロットが水などの重量物の配送を有料にしたことがありましたよね」

曾根がはたと思い出したようにいった。「一配送あたり三百五十円取るって。なんせペットボトル二ケースだと二十四キロもある代物ですもん、そんだけの重量のある荷物を個人が出せば、最低でも、確か千八百円以上の料金を取られるわけですからね」

「それ、覚えてるよ。女房がこぼしてたからな」

不動がいう。「だけどあの水の販売価格は千円程度だったよな。ってことはだ。本来ならば、商品の価格よりも宅配料の方が遥かに高くなるわけだ。この一例だけからも、どう考えたって、こんな商売が成り立つわけがねえってことが分かるよな」

「それ、宅配会社は、本来最低でも千八百円貰わなければならない水の配送を三百五十円で請け負ってるってことですよね」

健太郎は、思わずいった。

「実際はそれより高いかも知れねえが、限りなくそれに近いんだろうな」

「それにしたって八割引ですよ。それでやっていけんですかね、宅配会社は――」

「赤を出してまで、仕事を請け負う馬鹿はいねえよ。水は赤だが、トータルで見ればそれなりの利益になるからやってんだろうが、それはさておき、興味深いのは配送料を取ると告知された時の消費者の反応だよ」

反応は目に見えていた。

「千円の商品に三百五十円の配送料がかかるんじゃ、誰も買わなくなるでしょう」

健太郎はいった。

「黙って買わなくなるならいいさ」

曾根が苦笑いを浮かべながら、代わってこたえた。「ネット通販には、カスタマーレビューってのがあんだろ。気に食わないとなりゃ、容赦なく怒りをぶつけてくんのがいまの消費者だ。実際あん時のレビューなんて、料金徴収どころか、スロットの経営方針に対する罵詈雑言《ばりぞうごん》の嵐。揚げ句の果ては、スロットの通販を全面的に使わないといい出す始末だ」

「つまり、消費者は配送料なんてただで当たり前。重たい荷物が届くまでには、その間にどれだけの人が介在し、どれほどの手間がかかっているか。そこに労働の対価が発生していることなんか、考えもしねえんだな」

不動は苦い顔をして、またひと口コーヒーを飲む。

「配送料は無料で当たり前という消費者の圧力は、生産、流通の全ての過程にのしかかってくる。大幅な値引きを強いられているのは、宅配会社だけじゃない。さっきいった千円の水なんて、定価で買えば三千円ですからね。本来なら配送料を含めて五千円にもなろうって商品を千円ぽっきりで売ってんですもん、誰かが泣かなきゃ、商売が成り立つわけがありませんよね」

と曾根。

そう聞けば、誰が泣くかは改めて訊ねるまでもない。

「人をいかに安く使うか。昇給の必要もない、社会保険料を負担する必要もない。常に一定賃金で必要に応じて増減可能な派遣であり、パートってわけですか……」

健太郎はいった。

「自分で自分の首を絞めているようなもんなんだよ、いまの社会は――」

不動が忌々しげに吐き捨てた。「消費者が安い、早い、便利を追い求める限り、企業はそれにこたえなければ生き残れない。非正規労働者の需要を高めてんのは誰でもない。消費者なんだ」

「配送料に文句たらたらの消費者にだって、子供がいたり、孫がいることもあるでしょうにね。こんなことやってたら、孫子の代には、世の中それこそ非正規雇用が当たり前、お先真っ暗って人間ばかりになってしまいますよ……」

曾根は絶望的な言葉を吐くと、ふうっと深い溜め息を漏らした。

「そういう意味では、バルスは現代社会の落とし子といえるのかも知れませんね……」

「現代社会の落とし子か――」

不動が健太郎の言葉を繰り返す。「だとすれば、今回のテロははじまりに過ぎないかもな。なんせ、絶望感に駆られる人間は、今後増えることはあっても、減ることはない。そう考えて間違いないんだ――」

三人の間に、しばしの沈黙が流れた。

編集部に飛び交う声に混じって、テレビの音声が聞こえてくる。

夕方のニュースがはじまった。

『こんばんは。まず、テロのニュースから。今日の早朝、警視庁は硫化水素テロの容疑者として、東京都在住の十九歳少年の身柄を拘束しました――』

アナウンサーの声が告げた。

不動のスマホが鳴ったのはその時だ。

「はい」

すかさず画面をタップし、耳に押し当てる不動。

「なに？　それ本当か？」

声を張り上げながら、そう問い返す不動の眉間に深い皺が刻まれる。「こいつはバルスじゃない？　模倣犯の可能性が高いだって？」

不動が交わす会話を聞きながら、健太郎は曾根と顔を見合わせた。

4

黒木が戻ってきたのは、午後九時を回った頃だ。

再び四人がテーブルを囲んだところで、

「ブツを置いて立ち去ったところを捕らえたって聞いた瞬間、なんか変だなって思ったんですよ」

黒木は溜め息混じりにいった。「手口は単純なものには違いありませんが、不審物が置かれていないかって、誰もが神経尖《とが》らせてるって最中に、あのバルスがこんなドジを踏むかって――」

取材に駆けずり回っていた黒木の顔には、疲労の色が滲み出ている。

「だよなあ――」

不動が呻いた。「それにしても、傍迷惑《はためいわく》な話だぜ。よりによってこんな時に、いたずらかよ」

「それでも、今回の騒動で、少なくとも硫化水素テロを行うのは、困難な状況にあると立証されたわけですからね。その点については、捜査当局も少し安心しているようです。バルスがテロを行うならば、宅配しかない。そこに焦点を絞ればいいと……」

「で、その肝心の宅配については、何か進展があったのか」

不動は訊ねた。

「芳《かんば》しい話は聞こえてきませんね」

黒木は、またひとつ短い息を漏らしながら首を振った。「荷物がどこから出されたかの絞り込みは進んでいるようですが、Ｎシステムや周辺の防犯カメラの解析も含めて、いまのところバルスに繋がる情報を得たという気配は伝わってきませんね」

「社会が大混乱に陥ってんだ。人物を特定できた時点で、画像を即公開すんだろうかな」

「いや、そうとも限りませんよ」

黒木は即座に異を唱えた。

「というと？」

「バルスが未成年か成人なのか、画像からでは判断がつかないってことも考えられますからね」

黒木はこたえた。

「あっ、そうか……」

「もしもバルスが未成年者であれば、身元が特定できるような情報は、一切公開できません。それが捜査の進展を阻んでいることもあり得る話ではあるんです」

いわゆる少年法の壁というやつだ。

「しかし、実体経済に甚大な影響が出てるんですよ。宅配会社一社が止まっただけで、窮地に陥りつつある企業、産業はたくさんあるんです」

昼間の取材の成果はすでに不動に報告済みだが、黒木はまだ知らない。

その概略を改めて話して聞かせると、

「そうはいっても、法は法だ。そして、法に基づいて犯人を捕まえるのが警察の仕事だ」

黒木は、ぴしゃりといい放った。

そう返されると言葉がない。

黙った健太郎から黒木は視線を不動に向け直すと続けた。

「捜査当局が警戒しているのは、バルスが他の宅配会社に同様のテロを仕掛けるんじゃないかということのようです。発火装置の仕組みは単純なものですし、ガソリンを使わずとも、荷物を燃え上がらせることは簡単にできますからね。それに、実際にバルスは防犯カメラを巧みに避けているわけですし——」

「一般取扱店を展開している宅配会社なんて、他にあったたっけ？」

不動が訊ねた。

「たとえば郵便……」

黒木は人差し指を顔の前に突き立てた。「定形外の封筒にならかなり詰められるし、局に持ち込まずとも、ポストへ投函することもできますから」

「しかし、中央ターミナルで燃え上がった荷物には、ガソリン入りのペットボトルが入ってたんでしょう？　それにタイマーは目覚まし時計だったたんじゃ……」

今度は曾根が疑問を呈した。

「いまいいましたよね。発火物は何も、ガソリンだけとは限らない。それにタイマーにしたって、多少電気の知識があれば、秋葉原《あきはばら》あたりで部品を調達して、ちょっといじるだけで、極小のやつが簡単に作れるっていうんです。宅配最大手が止まり、郵便まで止まったら、それこそ大変なことになりますよ」

「だったら、なぜバルスは最初からそれを狙わねえんだろう」

不動が腕組みをしながら、ふと考え込む。

その通りだ。

「やっぱり、特定の企業を狙ったとしか思えんな。となると一番臭いのは宅配会社か——」

そういいながら視線を上げた不動の目が、怪しくぎらつきはじめる。

「そういえば……」

健太郎は、ふと思い出していった。「ターミナルで働いている派遣のほとんどが、二ヵ月やって一ヵ月休みってパターンなんだそうです」

「二ヵ月やって一ヵ月休み？　何でそんな面倒臭いことしてんだ？　第一、仕事に慣れた途端に人が入れ替わってたんじゃ、会社にとってもマイナスじゃねえか」

「季節によって荷物の量に差があるからってのがその理由です。お中元とお歳暮の時期には、荷物量がどんと増える。ピークに合わせて人を雇ってたら、余剰人員が生じますからね」

「なるほど、雇用の調整弁ってわけか」

不動は納得したように頷いたが、「だけど、二ヵ月しか雇用が保証されないんじゃ、人がいつかねえだろ」

と疑念を呈した。

「それはちゃんと餌が用意してありましてね」

「餌？」

「正社員に登用されるチャンスがあるんですよ」

健太郎はこたえた。「大半は、好《す》き好《この》んで派遣をやってるわけじゃないでしょうからね。正社員に登用される道が開けるかも知れないと思えば、悪条件でも縋《すが》る思いで戻って来るってとこなんじゃないでしょうかね」

不動は眉間に皺を刻むと、

「それ、本当に正社員に採用されんのか？」

疑念の籠った眼差しを健太郎に向けた。

「派遣の間に、その人の働きぶりを見て会社が判断するってことになってるみたいですが、日本人には魅力的な話に映るでしょうね」

「日本人にはって、どういう意味だよ」

「大都市近辺のターミナルでは、外国人の派遣がかなりのウエイトを占めているそうなんです。大半は、語学学校に通っている留学生が多いみたいですがね。彼らは日本語を身につけて、いい仕事に就くことを目指しているんですから、いくら正社員の道が開けてるっていっても、魅力と感じる人がどれほどいるか――」

「外国人派遣労働者の目的は、当座の生活費を稼ぐため。留学期間が終われば黙っていても辞めていく。日本人にしたって、散々こき使った揚げ句に、お眼鏡に適《かな》わなかったっていやあ、それまでか――」

不動は忌々しげにいうと、「酷え話だ。それじゃまるで、現代版女工哀史じゃねえか」

怒りの籠った声で吐き捨てた。

「勤務は昼夜のシフト制。週休二日。実質労働日数は、二十日前後。それで月収は十七万円程度といいますからね。しかも税込みでですよ」

その月収に反応したのは曾根だ。

「十七万って……年収二百万！　そっから税金引かれたら、年金どころの話じゃねえだろ。それで、正社員に採用されなかったら、そりゃあ恨みもするよ」

呆れた様子で、首を振る。

「よし！　来週号はそれでいこう！」

不動が声を張り上げた。「宅配便の労働実態を暴きながら、より安く、より便利にを追い求める消費者のニーズが、バルスを生んだ可能性がある——」

来週号って、記事の締切りは明日じゃねえか。

それを誰がまとめるかっていったら——。

「おい、内海！」

予感的中だ。

不動は健太郎に視線を向けてくると、

「すぐに記事をまとめろ。宅配会社の現場に加えて通販産業、絶体絶命のピンチ。太平洋総研のアナリストの見解も、ぶち込んでな」

有無をいわさぬ口調で命じてきた。

業務命令にノーはない。徹夜が決定だ。

健太郎は溜め息をつきたくなるのを堪えて、

「分かりました！」

立ち上がった。

つけっぱなしになっているテレビから、宅配便関係のニュースが聞こえてきたのはその時だ。

四人が、一斉にニュースに耳をそばだてる。

『――運輸は、一般取扱店での宅配便の受け付けを全面的に取り止め、関東地区以外の宅配便の荷受け配送を通常通りに行うことを先ほど発表いたしました。なお、関東地区での宅配は、他のターミナルに荷物を振り分けることで正常化する方針ですが、準備が整うまでには数日を要する見通しで――』

「なるほど、そうきたか」

やがて、不動が不敵な笑いを浮かべた。「一般取扱店が荷受けしなけりゃ、自宅から出すか、コンビニや駅、空港のような場所から送るしかなくなるからな。そうした場所には必ず防犯カメラがある。こうなったらバルスもお手上げだ」

そうだろうか――。

防犯カメラがない一般取扱店での受け付けを中止する。それは、捜査当局がバルスの姿を未だ捉えていないからではないのか。捜査が行き詰まっていることを暗に物語っている証ではないのか。もしも、バルスがこの事態を想定していたなら……。

ニュースに見入りながら、健太郎はふと思った。

5

夜を徹しての原稿書き。それも、急な記事の差し替えである。

編集部のソファーで暫《しば》しの仮眠を取るうちに、印刷所からゲラが上がってくる。

校閲の後、印刷所に戻し、ようやく来週号の仕事が終わったのは、夕刻のことだった。家に戻って風呂も浴びずにベッドに潜り込み、健太郎はそのまま翌日まで睡眠を貪った。

週刊誌の編集部は、発売前日と当日が休みである。

昼過ぎに目が醒めた途端、猛烈な空腹を覚えた。

考えてみれば、まる一日まともなものを口にしていない。

週に一度、発売日がやってくる週刊誌の編集者の日常は、不規則そのものだ。なにしろ、時間という絶対的制約の中で誌面を作らなければならないのだから、完全に仕上がるまでは職場を離れるわけにはいかないのだ。当然食事は外食となるわけだが、カップ麵は常に備蓄している。

スマホが鳴ったのは、湯を沸かそうとキッチンに立ったその時だ。

不動からだ。

舌打ちが漏れた。

休日の電話、それも上司からだ。ロクなものであるはずがない。

「はい、内海です――」

「おい、手紙がきたぞ！」

不動はすっかり興奮した様子でいきなり切り出した。

「手紙？」

弛緩《しかん》していた神経がにわかに覚醒するのを覚えながら、健太郎は問い返した。

「たったいま、会社から連絡があってな。さっき、うちの編集部宛に封書が届いたっていうんだ。差出人はバルス」

「どんな内容なんです？　犯行予告ですか。それとも――」

「まだ開封しちゃいない」

不動は健太郎の言葉が終わらぬうちにいった。「受け取ったのは電話番だ。差出人を見て、びっくりして俺に電話してきたんだ」

事件、事故はいつ起こるか分からない。編集部が休みの日でも、編集部には必ず人がおり、緊急時にはしかるべき人間の下《もと》に連絡が入ることになっている。

「何で、うち宛に？　やつの犯行声明は、放送局とか新聞とか速報性のあるメディアばっかりで、週刊誌には送られてこなかったじゃないですか」

「そんなこと知るか！」

不動は一喝する。

「いたずらじゃないすか」

思わずそう返したのは、一昨日の一件が脳裏に浮かんだからだ。

「その可能性はあるが、バルス本人からだったら拾い物だ。とにかく、俺はこれから社に向かう。曾根、黒木さんにも連絡済みだ。お前もすぐに出社してくれ」

返事をする間もなかった。不動はそういい放つと、いきなり電話を切った。

健太郎は穿《は》いたばかりのジーンズを脱ぎ捨てると、スーツに着替えた。

もし、手紙が本当にバルスからのものだとしたら、すぐに取材に出かけなければならなくなるかもしれないからだ。

会社にはタクシーで向かった。

玄関ロビーに駆け込んだところで、エレベーターホールから現れた黒木に会った。

「黒木さん、どちらへ？」

「警視庁だ」

黒木は足を止めてこたえた。「あれは本物だぞ。バルスのやつ、今度はテレビ、新聞、週刊誌と主立ったメディア各社に手紙を送りつけてきやがった」

「内容は？」

「あれは宣戦布告だな」

黒木の声に緊張感が籠り、健太郎はごくりと生唾を飲み込んだ。

「宣戦布告？」

「やつは、一般取扱店が宅配便の受け付けを中止するってことを、見越してたんだ。

宅配を狙ったテロを行う方法はいくらでもある。硫化水素も同じだ。それがブラフではないことを、早々に証明してみせる。そういってきたんだよ」

「ってことは、関東以外のところでテロを起こすってことですか？」

「それは分からない」

黒木は首を振る。「数日以内には関東の宅配も復旧する。そうなれば、全国各地への宅配が可能になるわけだが、自宅から以外、防犯カメラのない窓口での荷物の受付は一切できない。バルスはその監視網をかいくぐる方法を見つけてるか、あるいは、絶対に正体を摑まれない自信を持っている――」

「内容物のチェックは、不可能であることに変わりはありませんからね」

健太郎は呻いた。

「実際、手紙の締めくくりは『僕は絶対に捕まらない。要求が通るまで、この混乱は収まらないことを覚悟しろ』だ」

「要求？　要求が出たんですか」

「今回の手紙で、やつの犯行動機が明確になったよ」

「それは何です」

健太郎は促した。

黒木の口を衝いて出たのは、思いもしなかった言葉だった。

「派遣法と労働契約法の再改正だ」

「派遣法と労働契約法の再改正？」

そう問い返す健太郎の声が裏返った。

「二つの法律の内容は知ってるよね」

「ええ……」

健太郎は頷いた。「労働契約法は、働いている職場や会社が雇用主になっている労働者を対象にしたもので、契約社員とかパート、バイトと呼ばれる人たちがそれに当たるんでしたよね」

「一方の派遣法は、派遣先企業ではなく、派遣会社と雇用契約を結んでいる人たちを対象としたものだ」

「労働契約法対象者は、有期雇用が繰り返されて通算五年を超えたとき、労働者が申し入れれば無期限雇用に。派遣法の場合は同一の事業所に派遣できる期間は通算三年が限度となった――」

「それをバルスは、派遣社員だろうが契約社員だろうが、一年間同一の職場で働いた場合、本人が望めば正社員として採用する義務が生じることにしろ。そう要求してきたんだよ」

「そりゃ、無茶ですよ。そんなことになったら、一年経つ前に解雇されてしまうんじや——」

「いや、逆だ」

黒木はいった。「双方の法に該当する労働形態は様々だが、派遣や契約社員の中には、正社員同様フルタイムで働いている人たちだって大勢いるんだ。一年も使えば、出来不出来も分かるだろうし、戦力になると見込んだ人材は、企業だって長くいて欲しいに決まってるからね」

「そうか……」

健太郎にもバルスの狙いが読めてきた。「パートやバイトは別として、フルタイムの非正規労働者の中には、正社員と変わらない仕事をしているにもかかわらず、待遇の違いに不満を覚えている人たちはたくさんいるでしょうからね」

「非正規労働者を使うメリットは、ほぼ一定の人件費と、雇用主の事情で契約を打ち切ることができること。つまり、雇用の調整弁ってところにあったわけだ。中には、正社員同様の賃金を支払ってしかるべき人間だっているはずなのにな」

「派遣は三年、契約社員は五年の期限が、一年ってことになれば、人材の使い回しはできなくなる。非正規労働者側には、圧倒的なメリットが生じますね。もっとも、雇用者側からしてみれば、とんでもない話でしょうけど……」

「そりゃそうだよ。抜け道が使えなくなるんだからね」

黒木の言わんとしていることが、にわかには思いつかない。

「抜け道?」

健太郎は問うた。

「労働契約法には有期雇用通算五年とあるが、契約終了後から再雇用までの空白期間が六ヵ月以上あれば、それ以前の契約期間はリセットされて、通算されないんだ」

「そんな馬鹿な。それじゃいつまで経っても有期雇用のままじゃないですか」

「実際、二〇一三年に労働契約法が改正されて以来、この抜け道に目をつけて雇用ルールを変更した企業は山ほどあるからね」

啞然となった健太郎に向かって、黒木は続けていった。

「さて、こうなると、バルスの要求が報じられた後、世間はどういう反応を示すかだ」

「低賃金、解雇も容易《たやす》い非正規労働者を使っている企業側の人間は異を唱えるでしょうが、非正規労働者にとっては、快哉を叫びたくなるような要求ですもんね」

「そんな単純なもんじゃないよ」

黒木は首を振ると、しばしの沈黙の後、再び口を開いた。「反対するのは、経営サイドの人間だけじゃない。いま現在、正社員として働いている人間たちは、ことごとく異を唱えるさ。当たり前じゃないか。非正規労働者を正社員にすれば、人件費が膨れ上がる。それは、正社員に回るはずだった原資を非正規労働者に食われるということだ。経営者どころか、正社員が認めるわけないだろ？　労働組合だって色をなして反対するに決まってるよ」

　確かに——。

　企業経営の中に占める人件費、特に固定費の割合は簡単に変えることはできない。業績いかんにかかわらず、常に発生するものだからだ。まして、昇給もあれば、社会保険料、その他諸々、給与とは別に企業側が負担している費用もある。原資が決まっている限り、正社員が増えれば現行の給与体系を全面的に改めるしかない。つまり、いま現在正社員として働いている人間たちの給与を減額するしかないのだ。

「これはね、強者と弱者、既得権益を持つ人間と、持たない人間、いや、人間の本性が剝き出しになる論争に発展するよ」

　黒木は重々しい声で断じる。「非正規労働者が置かれた境遇に、同情を示す人間は世間にはごまんといるが、我が身の給料を削られてまで、彼らを救おうなんて正社員がいるわけがないからね。我が身に火の粉《こ》が降りかかるとなりゃ話は別だ。公園や幼稚園と一緒だよ。社会には必要な施設とは認めるが、俺に迷惑をかけるな。ノット・イン・マイ・バックヤードってやつだ」

　契約社員である黒木の見解だけに、言葉の重みが違う。

出版社にしたって、契約社員、編集プロダクションと、同じ書籍や雑誌を作る仕事をしていても、正社員であるかないかで収入には歴然とした違いがある。それを、全て正社員として雇用すれば、現行の正社員の待遇は維持できない。万が一にでも、そんなことになろうものなら、真っ先に反旗を翻すのは、間違いなくいま正社員として働いている人間たちだ。

健太郎は床を見詰め、ただただ黙るしかなかった。

「バルスはパンドラの箱を開けたのかもな――」

黒木はいった。「あいつは不遇を託《かこ》つ層が、鬨《とき》の声を上げるきっかけを作ったんだ。やり場のない怒り、いまの状況を打開する道をあいつは示したんだ。バルスが捕まっても、この事件の余波は収まらない。政治を巻き込んだ、大騒動に発展するのは間違いないね」

第六章　接点

1

黒木の見解は、現実のものとなりそうだった。

バルスの要求に、いち早く反応したのはネットだ。

掲示板にはたちまちスレッドがたち、瞬く間にその数が増えて行く。ツイッターに至ってはリツイートやコメントが殺到し、流れが速すぎて読むのが追いつかない。

第一報を伝えたのは午後三時のニュースだったが、六時を過ぎたいま、掲示板のスレッド数は二百を超え、ツイッターの書き込みの勢いも止まる気配がない。

もちろん、賛否両論だが、どちらかといえばバルスの要求に賛意を示すものの方が多いのは、ＳＮＳを使うのがやはり若い年齢層が多いからだろう。これも、いかに若い世代がいまの社会に不満を抱き、将来に不安を抱いているかの表れだ。

編集部内に置かれたテレビには、夕方のニュースが映し出されている。

トップニュースは、もちろんバルス関連だ。

「こいつあ、本当に政権を揺がす問題、ひょっとすると政局を左右する大論争に発展するかもしれないな」

野党第一党の有力議員のインタビューが終わったところで不動が呻いた。

「でも、いまのコメント、あざとくないすか」

健太郎はいった。「かかる事態を引き起こしたのは、大企業べったりの与党が、あんな法案を数の力で可決したからだ。まるで与党に責任があるっていわんばかりでしたけど、社会を大混乱に陥れたテロリストの要求ですよ。この機に乗じて与党の議席を過半数割れに持ち込みたい。あわよくば政権奪取って魂胆が見え見えですよ」

「でもな、バルスの要求が明確になってから、やつをテロリストとしか見ていなかった世間の風向きが微妙に変化してきてる気がすんだよな」

「確かにネットやSNSを見ていると、バルスの要求を支持する声の方が大きくなってきてはいますね」

こうしている間にも、書き込みはどんどん増えていく。

健太郎はパソコンの画面を見ながらこたえた。

「お前、労働人口に占める非正規労働者の割合って知ってるか?」

不動はふいに訊ねてきた。

「さあ……」

健太郎は小首を傾げた。「三五パーセントとか、そんなところでしょうか……」

不動はコーヒーをがぶりと飲むといった。

「四割近くだ。それだけの数の人間が非正規。雇用の調整弁として都合よく使われてんだ」

「その四割近くが、野党の支持に回ると？」

そんなことはあり得ない。「一言で非正規っていったって、様々ですからね。中には、主婦が空き時間を利用して、少しでも家計の足しにってパートやってる人たちも少なからずいるでしょうからね。正規雇用になったら、勤務時間はがんじがらめ。それじゃ困る。現状のままでいい。そう考える人だってかなりいると思いますよ」

「お前、バルスの手紙よく読めよ。やつは、本人が望む場合って書いてんだぞ」

そういうとマグカップを机の上に置き、「つまり、正社員になるか、非正規のままでいるかは、雇用される側の希望次第っていってるわけだ。この主張に反対する非正規労働者はまずいないね」

健太郎の見解を否定すると、不動はさらに続けた。

「それにだ。非正規労働者への依存度が高いのは、サービス業、卸売、小売、飲食業だが、この種の業界には、非正規労働者に正社員同様の勤務を強いてるところもかなりあるんだ。休むに休めない。勤務時間も自由にはならない。パートやバイトにしたって、一定時間拘束されることに変わりはないんだ。それじゃ、九時五時勤務の正社員と同じじゃねえか。それにお前、最近じゃ、休むんだったら代役立てろ、辞めるなら、代わりを連れて来いっていう雇用主も少なくないっていうぜ」

「それ、本当の話ですか？」

健太郎の声が裏返る。「辞めるなら代わりを連れて来いって……そんなの無視すりゃいいじゃないですか」

「次の当てがなかったら、人の遣り繰りがつかなくなっちまうんだよ」

「そんなの雇用者側の勝手な理屈じゃないですか。第一、雇用者側にそんなこと要求する権利なんてありませんよ」

「そういう職場に限って日頃から、非正規をこき使いまくって、従業員が当たり前の考えができねえような扱いをしてんだよ。まるで、カルト教団のようにな」

徹底的に追い込まれる。あるいは極度の疲労や精神的ストレスに連日晒されると、当たり前の思考ができなくなることがある。特に、絶対的主従関係の中では、その傾向が顕著になるものだ。

「それこそ、まさにブラックじゃないですか」

健太郎はいった。

「そういう職場が、増えてんだよ。人手不足なんていってるが、正社員より、非正規の求人が圧倒的に多いんだ。人手を必要としてんのは、非正規の職場だからな」

「それじゃ、バルスの要求も筋が悪いってことになりませんか？　派遣だろうがバイトだろうが、一年勤めりゃ正社員の道が開けるったって、ブラック企業じゃ意味ないでしょう」

問題は正社員になれるかどうかではない。職場環境の改善だ。こんな要求に賛同する人間が、どれだけいるか。どう考えても、政局を左右するような事態に発展するとは思えない。

「それが、そうでもないんだよなあ」

ところが、不動はいう。「正社員に採用されたはいいが、入社してみたら、そこがブラック企業だったって事例はいまの世の中にはごまんとある」

ブラック企業については、以前週刊近代で特集を組んだことがある。

「確かに、悪辣《あくらつ》な会社はたくさんありますもんね」

その時の取材を思い出しながら健太郎はこたえた。「理不尽極まりない上司。提示された基本給は八十時間分の残業代を含んだものだった。残業時間がそれを超えなければ、基本給から時給換算でさっ引かれる。訪問販売に至っては、ノルマを果たしてはじめて基本給がもらえる。事実上の歩合制だったってとこもありましたね」

挙げはじめれば切りがない。

健太郎はいくつかの例を口にした。

「正社員で採用されてひと安心。ところが入社してみたら、ブラック企業。それに、ブラックかどうかなんて、概念自体が曖昧《あいまい》だ。命じられた仕事が合わない、常識的なノルマでも、人には向き不向き、能力の差ってもんもある。達成できないやつにはブラックだってことになるだろうし、当然、そんな環境に耐えられるわけがねえ。新卒社員の三割、中小企業に限定すれば五割もが三年以内に辞めていく——。その先に待ち受けてんのは何だよ」

そういわれれば、不動が何をいわんとしているかは明らかだ。

「三年以内じゃ再就職口を探しても、ステップアップってわけにはいきませんからね。給料がイコールなら御《おん》の字でしょうし、また転職を試みれば、条件はどんどん下がっていく。そのうち、採用してくれる先もなくなって、派遣、あるいはバイトで日々の生計を立てるしかなくなるわけですね」

世の中に、そういう境遇に置かれた人間が、数多くいると思うと胸が痛む。

健太郎は辛い現実を口にした。

「やり直しが利かねえんだよ。いまの社会は」

そういう不動の声には、怒りが籠っているようだ。「正社員になるのも難しい。新卒の段階で就職に失敗すれば、お先真っ暗。転職にしたって同じだ。新しい職場がまたブラックだったら次の転職はますます難しくなる。派遣やバイトでまともな勤め先にありついたとしても、そこから先は時給なんぼの生活だ。そして、三年か五年経てば雇い止め。それが、バルスの要求が通れば、一年継続して働くと正社員への道が開ける。何度でもやり直しが利く社会になるんだぞ。非正規労働者なら、快哉もんだろうさ」

「野党が、ここぞとばかりに与党を責め立てるのは、それを見越してのことだってわけか――」

不動の読みが、野党の狙いがいま分かった。

健太郎は唸った。

「労働人口の約四割の非正規労働者は、ほぼ百パーセント有権者だ。有権者資格は十八歳。現役の学生の中にも、就職に不安を抱いている人間は数多くいる。もちろん、大企業で正社員として働いている人間は反対するだろうし、高齢者は、興味も抱かないかも知れない。だがな、この約四割にだって――」

「家族がいますよね。子供や孫が非正規の時給仕事をしていて、身内の将来を案じている人たちだってたくさんいる。そういう層が、野党の主張に耳を傾ければ、政権奪取は叶《かな》わないとしても、与党の単独過半数維持は難しくなる可能性もあるというわけですね」

健太郎は、不動の言葉を先回りしていった。

なるほど、黒木が「バルスはパンドラの箱を開けたのかも知れない」というのも道理である。

健太郎は改めて納得すると、

「それ、次号でやるんですか」

不動の顔を見詰めた。

「バルスのやり方は全く感心しないが、まさに『盗人《ぬすっと》にも三分《さんぶ》の理』ってやつだ。やつのいい分にも理がないわけじゃないからな」

そこで、不動はふと思いついたように机の上にあったメモを拾い上げると、「そうだ内海、この人に連絡取ってみろ」

手渡してきた。

見ると、『渡部』の文字と、携帯電話の番号が記してある。

「これ、誰ですか？」

健太郎は訊ねた。

「スロットで働いてる派遣従業員だ。今日の昼に編集部に電話をかけてきてな、安い賃金で散々こき使われた揚げ句、宅配が止まった途端にレイオフだ。関東地区だけでも千人単位の派遣が、一斉に職にあぶれたんだ。すぐに次の派遣先なんか見つかるもんじゃねえ。やり方が酷過ぎるっていってきてな」

「いくら何でも、あれはないですよ」

健太郎はいった。「時給で働いてる人間が突然レイオフされたら、即無収入じゃないですか。いくら、スロットが契約を結んでいるのが派遣会社であって、作業員とは直接的な雇用関係にはないといっても、酷過ぎますよ」

「この人、派遣で働くようになるまでは、イースタンにいたらしいんだ」

不動は健太郎の言葉を聞き流し、話を進める。

「イースタン？　イースタンって、あのイースタン電器ですか？」

「リストラされたんだとさ」

不動は頷きながらこたえると、「このネタにぴったりの人間じゃねえか。大企業をリストラされて、再就職もままならず派遣。そこに待ち受けていたのが、スロットってブラック企業だ」

マグカップに手を伸ばした。

不動がそう考えるのももっともだ。

「バルスの要求をその人がどう取るか、それを聞くだけでも興味がありますね」

「まあ、どの程度使えるかは分かんねえが、コメントぐらいにはなんだろう」

そう命じる不動に向かって、

「分かりました」

健太郎はこたえると、受話器に手を伸ばした。

2

渡部と会ったのは、翌日の昼のことだ。

新宿の喫茶店に現れた渡部は、席につくなり日頃の勤務の過酷さを切々と訴えた。時に頷き、相槌を打ちと話に聞き入るふりをし、ノートにペンを走らせるのだが、正直、どれもこれも知った話ばかりで、新鮮味に欠ける。

しかし、渡部は必死だ。

落ち窪んだ眼窩《がんか》。その下に浮いた隈《くま》。げっそりと削げた頰。おそらくイースタンにいた頃と比べてだいぶやつれたのだろう。顎《あご》の辺りの皮膚が弛緩している。

「私たち派遣はねえ、雇い止めを食らったら、次の日からはびた一文のカネも入ってこなくなるんです。それじゃあ、死ねっていってるのも同然じゃないですか。まして、スロットは日本に税金をほとんど納めてない。本国でだって、税金払うくらいなら、設備投資に回した方がいいって、毎年意図的に赤字を出してる会社ですよ。つまり、社会に何ひとつ貢献してない会社なんです。こんなことが許されていいんですか」

よれたワークシャツに、染みや汚れが目立つスラックス。

話に身振り手振りを加えるたびに、渡部の体からは、汗の匂いがほのかに漂ってくる。

「確かに、スロットの経営手法には、問題がありますよね」

健太郎はいった。「テロの影響で出荷が止まった。仕事がなくなれば、大量の余剰人員が出る。会社にとっては深刻な事態には違いありませんが、だからって即レイオフなんてやってたら、再開する時に人が集まらなくなってしまうでしょうに――」

「あいつら、派遣を舐《な》めてんですよ」

渡部の声に新たな怒りが籠る。「他の仕事を探そうったって、そう簡単には見つからない。ひと声掛けりゃ、すぐにまた戻って来るってね」

「渡部さんはどうなんです？　関東地区の宅配機能は、数日のうちにも復旧する見通しです。その時は、またスロットの配送センターで働くんですか」

「他に当てがないんだからしょうがないじゃないですか」

渡部は心底悔しそうにいう。「他の人たちだって、みんなそうですよ。何も好き好んでスロットなんかで働いてるわけじゃない。シングルマザーで子供を養っていくためしょうがなくって人もいれば、私のようにリストラされた人間もいる。みんなそれぞれ事情を抱えてんです。収入の道を断たれたら、残る手段はひとつしかないじゃないですか」

「生活保護ですか――」

「こんなことを放置しといたら、大変なことになりますよ」

渡部はカップに残ったコーヒーを一気に飲み干した。「生活保護受給世帯は全国で百六十四万世帯を越して過去最高を更新中です。その半数近くは高齢者。しかもバブルの全盛期を謳歌してきた世代なのにですよ。非正規雇用が当たり前の世代が高齢者になったら、どうやって生きていけるんですか。いまの派遣、非正規労働者は生活保護受給者予備軍なんですよ」

「つまり、現派遣法、労働契約法は、回り回って行政、ひいては国の財政に重くのしかかってくることになる。そうおっしゃるわけですね」

健太郎の言葉に、

「なるに決まってんじゃないですか」

渡部は大きく頷くと、「派遣である限り、退職金も出ない。年金だって最低限の額しか貰えない人が大半なんですよ。月額にして四万ちょっと。それで暮らしていけるわけがないでしょう。もっとも、年金を払うだけの余裕なんてありませんからね。無年金じゃ、頼みの綱は生保しかないってことになりますよ」

自嘲めいた薄い笑いを浮かべた。

「では、バルスの要求については、どうお考えになります？」

健太郎は話題を変えた。「同一の職場で一年働けば、職場となっている企業に正社員として雇用する義務が生じる。もし、この要求が通れば、非正規労働者へも、正社員の道が開けるわけですが？」

「実に理に適った要求だと思いますね」

渡部は即座にこたえを返してきた。「正社員になれば給与も増える。賞与も貰える。それに加えて厚生年金ですからね。生活が格段に安定することは間違いないし、私のようにリストラされて、大企業から放り出された人間も、人生をやり直すことができるようになりますからね」

「しかし、それだけ労働者に対する要求もきつくなることだって考えられますよね。こういっちゃ失礼ですが、時給いくらで済んでいた人たちが、正社員になれば、人件費は激増します。それに見合った働きをして貰わないことには――」

「確かに、そうかも知れません」

渡部は健太郎の言葉を途中で遮り、「でも、そもそもの問題は、一定賃金の非正規労働者をこき使えば使うほど、企業の利益は上がるって構造が経営手法として定着しているとこにあるんじゃありませんか？」

問いかけてきた。

「といいますと？」

「しかもそうやって得た利益でさえ、大半は内部留保に回され、正社員に還元されるのはわずかです。まして非正規には全く還元されない。これで、どうして消費が増えるんです？　デフレが解消されるんです？　カネは天下の回り物。おカネを使う人間がいるからこそ、経済は回るんです。こんなことやってたら、カネを使うわけないでしょうが」

なるほど、確かに渡部の言い分には一理ある。

ペンを走らせる健太郎に向かって、渡部は続けた。

「もちろん、人件費の原資は決まっているわけですから、こんな要求が通れば、正社員の給料、ボーナスを削減される。経営者、正社員共に、冗談じゃないと猛烈に反対するでしょう。だけど、そもそもが内部留保を貯め込むだけで、それを労働者に還元しない日本の企業体質に問題があるんです。それを非正規労働者を正社員化する原資に回すって考えはありだと思うんですよね」

「しかし、非正規労働者が労働人口の約四割を占めている現状を考えると――」

「何も全員が、正規雇用を望むとは限りませんよ。パートやバイトでいい。そういう人たちだって、かなりいるだろうし――」

渡部は、またしてもみなまで聞かずにこたえた。「それに、一年を試用期間だと考えればですよ。非正規の側からしても、その会社の実態を見定めるのに、十分な時間となるじゃないですか。とんでもない会社なら、さっさと辞めて次へ行く。そこでまた、正社員の道が開けるかも知れないっていうなら、希望が持てるじゃないですか」

「なるほど、それはいえてますね」

健太郎の同意の言葉に意を強くしたのか、

「いっそ、新卒採用もそうしたらいいんですよ」

渡部はふと思いついたように、眉を上げた。「最初の一年は雇用主、被雇用者双方のお試し期間。そこが嫌なら、辞めて次の職場を探す。常に正社員の道が開かれているなら、我慢して嫌な職場にしがみつく必要はなくなりますし、政府が謳《うた》ってる人材の流動性にも繋がるじゃありませんか」

「でも、それをやったら、せっかく就職できた会社に、本採用には至らずって放り出される人たちもたくさん出てきますよ」

「だからいいんじゃないですか」

渡部は真顔でいった。「採用したのが失敗だったって例は、企業にはざらにありますからね。それに、そういう人間をいつまでも飼っておくほど、いまの企業社会は甘くありません。早々に閑職に飛ばされるか、きついノルマを課されて辞職に追い込まれるのが関の山です。大会社なら出向、転籍、果てはリストラ。そうなったら終わりですよ。だけど、バルスの要求が通れば、少なくともやり直しの機会が得られるし、次の働き先でも正社員への道が開かれるんです。全然悪い話じゃないですよ」

なるほど、渡部のいうことには一理ある。

入社一年目は、正規も非正規もない。一律に試用期間と見なせば、雇用主は労働者が自社にとって必要な人材かどうかを見定めることができる。一方の被雇用者にしても、失望を覚えるような会社であったなら、次の職場探しが容易になる。ブラック企業に就職し、社会人としての第一歩を踏み出したところでいきなり躓《つまず》き、人生が台無しになる危険性も薄らぐというわけだ。

第一、新卒採用者の三割が三年以内に辞め、そのうちの七割は一年以内に辞めていくことからも、ミスマッチが多発しているのは確かなわけだし、三年丁稚《でっち》という言葉があるように、確たるスキルも身につかないうちに最初の勤め先を辞めてしまえば、再就職は困難を伴なうものとなるだろう。

「それではひとつお訊きしますが、もし、バルスの要求が通ったとしたら、渡部さんはスロットの正社員になりますか？」

そこで、健太郎は問うた。

「御免ですね」

渡部は考える素振りも見せず、即答した。

「それはなぜです？」

「あんな人を人とも思わない会社では働きたくありませんね」

渡部は吐き捨てるようにいった。「まあ、アメリカの企業だからっていえばそれまでなんですが、スロットの正社員に対する扱いなんて酷いもんでしてね。コストパフォーマンスに劣ると見なされた人間は、即クビです。それに、内部にいると分かるんですが、どうもスロットは、プロジェクトごとに、都度必要な人材を雇ってんじゃないか。そう思われる節があるんです」

「それは、どういうことですか？」

「ネット通販企業の中でも、スロットはいまだ日の出の勢いで成長し続けてますからね。施設の拡張のためのプロジェクトがたくさんあるんですよ。そして、新しい施設を造るに当たっては新たな人材と最先端の技術を導入するんですが、これが何を意味するか分かりますか？」

「さあ……」

健太郎は首を捻った。

「プロジェクトが終わった頃には、その技術も古くなっている。つまり、次のプロジェクトには、その人材も不要となっている可能性が高いってことです」

「それじゃ体のいい派遣と同じじゃないですか」

「そういう会社なんですよ。スロットは」

渡部は、口をへの字に結ぶと両手を広げ、肩を竦めた。

「それで、プロジェクトが終われば、即クビですか？」

「さすがに、やり方はもっと巧妙らしいですけどね」

「たとえば？」

面白そうな話になってきた。

健太郎はペンを握り締め、身を乗り出した。

「転勤、それも思い切り遠く、しかも前職とは全く関係のない部署に飛ばすとかね」

渡部はいった。「そりゃあ、拡張に次ぐ拡張、飛ばす場所には苦労しませんからね。だけど、飛ばされる方はたまったもんじゃありませんよ。家族がいれば、子供の学校をどうするか、家をどうするか、単身赴任たって、戻って来れるんならともかく、片道切符になるのは目に見えてんですから」

酷い話だ。

「そんなことやってたら、人が居着かないじゃないですか」

健太郎の声にも怒気が籠る。

「その代わり、コストパフォーマンスのいい人間には、美味《おい》しい餌をぶら下げて引き止めるんですよ。たとえ派遣であってもね」

「派遣であってもって、それ、どういうことです？」

話に乗ってきたと見たのか、そう問いかける健太郎に向かって、渡部は「もう一杯いいですか」と空のカップを目で指すと、コーヒーのお代わりを注文し、「派遣の同僚だったやつなんですがね。とにかく作業が速くて、作業効率抜群ってのがいたんですよ」

改めて切り出した。

「スロットの集荷作業は、一分間にこなさなきゃならないノルマが厳密に決められてんです。そりゃそうですよね。特に本なんか、一冊から上がる利益なんて知れたもんじゃないですか。それで配送料ただにしたら、利益なんて微々たるもの。それこそ何円、何銭単位で管理しなきゃ成り立ちませんからね。つまり、ノルマ以上の作業をする人間が多くいればいるほど利益は上がるってわけです」

「それは同時に、現場を管理する側、特にスロットの正社員にとっては、自分の評価に繋がる。それすなわち、自分の身の安泰、ひいては昇格、昇給にも繋がるというわけですね」

コストパフォーマンスが悪い人間を容赦なく切り捨てる。それがスロットだ。

たったいま聞かされた話を思い浮かべながら、健太郎はいった。

「その通りです」

果たして渡部は顔の前に人差し指を突き立てる。「スロットの現場には、優秀な作業員を毎月表彰する制度があるんですが、そいつ、何ヵ月も連続で断トツの成績を上げたんです。そりゃあ、センター長にしてみたら、こんな人材は手放したくない。少しでも長くいて欲しいと思うじゃないですか」

「しかし、引き止めるったって、派遣の給料を支払うのは派遣会社ですよね。スロットが、その人の賃金を上げるってわけにはいかないでしょう」

「賃金じゃありません。正社員にならないか。そう持ちかけたんですよ」

「正社員って、スロットのですか？」

渡部は頷いた。

「そいつ、就職浪人だったんですよ。慶明の経済学部の学生で、大企業への就職に拘った揚げ句、最初の就活に失敗したっていうんです。単位もほとんど取り終えていて残るは卒論だけ。それで、学費稼ぎに派遣会社に登録したらスロットで働くことになったってんです。まっ、その点からいえば、隠れ派遣みたいなもんなんですけどね」

渡部は薄く笑った。

慶明は健太郎の母校だ。

がぜん興味が湧いてきた。

新しいコーヒーが渡部の前に置かれた。彼は、それに口をつけると続けていった。

「で、何度目かは分かりませんが、表彰の場でセンター長にいわれたんだそうです。この数字を維持すれば、新卒として採用してやる。それも物流部門じゃない、マーケティング部門に入れてやるって」

「彼はその気になったわけですね」

「はたから見りゃ、日の出の勢いで成長している大企業。それも世界的企業ですからね。企業社会がどんなところか知らない学生には、魅力的な話ではあったでしょうね」

渡部は、嘲《あざけ》るような歪んだ笑いを口元に宿す。

「それで、採用されたんですか、その人」

渡部は両眉を上げ、口をへの字に結ぶと首を振った。

「採用されなかったんですか？」

健太郎はすかさず訊ねた。「なぜです？」

「センター長がクビになっちゃったんですよ。それも、就活が解禁になる直前に

「――」

健太郎は呻いた。「それじゃ、就職浪人した意味がないじゃないですか。詐欺《さぎ》同然ですよ、それ」

「彼、スロットって会社の実態を良く知らなかったんですね。私が、どんな会社かってことを話したら、愕然としてましたから」

渡部は平然という。「まっ、学生ですからね。入社したとしても、想像と現実のギャップに驚いて、早々に退社ってことになってたんじゃないですか。正社員への道が閉ざされたのは気の毒だと思うけど、早々と辞めちゃったら、再就職だって簡単には行きませんからねえ。入社前に話がおじゃんになったのも、そう考えるとむしろ幸運だったのかもしれませんよ」

「それで、彼はその後どうなったんです？」

「さあ……」

渡部は首を捻った。「スロットへの就職が空手形で終わったと分かった日に、辞めちゃいましたから。その後のことはちょっと……」

渡部の話を聞く限り、スロットはブラック企業そのものだ。

バルスの要求を派遣社員がどう考えるかという記事を書くのなら、是非、その男に会って話を聞いてみたい。

しかし、健太郎が切り出すよりも早く、

「だからスロットに恨みを抱く人間は、ごまんといると思いますよ」

渡部はいった。「内海さん。私はねえ、今回のテロはスロットを潰すのが目的なんじゃないか。そんな気がするんですよ」

「スロットを？」

「だって、宅配機能が麻痺したら、スロットなんてイチコロですからね。テロが起きた時、なるほどその手があったかって思いましたもん。サイバーテロは技術がないと難しいけど、荷物を燃やすんなら簡単ですからね」

それはどうだろう。

可能性としては考えられないではないが、劣悪な労働環境、低賃金の下で、きつい労働を強いられているのは、スロットに限ってのことではない。当の宅配会社にしたところで同じだ。つまり、それだけ世の中にはブラックな職場が多いということだ。

そんなことより、その男だ。

「渡部さん」

健太郎はいった。「その、慶明の学生さんと会えませんかね」

「彼と？」

渡部は怪訝な表情を浮かべる。「会ってどうすんです？」

「取材したいんですよ」

健太郎はこたえた。「渡部さんは、スロットの劣悪な労働環境、雇用形態を告発したくて、電話をかけてこられたんでしょう？　渡部さんのお話の内容を補強する意味でも、正社員への採用を餌に勤務を続けた揚げ句、約束を反故《ほご》にされた。その人がいま、スロットにどんな思いを抱いているか、その後、どうなったのか。それを是非知りたいんです」

「しかし、そうはいわれましてもねえ……。私、彼の連絡先を知らないんですよ」

渡部はそこで考え込むと、「そうだ、もしかすると彼女なら知っているかも……」

ふと思い出したようにいい、スラックスのポケットからスマホを取り出した。

3

スマホが鳴ったのは、その日の夜、十時を回った頃のことだった。パネルの表示には、見慣れぬ数字が並んでいる。

「もしもし――」

健太郎は耳にスマホを押し付けながらこたえた。

「あの……内海さんの携帯でしょうか」

どこか戸惑《とまど》いがちな若い男の声が訊ねてきた。

「そうです」

「私、百瀬といいます」

「百瀬陽一さんですね」

来た！

健太郎はスマホを握り直した。

渡部があの場から連絡を取ったのは、海老原涼子という同僚である。

彼女は陽一の携帯電話番号を知ってはいるが、許可なくして教えることはできないという。

そこで用件を告げ、こちらの携帯の番号を伝えておいたのだ。

「私、週刊近代の内海と申します」

「はい……」

「実は、あなたから是非お話をお聞きしたいと思いまして」

「用件は海老原さんから聞きました。何でもスロットのことだとか――」

「百瀬さんは、スロットで派遣社員として長く働かれた。大変優秀な実績をお上げになって、何度も表彰されたと聞きます。その実績が認められ、正社員にならないかと持ちかけられたそうですね」

「……ええ……確かに――」

「それが、センター長が解雇され、反故にされてしまった」

短い沈黙があった。

「それ、どういう趣旨で取材なさってるんですか」

陽一の声に警戒感が籠る。

「実は、いまバルス関連の特集を組もうと考えておりまして、彼が突きつけてきた要求。同一の職場で一年働けば、本人が望む場合、職場となっている企業に正社員として雇用する義務が生じる。こんな要求を突きつけてきたのは、バルス自身が、非正規労働者として辛酸を舐めた。いまの世の理不尽さをとことん味わったからに違いない。そう睨んでるんです。かつて、派遣で働かれた経験のある百瀬さんが、今回の事件をどうお考えになるか。派遣の現場でどんな思いを抱かれたのか、その辺りをお聞きしたいんです」

健太郎は熱く語った。

「そりゃあ、思うところはありますけど……」

陽一は、そこで一瞬の間を置くと、「でも、正社員にならないかって持ちかけられた件については、話したくありません」

きっぱりとした口調で拒絶した。

「とおっしゃいますと？」

「だって、話を持ちかけてきた本人がクビ切られちゃったんですよ。一筆取ったわけでもない。あくまでも口約束ですからね。いまさらそんな話をしても――」

陽一は語尾を濁すと、「それに、こういうの、好きじゃないんです。告発って、なんかみっともないっていうか、惨《みじ》めというか……」

さらに声のトーンを落とした。

「では、そのことはお訊ねしませんが、バルスの要求についてはどう思われます？」

そこで、健太郎は話題を変えた。

「まあ、気持ちは分からないではありませんけどね……」

再度の短い沈黙の後、陽一がこたえた。「梯子を外されたことのない人には分からないでしょうけど、時給いくらの生活が、これからずっと続くのか、そんな状況に立たされた時の絶望感って半端ないですからね。僕はひとりっ子です。親の持ち家もあれば、親元から職場に通うこともできます。でも、親だって、いつまでも元気でいるわけじゃない。いずれひとりで生活していかなきゃならない時が来るわけです。その時、蓄えもない。体を壊したら、たちまち無収入。このまま歳を重ねて行ったら確実にそうなるって考えた時の恐怖は、口ではとても言い表せませんよ」

「しかも、派遣は三年、契約社員でも五年以内なら雇い止めができるんですからね」

「それでも、次の職場の条件が、良くなるってんならまだしも、単純作業じゃスキルは身につきません。結局次の職場も同じような仕事になると思うんです。中には、きつい仕事だってありますからね。それで体を壊したら、元も子もありませんよ」

「きつい仕事って、例えばどんな？」

健太郎は先を促した。

「スロットにだってきつい仕事はありますよ。わたしがやってた本の集荷なんてのは、最も楽な仕事なんです。水とかお茶とかの重量物の集荷作業だってありますからね。それもきついノルマをこなしながら、賃金も同一。それで、体おかしくしたら即無収入。最悪ですよ」

「水やお茶って、一ケース十二キロもあるんでしたよね。そんな重量物をピックアップする仕事をしていて、体壊したら、労災が適用されるんじゃないですか」

「そんなこと、派遣会社が認めるわけないじゃないですか」

陽一が苦笑を浮かべる気配が伝わってくる。「労災なんて、雇用主がそう簡単に認めるわけありませんよ。第一、派遣なんて使い捨ての駒。機械化するより、人使った方が安くつくから雇ってんじゃないですか。そんなこと認めてたら、労災適用者だらけになりますよ。それじゃ、恐ろしくて派遣なんか使えないでしょう」

そういわれると、返す言葉がない。

黙った健太郎に向かって、陽一はいった。

「でもね、内海さん。要求はともかく、僕はバルスのやり方については肯定しているわけじゃありませんよ」

「といいますと？」

「当たり前じゃないですか。宅配が止まっただけで、どれほどの派遣社員が収入の道を断たれたと思います？　派遣だけじゃありません、いまの時代、宅配が機能するからこそ、生計が成り立つってビジネスは、山ほどあるんです」

「そうですよね。産直の生鮮食品、それに依存しているレストラン。個人向けの医療器具の交換部品、それも全部宅配を使ってますもんね」

健太郎は、太平洋総研の梶山の言葉を思い出しながらいった。

「宅配を使わない中小企業にだって、影響が出てますよ」

「たとえば？」

「バルスが幹線輸送中のトラックを狙ったお陰で、高速道路が麻痺しましたよね」

「ええ……」

「大企業の工場は、かんばん方式で動いているところが多い。時間通りに部品が届かなかったら、工場は止まります。事件が解決するまでは、高速道路を使わず一般道へ。当然、車両の運行スケジュールは狂う。それが、運送費のコストアップに繋がってるんです」

「それ、本当ですか？」

はじめて触れた情報に健太郎は問い返した。

「中小企業はどこも、納品価格を叩きに叩かれまくってんです。みんなぎりぎりのところでやってんですよ。たかが車両一台の増便では済まないんです。こんな状態が続けば、影響はいずれ大企業にも及びます。そうなれば、派遣どころか、新卒の採用計画にだって影響が出てきますよ」

そんなことは考えてもみなかった。

マスコミの人間は、世事によく通じているように思われがちだが、それは違う。取材を通して、知ることの方が圧倒的に多いのだ。

陽一は続ける。

「こんなテロを起こされて窮地に立つのは、労働者であり、その予備軍なんです。今日をどう生きるか。明日の飯をどうするか。そんな境遇に立たされてる人間にしてみれば、正社員の道が開かれるのはいい。だけど、今日、明日の生活をどうしてくれる。学生からすりゃ、人生に一度しかない新卒採用のチャンスをどうしてくれる。そう思ってる人間の方が圧倒的に多いと思いますよ」

陽一の見解は、太平洋総研の梶山のそれとさほどの違いはないが、現場を知るがゆえの説得力があった。

がぜん、興味が湧いてきた。

「百瀬さん」

健太郎はいった。「一度お会いして、直接お話を伺えませんか」

今度は陽一が黙った。

「お願いします。是非」

再度の申し出に、

「お会いすることは構いませんが……いまいったこと以上の話はありませんよ」

そんなことはない、と健太郎は思った。

さしたる根拠があるわけではない。記者の勘だ。

「ありがとうございます。では、明日でどうでしょう」

「午後三時以降なら……」

こたえる陽一に向かって、健太郎は待ち合わせの場所と時間を決めると、回線を切った。

「今度は誰だ」

会話の内容を聞いていたのだろう、不動が声をかけてきた。

「百瀬さんといいましてね、以前スロットで派遣で働いていた慶明の学生なんですが――」

「慶明の学生？　そんなやつが何でスロットで派遣なんかやってたんだ」

健太郎が、ことの次第を話して聞かせると、

「それじゃ、詐欺みてえなもんじゃねえか。ひでえ会社だな、スロットは」

不動は心底あきれ果てたように、首を振った。

「本人は、そのことについては話したくないっていうんですが、面白い話が聞ける気がするんです。とにかく、明日本人に会ってみます」

不動は黙って頷くと、

「それにしても、久々に静かな夜だな」

ゆったりとコーヒーを啜《すす》った。「せっかくの休みも潰れちまったし、今日は切り上げるか」

「そういえば、バルスはどうなったんでしょうね」

ふと健太郎は漏らした。「宅配を狙ったテロを行う方法はいくらでもあるって言葉がブラフじゃなかったら、新たなテロが起こる可能性は大ですが――」

「やつは関東に生活基盤を置いてんだろうからな。そこの配送が止まっちまってんだ。それに、一般取扱店も使えねえとなれば、そう簡単に動きが取れないさ。やると

したら、関東の宅配が再開されてからじゃねえのか」

そうかも知れない。

頷いた健太郎に向かって、

「どうだ、内海。久々に軽く一杯やんねえか」

不動は伸びをしながらいった。「この騒動がはじまってから、仕事にかかりっきりで。酒飲むどころの話じゃなかったからな。付き合えよ」

「そうですね」

どうせ家に帰ったところで、酒をひっかけて眠りにつくだけだ。「じゃあ、行きましょうか」

「よし！」

不動が席を立ったその時だった。

机の上に置かれた、不動のスマホが鳴った。

「黒木さんからだ」

不動はそういいながら、スマホを耳に押し当てる。「もしもお〜し――」

話に聞き入る、不動の顔に緊張の色が宿って行く。

「何？　……山陽道で宅配トラックが炎上中？　……また、あの会社のやつ……うん、それで……」

何が起こっているのかの説明はいらない。バルスの攻撃がはじまったのだ。

健太郎は、不動の会話に耳を傾けながら、今夜も長い夜になる――。

深い息を漏らした。

4

「あの野郎、今度は大阪か」

山陽道に続き、テロ発生のニュースが矢継ぎ早に飛び込んでくるのを聞きながら、不動が呻いた。

名神、阪和《はんわ》、京阪《けいはん》、中国――。それも、同一路線の複数箇所で火災が発生したのだ。その数、全部で九箇所。

しかし、宅配会社も被害を最小限に抑える対策を講じていた。

山陽道でトラックが炎上した一報が入ると、ただちに走行中の全トラックに、パーキングエリアに退避するよう指令を出したのだ。

火災はほぼ同一時刻に発生したが、たった一台だけ、その対策が功を奏したトラックがあった。停車時には既に発火していたものの、すぐに消火作業がはじまり、トラックは半焼しただけで火は消し止められたという。

しかし、残る八箇所。大阪から各地へ向かう高速道路は寸断され、交通は大混乱に陥っている。

「やっぱり、ブラフじゃなかったんですね。やつは、関東を止めたら関西。それを端から計画してたんですよ」

「しかし、本当にやつの仕業なのかな」

健太郎の言葉に、不動は首を捻った。

「模倣犯だとでも？」

健太郎は疑念を呈した。「それはないんじゃないですか。やつは、要求が通るまで、この混乱は収まらない。そう覚悟しろっていってきてるんですよ」

「もちろん、バルスの可能性は高い。だがな、やつの主張に賛同する人間もわんさか湧いて出てきてんだ。フィストのことを考えて見ろよ。あいつらがやったのは、紛れもない虐殺行為だ。それでも、スコット・ウイリアムズの声明に共感して、アメリカじゃ銃の乱射、ロンドンでは爆弾テロを起こしたやつらが出たんだぞ。人を殺すのは抵抗を覚えるだろうが、このテロでは犠牲者がまず出ねえのはバルスが実証済みだ。心理的ハードルは格段に低くなる――」

「それでいて、社会に与えるインパクトは絶大。バルスの主張に耳を傾ける人間が、実際に出てきているのは事実ですが、しかし――」

「それにだ」

不動は健太郎の言葉が終わらぬうちにいった。「バルスの犯行だと考えると、ちょっと腑《ふ》に落ちねえところがあるんだよなあ」

「どういう点がです」

健太郎は訊ねた。

「政治の場でも、やつの要求が論点になりそうな兆しが見えてんのにだぜ、ここで混乱に拍車をかけるようなことをしたら、むしろ逆効果じゃねえか。考えてもみろよ。そもそもが、やつの要求を取り上げるってことは、テロに屈したことになるんだぞ」

「しかし、すでに野党は、バルスの主張を取り上げようとしているわけで――」

「その時点で止めとくのと、要求が通るまでやり続けるってのじゃ話が全然違ってくるよ」

なるほど、不動の見解にも一理ある。

健太郎は頷きながらも、

「でも、こうも考えられるんじゃないですか」

敢えて反論に出た。「混乱が増せば増すほど、解決を迫る声は高くなる。それに、これがバルスの仕業であったなら、いつでもテロを起こせることを、やつは証明したことになるわけです。宅配機能がいつ止まるか分からない。これは、社会にとって大変なストレスです。世間の関心はますますバルスに集まる。やつの要求の是非についての議論にも、ますます勢いがつく」

不動は、深い息を鼻から吐きながら、腕組みをして考え込んだ。

「不動さん！」

血相を変えた曾根が、編集部に駆け込んできたのはその時だ。

彼も今夜の被害者のひとりだ。

テロ発生と同時に、取材先から宅配会社へ。徹夜仕事を強いられることになったのだ。

「宅配会社は、ついに個人の宅配物の取り扱いの全面停止を検討しはじめたようです」

切迫した声で告げる曾根に向かって、

「やっぱりな……。それしかねえだろうな……」

端からそれを予想していたのか、不動に驚く様子はない。「根本的な対策はそう簡単には取れねえ。かといって、このまま個人客の荷物の宅配を続ければ、いつまたテロが起こるか分からねえんじゃ、個人客の宅配物の取り扱いを止めるしかねえわな」

「しかし、あの会社の物量に占める個人の荷物の割合は、三〇、ひょっとするとそれ以上になるかもしれないんですよ」

「それに、大口顧客の配送料は叩きに叩かれて、さしたる利益は出ない。定価で使ってくれる個人客は、貴重な収益源です。経営に及ぼす影響は甚大ですよ」

曾根の勢いを継いで、健太郎はいった。

「それ、会社側の自主的な判断なのかな」

不動は曾根に視線を向けると問うた。

「といいますと？」

「関東に加えて関西だ。バルスが捕まるまでなんて悠長なことやってたら、宅配に頼ってる会社が潰れちまうよ。それは、大量の失業者が出るってこった。実際スロットは、早々に派遣のレイオフをやってんだぞ。その怒りの矛先がどこに向くかといやあ——」

「バルスでしょう」

曾根がこたえた。

「だが、バルスはその真っ先に切られる人間の待遇を改善する要求を出してる。非正規労働者にしてみりゃ、よくぞいってくれた。共感を覚える人間だって数多くいるはずだ」

その通りだ。

もしも、バルスの要求が通れば、彼は非正規労働者にとって救世主。いや、英雄だ。まさに革命の戦士だ。そう考えれば――。

「お前の推測通り、こいつあ模倣犯じゃねえかもな」

不動は一瞬、健太郎に目を向けるといった。「そうなりゃ、怒りの矛先は大企業の都合のいいような制度しかつくらない政権与党に向く。当たり前だ。非正規労働者が真っ先に切られてる一方で、正社員は身分も保証されてれば、きちんと給料貰えてんだ。立場の違いを見せつけられるだけなんだからな」

「しかし、会社が潰れちゃったら、正社員も何もありませんよ。それに、非正規労働者は、時給なんぼ。仕事干されたら、たちまち無収入になっちゃうんですよ。バルスの要求に共感しても、今日の飯、明日の飯はどうしてくれる。まず、そこに考えが行くんじゃないですかね」

曾根の主張も、もっともだ。

陽一もまた同じようなことをいったのを健太郎は思い出した。

「会社が潰れたら、正社員も何もあったもんじゃねえか――」

不動は曾根の言葉を繰り返すと、「それでいいと思ってる人間は、世の中にごまんといるんじゃねえか」

口の端を歪めた。

「それ、どういうことです」

曾根がぎょっとした表情を浮かべて問い返した。

「死なばもろともってやつだよ」

不動はいった。「自分が不遇を託つのは許せねえが、安穏《あんのん》とした地位にいる人間を指くわえて見てるしかねえのはもっと許せねえ。恵まれた環境にいる人間が、自分たちと同じ境遇に落ちてくるってんなら、快哉もんだろ」

そんなことは、唯の一度たりとも考えたことはなかったが、不動の見解は、およそほとんどの人間が胸の中に秘めているであろう、闇の部分をいい当てているのは間違いあるまい。

巷間《こうかん》「人の不幸は蜜の味」というように、人間は誰しもが、嫉《ねた》み妬《そね》みの感情を持ち合わせている。まして、不遇を託つ人間にとっては、自分よりも恵まれた生活を送っている人間が転落しようものなら、蜜の味も倍増だ。

「ここでも怒りの矛先が、どこへ向くか、真っ二つに分かれるわけですね」

健太郎は憂鬱な声でいった。

「明日は朝一番から、テレビも新聞もメディアの全てが、テロの報道一色になる。そこで、改めてバルスの要求がクローズアップされる。当然、非正規労働者が置かれた劣悪な労働条件にもスポットが当てられる――」

「非正規労働者は労働人口の約四割とはいっても、正規労働者の中にも、いつそうなるか分からない境遇に置かれている予備軍もいるでしょうし、学生の中にだって漠とした不安を抱いている人間は、大勢いるでしょうからね」

「イースタン電器をリストラされた人がいってたんだろ」

不動が視線を向けてきた。「バルスの要求が通れば、やり直すことができるようになる。それは、全然悪い話じゃないって」

「ええ――」

「やつの要求が、一見したところ理不尽なように思える一方で、妙な説得力を持つように感じるのはそこなんだ」

不動はいう。「新卒でどこの会社に入社したかで、人生が大きく変わる。大企業ならば、安心だと思われがちだが、ただし、それも最後まで会社に残れれば、勝ち続けられればの話だ。途中で放り出されれば生活レベルを維持できない。まして、非正規になろうもんなら、這い上がるのは難しい。それが、どの時点でも、やり直すチャンスが得られるようになるんだ」

「なるほどそうか。諸悪の根源は、雇用側に絶対的に有利な制度を設けた政権与党にあるってことになるわけか」

曾根も不動のいわんとするところを理解したらしい。

「スロットのように、派遣をレイオフする企業が相次げば、対象にされた人間の不満、怒りが爆発する。もちろん、その矛先はバルスにも向くだろうが、いとも簡単にレイオフした企業にも向く。それは、非正規労働者が、いかに弱い立場にあるかを改めて世間に知らしめることになる」

「そうか！　だから不動さんは、個人発送の宅配物の取り扱いを全面的に停止するってことをいい出したのは、宅配会社の判断なのかっていったわけですね。非正規労働者の怒りの矛先が政権与党に向くのはまずい。それを防ぐためには、送り主の素性がはっきりしている、事業者の宅配に絞る。そうすれば、非正規の雇用も守れる上に、バルスもテロを起こすことはできなくなるというわけですね」

「しかし、そんなことをしたら、一般客の荷物が、全部他社に流れてしまうじゃないですか。さばけるかどうかって問題もあれば、トラックはもちろん、集荷、配送、荷捌きの人員だって簡単には調達できません。それに、今度はそこを狙ってテロをしかけてくるかもしれないじゃないですか」

健太郎は、疑問を口にした。

「それでも、事業者の宅配を優先するしかねえんだよ」

不動はいう。「出荷ができなくなったら、会社は機能しなくなる。売上はゼロ。なんぼ派遣を切ったって、正社員の人件費や施設の維持費と、何もしなくともカネは出ていくんだ。そうなりゃ、倒産する会社が続出だ」

健太郎は黙った。

不動の見解に間違いはないからだ。

「曾根」

不動は視線を転ずると、「すまんが、その辺りのことを取材してみてくんねえか。どんな経緯で、宅配会社が事業者限定の配送を検討しはじめたのか。その背後に政治的な動きがあったのか。与野党が今回のテロにどんな動きを取るのか。今後の展開も含めてな。ひょっとすると、バルスが捕まって一件落着ってわけにはいかねえかもしれねえぞ」

コーヒーを飲みながら、白みはじめた窓の外に目をやった。

5

「改めまして、週刊近代の内海です」

差し出した名刺を、ぎこちない手つきで受け取った陽一は、

「私、名刺を持っていなくて――」

恐縮した態《てい》で、頭を下げた。

七三に分けられた乾いた頭髪。面長で、色白の顔に切れ長の目。知性は感ずるのだが、ほっそりとした体つきのせいか、どこか影が薄い。

出来は良さそうだが、これといった個性を感じない。

それが百瀬陽一に対する健太郎の第一印象だった。

「すいません、こんな格好で。今日はゼミがあったもので――」

ポロシャツにジーンズ姿の陽一は、薄く笑いながら席についた。

所は昨日渡部と会った新宿の喫茶店だ。

「何にします。お好きなものをご遠慮なく」

健太郎は腰を降ろしながらメニューを差し出した。

「じゃあ、アイスカフェオレを」

ウエイトレスがやってくる。

同じ物をふたつ頼んだ健太郎は、鞄の中からICレコーダーを取り出し、

「録音させていただいて構いませんか」

と訊ねた。

陽一が頷くのを見て、録音ボタンを押した健太郎は、

「まず、百瀬さんにお聞きしたいのは、スロットという会社をどう思っているかなん

ですが――」

丁重な口調で切り出した。

「それ、正社員への話が反故にされたってことについてですか？」

「それを含めてお話しいただければ――」

「その件に関しては話したくはないっていったじゃありませんか」

陽一は話が違うとばかりに、視線を左右に揺らした。

「記事にはしません。それはお約束します」

健太郎は断言した。「スロットがどんな会社であるのか、全体像を摑むためにお聞きしたいんです」

陽一は暫し沈黙すると、

「そりゃあ、スロットに来ないかっていわれた時には、嬉しかったですよ」

重い口を開いた。「だけど、結果的には、入社しなくて良かったと思ってます」

「それは、なぜ？」

「スロットは、社内の創造性を高めてイノベーションを起こそうとするような会社ではないからです。むしろ正社員、非正規労働者を問わず、従業員を徹底的に使い倒すことで、経営者の頭の中にあるビジョンを実現するだけの会社。つまり、経営者以外の人間は、単なる駒に過ぎない。そんな会社だということが分かったからです」

陽一は一転して、きっぱりといい放った。

健太郎は感心した。

スロットに抱いていたイメージが、いまの陽一の言葉で明確になったからだ。

陽一は続ける。

「確かに、企業の経営方針を決めるのは、社長を頂点とした経営陣ではあるでしょう。組織が大きくなればなるほど、個々に与えられる権限は小さくなるのも分かります。ですが、自分のビジョンの実現のみを従業員に要求する。そんな経営者はまずいないと思うんです。もし、そんな会社があるとすれば、それはブラック企業ですよ」

「その点からいえば、スロットはブラックだと？」

「そういっていいと思います」

陽一は断言した。「すでに渡部さんからお聞きになっていると思いますが、私は昨年の就活に失敗して、就職浪人をしました。その理由はただひとつ。大企業への就職に拘ったからです。経営が安定してる、生涯賃金は億単位で違ってくる。まあ、学生の考えそうな理由でなんですけどね」

陽一は自嘲めいた笑いを浮かべた。

「別に百瀬さんに限ったことじゃないでしょう。大企業を志望する大半の学生の本音じゃないですか、それ――」

「でもね、渡部さんとはじめて話した時にこういわれたんです。会社があり続けるってことと、社員で居続けられるってことは別物だって。その時は正直、俺はあんたとは違うんだって鼻で笑ってたんです。すでにスロットに誘われてましたからね」

ウエイトレスがアイスカフェオレを運んできた。

陽一はストローを手にすると、グラスの中の氷を突きながら続ける。

「でも、渡部さんのいったことは正しかった。大企業への就職イコール安定した生活なんて、最後まで残ることが許された一握りの人間に限っていえることだとね。それを気づかせてくれたのが、スロットへの就職が反故にされたことだったんですよ」

「じゃあ、その件に関しては、恨《うら》みはないと？」

「恨むどころか、感謝してますね」

そういいながら、陽一は堂々とした視線を向けてきた。「お陰で、一緒に歩んで行けると思える会社に巡り合ったんですから」

「就職は無事決まったんですね」

「トヨトシ電装という中小企業ですが――」

「知ってます。ハイブリッド車のモーターを作っている会社ですね」

「正直、私、嬉しかったんですよ」

陽一は、はにかむような笑みを口元に宿すと、ストローに口をつけた。「渡部さんには、こうもいわれたんです。いらねえやつはどこへ行ってもいらねえんだ。落ち続けると、自分を否定されたような気になるっていうが、それは違う。否定されたんだって……。そんな私でも、是非にっていってくれる会社があったんですから」

線が細いと思っていた、陽一の印象が変わった。

挫折感もない。屈折した思いを抱いている様子もない。

自分が歩む道を見つけ、第一歩を踏み出そうとしている。

逞《たくま》しさ、清々《すがすが》しささえ感じられる若者の姿がそこにあった。

「それは良かったですね」

健太郎は本心からいうと、「でも、スロットがブラックだっていうなら、恨みを抱いている人もいるでしょう」

話題を転じた。

「いても不思議ではないでしょうね」

陽一はあっさりとこたえる。「さっき、恨むどころか感謝してるっていいましたけど、それはいまだからこそいえるんです。私だって、就職が空手形で終わった時には、そりゃあ人生台無しにされたって恨みましたもん」

「じゃあ、今回のテロに快哉の声を上げている人もたくさんいるんじゃないですか？」

「それも、いないとは断言できないでしょうね」

陽一は表情を歪めた。「でも、少なくとも現場にいる人間は快哉どころか、むしろ怒りに駆られていると思いますよ。電話でもお話ししましたけど、仕事がなくなれば、びた一文のおカネも入って来ない。たちまち生活に行き詰まるのが派遣だし、そういう人たちが大半なんですから」

「しかし、劣悪な環境下での労働を強いられてるわけでしょう？　それも、自ら進んでではない。派遣された先がスロットだったたってだけで——」

「それでも、歯を食い縛って耐えなきゃならない人たちが、世の中には大勢いるんですよ」

陽一は健太郎の言葉が終わらぬうちにいった。「内海さんとの仲介役になった海老原さんなんか、その典型ですよ。彼女はシングルマザーで、女手ひとつで保育園に通ってる娘さんを育てているんです。三年すれば、雇い止めがあることを承知で、今日を生き抜くために働いているのに、レイオフって……子供抱えてどうやって生きて行けばいいんですか」

「でも、バルスの要求は、その非正規労働者に極端に不利にできているいまの法制度を改正するところにあるわけです。これについてはどう思います？」

陽一は深い溜め息を吐くと、考え込むように視線をテーブルの一点に落とす。

健太郎は重ねて訊ねた。

「渡部さんは、バルスの要求通りになれば、雇用の流動性は増す。やり直しが利くようになる。いっそ、新卒採用者にも適用すれば、ミスマッチもなくなるとおっしゃってました。いま現在派遣で働いていらっしゃる方の中にも、そういう意見をお持ちの人がいるわけですが？」

「確かに、派遣法、労働契約法共に雇用主側に有利にできているのは事実です。見直されてしかるべきだとは思います」

陽一はいった。「でも、問題は非正規労働者の待遇が改善されれば人件費は上がる。その負担を社会が受け入れるかどうかじゃないでしょうか」

「社会……といいますと？」

「たとえばスロット――」

陽一は前置きして続けた。「派遣で賄っていた作業員の多くが正社員になれば、たとえ賃金を上げずとも、社会保険料、その他諸々、時間当たりの作業コストは何倍にも跳ね上がります。じゃあ、それに見合う分だけ作業効率が上がるかといえばそんなことはない。当たり前ですよね。いまでさえ、限界に近いノルマを課しているんですから、これ以上作業効率が上がるわけがありません。当然、コストの上昇分は、販売価格に転嫁せざるを得なくなるわけです」

「それは、宅配会社にもいえることですね。ターミナルの作業員は、派遣が多いと聞きますから」

「それも含めて、スロットの販売価格は間違いなく跳ね上がる。そうした現象が、非正規労働者が従事している全企業で起こればどんなことになると思います？　凄まじいインフレが起きるに決まってるじゃないですか。その一方で、非正規労働者を正社員にすれば、企業はいま抱えている正規社員の賃金を抑えにかかるでしょう。確かに、富の分配という点だけを取って見れば、公平な社会になるとはいえるかもしれませんが、労働者に回るおカネの総量はそれほど変わらないとなれば、消費が落ちるわけですから、本来生産物や労働力が余って物価は下がるはずが、逆に上がることになる――」

「スタグフレーション！」

さすがは、慶明で経済を専攻しているだけのことはある。

確かにいわれてみれば、その通りだ。

「それだけじゃありません。当然、日本企業の国際競争力は落ちます。最近になって、日本に生産拠点を戻す企業が増えていますけど、それは、国内の雇用を増やすのが目的ではありません。いままで格安だった進出国の人件費が高くなり、日本の人件費に近づいてきたからです。そのメリットがなくなってしまえば、また企業は海外に生産拠点を求める。それって、派遣先そのものが激減してしまうってことじゃありませんか。そんなことになったら、困るのは当の非正規労働者でしょう」

健太郎は、溜め息を漏らしながら考え込んだ。

陽一の見解に異論はないが、それでは非正規労働者に救いが無いからだ。

「つまり、非正規雇用という労働形態は、いまの社会を維持するための必要悪だとおっしゃるわけですか」

しばしの沈黙の後、健太郎の口をついて出たのは、皮肉めいた言葉だった。

「格差社会を肯定する人は、まずいないでしょう。でも、是正しようと思えば、社会全体が血を流す覚悟が必要です。我が身が血を流すことを強いられるとなれば、それとこれとは話が別だっていうのが、悲しいかな世の常ってもんでしょう。まして、より多くの血を流すことを強いられるのは、現状に満足している人なんですよ」

黒木がいった、ノット・イン・マイ・バックヤードというやつだ。

陽一はストローでグラスの中の氷を突きはじめる。カラカラと鳴る音が、そろそろ終わりにしないかという意思表示のように感じながら、

「バルスって、いったいどんなやつなんでしょうね」

健太郎はふと漏らした。「まあ、こんな要求を突きつけるくらいです。非正規労働者として過酷な条件の下で働いてる人間。それも、社会か職場か分からないけど、凄

まじい怒り、恨み、絶望を抱いている人間だってことは想像がつくんですが、どうしてこんな手口を思いついたのか――」

陽一の手が、一瞬止まった。

切れ長の目から覗く瞳が、微かに揺らぐのが見て取れた。

それは今日、陽一がはじめて見せた反応だった。

健太郎はいった。

「タイミングを考えれば、バルスは格差社会を糾弾する、スコット・ウイリアムズのメッセージに触発されたんじゃないかとわたしは考えていますが、何だって宅配便。それも特定の会社ばかりを狙うのか。格差社会を是正するために社会を混乱に陥れるっていうなら、他の宅配会社も同時に狙うんじゃないでしょうかね。どうもその辺りが腑に落ちないんですよね」

「さあ……。そんなことを私に訊かれましても……」

陽一はグラスを持ち上げると、いままでとは明らかに違う勢いでアイスカフェオレを吸い上げた。

さっきの反応といい、これはどういうわけだ。

「そういえば、渡部さんがいってましたよ」

健太郎は陽一の表情を窺いながら続けた。「スロットに恨みを抱いてる人間はごまんといる。今回のテロは、スロットを潰すのが目的なんじゃないか。宅配テロが起きた時、なるほどこの手があったかと思ったって」

陽一の動きにまた変化が現れた。

残ったアイスカフェオレを一気に吸い上げると、

「渡部さんがそういうのは、スロットでしか働いたことがないからですよ。ネットに限らず通販なんて、配送は郵便も含めて百パーセント宅配頼みだし、出荷作業の現場で働いてるのも、派遣やパートじゃないですか。そんなことをいい出したら、どこの会社にだって当てはまると思いますけど」

乱暴な手つきでグラスを置いた。

何かおかしい。

動揺している。

胸中の揺らぎが、仕草に現れているように思えてならない。

「でも、スロットほど酷い現場の話は聞いたことがありませんけどね」

健太郎は陽一の顔を見詰めたまま、「百瀬さん、さっき、正社員への話が反故にされた時、スロットを恨んだっておっしゃいましたが、復讐《ふくしゅう》って考えました？」

と問うた。

「それは――」

陽一は口籠り、視線を左右にせわしなく動かすと、「それは……まあ……」

テーブルの一点を見つめながら頷いた。

「どんな？」

健太郎は問うた。

陽一は空になったグラスをじっと見詰める。

長い沈黙があった。やがて、陽一は小さく息を吐くと、

「バルスと全く同じ手口です」

健太郎の反応を窺うように視線を上げた。

「宅配テロを？」

思わず健太郎は身を乗り出した。

「驚くほどのことじゃないでしょう」

陽一はいう。「スロットの最大の弱点がどこにあるのか、現場で働いていれば、すぐに気がつきますよ。スロットのビジネスって、とどのつまりは、ネット上の百貨店。店に足を運ばずとも買い物ができて、商品が望み通りの場所に届くってだけの話ですからね。誰かが運んでくれなきゃ誰も使いませんよ。そこを止めたらイチコロじゃないですか。それに、宅配会社が荷物の中身をいちいち調べたりはしてないってのも、ネットを見てりゃ気がつきますし……」

陽一がどこの部分を指してそういうのか、俄《にわか》には思いつかない。

「といいますと？」

健太郎は訊ねた。

「だって、当のスロットがライターのオイルやキャンプで使う着火剤、花火、それも四号玉を売ってるんですよ。しかも宅配便でお届けしますって明示してるんです。中身の検査なんかしちゃいないってのは、明らかじゃないですか」

「花火って……。そんな物まで売ってるんですか、スロットは……」

街で売られているあらゆる物を販売するのが、巨大ネット通販だが、可燃性の危険物まで販売されていることを健太郎ははじめて知った。

これらの品は航空機の機内に持ち込もうとすれば、手荷物検査の段階で没収だ。もちろん、発火の危険性があり、大惨事につながりかねないからだが、宅配便ならばフリーパス。空輸、陸送の違いはあれど、テロに用いれば同様の効果を発揮するのはバルスが証明済みだ。しかも、テロに応用できる商品を売っているのがスロット自身とは、皮肉としかいいようがない。

「これは貧者のテロですよ。ライターのオイル、着火剤、花火なんていくらもしませんからね。タイマーを作るのだって難しい話じゃないでしょうし、発火剤には花火の一本や二本あれば十分です。裸にしたニクロム線を巻きつけて、隣にオイルでも着火剤でもいい。熱に弱い容器に入れた可燃物を置いといたら、たちまち火の手が上がる。まして、宅配会社は輸送にカゴ車を使ってんですから」

「カゴ車使ってるとどうなるんですか？」

それも健太郎には意味するところが分からない。

「カゴ車には二段、三段と棚がついてましてね。荷物の間に適度な空間が生ずるんです」

陽一は簡単にこたえる。「つまり、空気の通りがいい。ほら、キャンプファイヤーと同じですよ。薪《まき》を重ねる時にわざと隙間をつくるじゃないですか。トラックの荷台がそうなっちゃうんですよ。詰め込むだけ詰め込んで荷物がびっしりってんじゃ、火の回りだって遅くなる。その点、カゴ車を使うと別なんです。空気の通り道があるんですから、火は一気に燃え上がる――」

「それも、スロットの現場で知ったことですか？」

「ええ……」

陽一は頷いた。「出荷場はカゴ車でいっぱい。それを片っ端から、トラックに積んで行くのを毎日目にしてましたからね」

「驚いたな……」

健太郎は首を振りながら呻いた。「何から何まで、百瀬さんの考えた通りじゃないですか」

「驚いたのは、こっちですよ……」

陽一の顔が強ばった。「いや、恐怖すら覚えましたね……。自分が描いた絵を、バルスがそのまま再現してんですから――」

ついさっき、陽一が見せた心の揺らぎの正体がいま分かった。

密かに思い描いたテロの計画が、そのまま実現してしまったのだ。

動揺するのも無理はない。

「ひとつ、訊きたいことがあります」

健太郎はいった。

陽一がどうぞとばかりに、目で先を促してくる。

「我々マスコミの知る範囲では、バルスはいまのところ尻尾を摑まれた気配がありません。防犯カメラやNシステム。これだけ社会に浸透している監視網をものの見事にくぐり抜けているんです。百瀬さんは、テロの手段を思いつかれた時、正体を摑まれずに宅配便を出す方法を考えましたか？」

「さすがに、そこまでは……」

陽一は硬い笑いを口の端に宿す。「テロの手段は思いついても、実行しようとしたわけじゃありませんから」

「そうですよね」

思った通りの返事だったが、敢えて訊ねたのは、陽一が口にした計画が、現実に起きたテロの手口とあまりにも酷似していたからだ。

「でも……」

陽一はふと思いついたようにいった。

「でも、何です？」

「確かバルスは、荷物を一般取扱店から送ったんでしたよね」

「その通りです。千葉の田舎《いなか》の……」

「だったら、防犯カメラやNシステムをかいくぐるのは、そう難しい話じゃないかもしれませんよ」

「どうやって？」

「宅配便を使うんです」

陽一の口から意外な言葉が出た。

「宅配便？」

健太郎は訊き返した。「宅配使ってどうすんですか」

「確か、宅配会社の中央ターミナルで起きた火災では、五百ミリリットルのペットボトル二本に入れられたガソリンが使われてたんでしたよね」

「ええ」

「荷物を受け付けた一般取扱店の場所は、東京からどれくらい離れてんですか」

「一番近い大きな街は、成田《なりた》だったと思いますが……」

「ペットボトルが二本、それにタイマー。電源に乾電池を使ったとすれば、ひとつのパッケージにすると大きさは、精々がこんなものでしょう」

陽一は胸の前に手を出し、パッケージの大きさを形づくる。

「それで？」

健太郎は先を促した。

「この程度の大きさの物ならば、ひとつのスーツケースに十個は入るでしょう。それを、成田近辺のホテルに送る──」

「そこから先は？」

「自転車ってのはありじゃないですかね」

陽一はまたしても想像もしなかったことをいう。

「自転車？」

声を張り上げた健太郎に向かって、

「仮に、バルスが都内在住の人間だとしましょうか」

陽一はそう前置きすると続けた。「東京─成田間は、およそ八十キロ。自転車を趣味にしている人間ならば、一日百キロのロングライドはざらです。成田周辺にはホテルはごまんとありますからね。そこに、ホテル気付でスーツケースを送っておき、ホテルを拠点にして自転車で取扱店に行く。四個ぐらいの荷物ならナップザックに入れて移動できるじゃないですか」

いわれてみればというやつだ。

複数箇所から、同日に荷物を出したからには、移動には車を使ったはずだと考えていたが、なるほど荷物をまとめて宅配便でホテルに送れば、防犯カメラもNシステムも関係ない。それに、自転車を使えば、裏道、脇道、移動経路は自由自在。防犯カメラが設置されている可能性が高いコンビニは、田舎に行けば行くほど、遠目にも存在が分かるよう大きな看板が出ている。カメラの視界に入る前に、ルートを変えることだってできるだろう。

「まあ、一般の民家にも防犯カメラがある時代ですから、すべてをかいくぐるのは不可能だとしても、田舎となればそうあるもんじゃないでしょうし、ナップザックを背負って自転車に乗る人間はたくさんいますもんね」

健太郎は唸った。

「ホテルまでの移動の際には、レーサーウエアを着ればただのサイクリスト。そこを基点にして一般取扱店を巡る際には、普段着に着替えれば、ただの自転車に乗った通行人。成田近辺には、名所が多く点在してますからね。ホテルに自転車でやって来ても不審に思われることもないでしょう――」

警察がNシステムはもちろん、一般取扱店周辺のコンビニ、関東一円の駅、果ては一般の民家に設置された防犯カメラの画像の解析に血眼になっていることは間違いない。しかし、陽一のいった手法を用いれば、バルスの姿を摑むのは容易なことではないだろう。

「宅配テロを起こすのに、宅配を使うか……」

これもまた、何とも皮肉な話だ。

そう呟いた健太郎に向かって、

「でも、実際にバルスがそんな手を使ったのかどうかは分かりませんよ。ほんの思いつきをいっただけですから」

陽一は、少し慌てた様子で、念を押してきた。

「いや、たとえばの話にしても、これだけ監視網が張り巡らされたいまの社会にすら、逃れる術《すべ》がある。その可能性が見えただけでも、取材させていただいた価値がありました」

「そんな……」

陽一は少し戸惑った様子で、頭髪を掻き上げると、「ただ、この手法を使えば関西でのテロもどうやって行われたのかの説明がつくと思うんです」

真剣な眼差しを向けてきた。

「関西へ発火物を送るのに、宅配便を使ったと？」

「新幹線かもしれませんね。だって東京からの宅配は止まってますから」

陽一はこたえると、「今回は一度に九箇所ですからね。ひとつの荷物に二個のペットボトル。発火装置に何を使ったのかは分かりませんが、もし燃料にガソリンを使ったとしたら全部で九リットル。その詰め替え作業をホテルでしますかね。それなら、自分のアジトで予《あらかじ》め作っておくんじゃないでしょうか。完成した発火装置をそのままスーツケースに入れて、新幹線に乗ればいいんですから」

当然のようにいった。

だとしたら、こちらの捜査も難航を極めることになる。

なぜなら、警察は千葉と関西のありとあらゆる防犯カメラの画像を分析し、この数日間に双方の画像に共通して映っている人物を炙《あぶ》り出そうとしているに違いないからだ。

だが、関西に関しては、疑問がないわけではない。

「自転車はどうするんです？　まさか、自転車で関西まで行ったとでも？」

健太郎は問うた。

こたえはすぐに返ってはこなかった。

陽一はおもむろにスマホを取り出すと、素早い手つきで画面に何事かを打ち込んだ。

「やっぱりね」

陽一はスマホの画面を突きつけてきた。「大阪近辺だけでも、レンタサイクルはこれだけあるんです。足には不自由しませんよ。もっとも、バルスが大阪で自転車を使う可能性は低いように思いますけどね……」

「どうして？」

「だって、借りる時には身分証明書が必要になるじゃないですか。ここまで足がつかないようにしているバルスが、そんなへまをするとは思えませんね」

「じゃあ、どうやって……」

「分かりません。僕は警察じゃないんですから」

陽一は苦笑いを浮かべる。

確かに――。

つまらぬ質問をしてしまったのも、陽一の推測があまりにも納得がいくものだったからだ。

「でも、分からないのは、硫化水素テロなんだよなあ」

そこで健太郎は話題を変えた。「バルスの仕業と思えるのは、最初の一回だけ。しかも脅しだ。要求に世間の耳目《じもく》を集めるためだったんだろうけど、そこまでやる必要があるのかなあ」

「それをわたしに聞かれても……」

陽一は顔にあからさまに困惑の色を宿す。

「だよな……。同窓だと思うとつい――」

「同窓？　内海さん慶明なんですか？」

陽一の目元が緩む。

「法学部だ。君、経済なんだってな」

問いかける健太郎の口調が変わる。

慶明の同窓の絆《きずな》は強い。

場の雰囲気が急に和《やわ》らいだ。

「それ、最初にいって下さいよ」

陽一の言葉遣いもがらっと変わった。「マスコミの取材なんか受けるのはじめてだし、話が話ですからね。ずっと緊張してたんですよ」

「いや、正直君の見立てには驚いたよ。このところずっとバルス関係の取材に追われてたんだが、警察関係を取材してる記者からも、こんな話は出てきたことはなかったからね」

「ミステリ小説を読むのが好きなんです。それで……」

陽一は照れ笑いを浮かべながら、頭に手をやった。

「で、そのミステリ好きとしては、いまの質問にどうこたえる」

話を戻した健太郎に、

「硫化水素に関していえば、バルスは本気じゃないと思います」

陽一は真顔になってこたえた。「だって、そうでしょう。バルスの要求に対して、賛同する人間はたくさん出てきてんです。政治家の中でさえ、理解を示す人もいる。これは、誰一人、今回のテロで犠牲になった人が出てないからですよ。もし、本気で硫化水素テロを起こしていたら、誰もバルスの要求になんか耳を傾けやしなかったでしょうからね」

「しかし、ブラフにしたって、社会を不安に陥れたことには間違いない──」

「だからこそ、余計にバルスへの世間の関心が高まったんじゃないですか」

陽一はいった。「宅配と公共交通機関。このふたつのテロの手口に共通してるのは、誰もがやろうと思えば簡単にやれるって点です。そして、もう一つの共通点は、宅配テロにせよ、硫化水素にせよ、いつ起きても不思議ではない。その危険性を知りながら、誰もが見て見ない振りを決め込んで安全対策を怠ってきたということです。

いわば、不都合な現実に目を瞑《つぶ》ってきたわけです。わたしは、そこにバルスのメッセージが込められていると思うんです」

「メッセージというと？」

話せば話すほどに、陽一の視点が新鮮に感じられてくる。

健太郎は先を促した。

「見て見ない振りっていえば、非正規労働者が置かれた境遇だってそうじゃないですか。非正規労働者が今後も増え続ければ、やがてその人たちが高齢者になった時、どんな社会になるかは誰にだって想像がつきます。いま現在でさえ、過酷な生活を強いられていることも知っている人は多くいるはずです。だけど、非正規労働者の待遇改善に向けて具体的なアクションを起こした人は誰もいません。それはなぜか——」

陽一はそこで一瞬の間を置くと続けていった。「もはや、非正規雇用は社会の必要悪になっているからです。その存在なくして経済が成り立たない。もっといえば、彼ら、彼女らの存在なくして安く物は買えない、宅配の便利さも享受できないことを誰もが知っているからです」

陽一の目の表情が変わった。

絶望、怒り、心の奥底に燠火《おきび》となっていた感情が、再び燃え上がろうとしているのだ。

「誰かを泣かせなければ成り立たない。それを承知していながら不都合な現実に目を瞑っているのがこの社会だ。バルスは、そう考えたっていいたいわけ？」

「わたしは、そう思います」

健太郎の問いかけに、陽一は頷いた。「非正規労働者をどんどん正社員にしていけば、現行の賃金体系を維持することはできません。給料を下げるしかないわけです」

「かといって、時給労働者が増えていけば、早晩老後の生活に困る人が湧いて出てくる。救済するのは、結局社会ってことになるよね」

「だから、バルスなんて名乗ったんじゃないですかね」

陽一は硬い声でいった。「こんな社会のあり方は間違ってる。間違いを正そうとするなら、いまの社会の仕組みをリセットするしかない。それができないなら、先に待ち受けているのは破滅。だからバルス――」

陽一の見解がすとんと腑に落ちる。

「バルスは知ってると思いますよ」

黙った健太郎を見詰める陽一の目に、憂鬱な色が浮かんだ。「自分の主張が通らないことも、この社会が変わりようもない、解決策なんかあるわけがないってこともね。だから絶望感に駆られてこんな行動に出たんですよ。こんな社会なんか潰れちまえってね――」

陽一の視線がすっと落ちた。

ふたりの間に沈黙が訪れた。

6

各フロアの一角には喫煙室が設けられている。

分煙が進んでいるのは出版社も同じだ。ガラス張りの室内に、机の上に置かれた巨大な灰皿。天井では始終換気扇が鈍いモーター音を立てながら回っている。

喫煙室は編集部からエレベーターホールへと続く通路にあり、常に人目に晒される。

仕事の最中にこの部屋に籠り、わざわざ害になるタバコを吸う。

隔離された状態とあいまって、嫌煙派の連中がつけた呼び名がペナルティーボックスだ。

その部屋に置かれた椅子に座り、マールボロ・メンソールを燻《くゆ》らせながら健太郎の話に聞き入っていた黒木は、

「ふ〜ん。面白い見立てだな」

換気扇に吸い込まれて行く煙を目で追いながらいった。

「いや、正直そんな手もあったかって思いましたよ。発火装置を詰めたスーツケースを宅配便でホテルに送る。そこから先は自転車で。それならいくらNシステムや防犯カメラの画像を解析してもバルスの正体を掴むことは難しいでしょうからね」

健太郎はタバコを吸わない。

部屋に沁《し》みついたヤニの臭いを嗅いでいるだけで、胸が悪くなってくる。

それでも、この部屋を訪ねたのは、捜査当局の動きを取材している黒木に、陽一の見解をどう考えるか。それを聞いてみたかったからだ。

「警察がバルスの姿を捉え切れずに、焦っているのは事実だ。可能性としては、十分考えられるだろうね」

黒木はまたタバコの煙を吹き上げる。「でも、バルスの尻尾を掴むチャンスは早晩訪れる。警察はそう考えているみたいだけどね」

「どうしてです」

健太郎は訊ねた。

「これで、やつが動きを止めるとは思えないからね。動けば動くほど、尻尾をつかめるチャンスも多くなるからさ」

黒木は長くなった灰をとんと指先で弾き落とした。「一般取扱店での宅配物の受付が中止となった時点で、百瀬さんだっけ、彼がいった手口は使うことはできなくなったわけだし、駅や空港なんかの公共施設の宅配窓口、コンビニやホテルには漏れなく防犯カメラがある。さらに、個人宅からも出せなくなろうものなら、次のテロを起こすことが格段に難しくなったわけだ。さて、そこでやつが手を止めればどうなると思う？」

考え込んだ健太郎に向かって、

「いま、メディアがバルス関係のニュースをトップで扱っているのは、テロが現在進行形で進んでいるからだろ？」

黒木は続けた。「スコット・ウイリアムズに触発されたテロが起きる度に、メディアは大々的に事件を報じてきたが、連鎖の糸が途切れた途端に、日々起こるニュースに埋もれて、気がつけば忘却の彼方だ」

「この事件もそうなると？」

「動きが止まれば間違いなくそうなるさ。それが社会ってもんだし、人間ってもんだろ」

黒木は断言すると、「バルスにとって、最も恐ろしいのはそれじゃないのか」

再び煙を吹き上げ、タバコを灰皿に突き立てた。

きつい臭いを放つ煙が顔にかかった。

健太郎は思わず顔を顰めながら、

「でも、正体を摑まれずにテロを起こすなら他にも方法はありますよ」

反論した。「たとえば、郵便を使うことだって――」

「なるほど、ポストに投函すれば正体を摑むのは難しい。しかも、それをやるなら宅配便を狙うより、そっちの方が遥かに簡単、かつ安全だったんじゃないのか」

確かにそれはいえている。

さすがにペットボトル二本を入れた郵便物をポストに投函することはできないが、別の容器を使えばいいだけだ。着火剤、ライターのオイルだって使える。

「警察は、バルスが特定の宅配会社しか狙っていないのには、理由があるはずだと睨んでるんだ」

黒木は続ける。「だから、再びテロを起こすなら、また同じ会社を狙うはずだとね」

「ということは、その線での捜査もはじまってるんですか？」

健太郎は訊ねた。

「その線とは？」

黒木が片眉を吊り上げながら、問い返してくる。

「特定の宅配会社を狙うからには、その会社で働いていた人間。あるいは、その会社の宅配に依存している会社で働いていた人間ってことになるんじゃないですか」

「まるで、うちの今週号の記事じゃないか」

黒木は苦笑いを浮かべた。「派遣労働者の七七パーセントが年収二百万にも満たない。それで、三年経ったら雇い止め。恨みを買うのも当然だ――」

「それに、バルスが要求しているのは事実上の派遣法、労働契約法の再改正ですよ」

「確かに警察も、その線での捜査も行っているみたいだがね」

黒木は真顔でこたえると、新しいタバコを取り出した。「だが、対象をそこに絞ったとしても、なんせ数が多過ぎる。職場を転々としている人も当たり前にいるし、対象を関東に絞ったとしても一人一人洗っていくとなると、大変な時間がかかる」

「結局、バルスが次のテロに動く時が、チャンスってわけですか……」

「本末転倒なんだがね」

黒木はタバコに火をつけた。「本来なら、犯行を未然に防がなければならないところだが、宅配便の窓口だって、注意を払ってるからね。不審な荷物があれば、すぐに通報するだろうし、いずれにしてもバルスが次の犯行を行うのが難しい環境が整っていることは事実なんだ。しかし、やらなければ、バルスの主張も忘れ去られてしまう――」

結果、そう遠からずして、必ずやバルスは尻尾を摑まれる。

黒木はそういいたいらしい。

その時、エレベーターホールから曾根が現れた。

「曾根さん」

健太郎は大声で呼びとめた。

曾根が、おっという表情を浮かべると、ドアを引き開けた。

「いま帰りですか」

健太郎はいった。

「参ったよ」

曾根も喫煙者のひとりだ。

椅子にどっかと腰を下ろすと、鞄の中からメビウスを取り出しながら、

「ずっと永田町《ながたちよう》界隈を取材したんだが、毎度のことながら、与党の議員連中は週刊誌風情を相手にしてくれなくてな……」

溜め息をつきながら、タバコに火を点《とも》した。

「じゃあ収穫なしですか」

「それがな、面白い動きがでてきていてな」

曾根は深々と吸った煙を吐きながらこたえた。「不動さんの読み通り、どうやら野党議員は、このテロを徹底的に利用しようとしているらしくてさ。普段から繋がりの深い、労働組合やNPO、市民団体に声を掛けて、この週末に国会前でデモを計画しているみたいなんだ」

「そんなこと考えてんですか？」

健太郎の声が裏返る。

東日本大震災によって発生した原発事故に端を発する脱原発デモ以来、再稼働反対、安保法案反対と、国会を取り巻くデモは、世論を二分する事案が出るとつきものとなっているが、盛り上がるのは最初のうちだけで、時間の経過とともに自然消滅してしまうのが常だ。

「労働人口に占める非正規労働者の割合は四割近く。バルスの主張に賛同してる人間も決して少なくはない。まして、この四割近くの人たちにとってみれば、我が身にかかわる切実な問題だ。集まってくる人間の数は、原発再稼働、安保法案どころの話じゃねえかもしんねえぞ」

「でしょうね。自分の待遇が改善されるかどうかがかかってんですから。大変な人が集まってくんじゃないですか」

黒木が、珍しく興奮した面持ちでこたえる。

「じゃあ、またあの騒ぎが連日繰り広げられるんですか」

太鼓を打ち鳴らし、ラップのリズムに乗ってシュプレヒコールを声高に繰り返す群衆の姿が健太郎の脳裏に浮かんだ。

「野党は次の選挙で、非正規労働者の待遇改善を最大の焦点にするつもりなんだ」

曾根はまたタバコを吹かすと、目を細めた。「脱原発、安保法案、TPP、少子化、社会保障、政策論争のネタは挙げれば切りがないが、圧倒的多数の人間は、今日の暮らしは明日も続く。劇的に何が変わるってもんじゃない。どこか他人事のように聞いてるもんだが、この問題は違う。今日の暮らしは明日も続くかどうか分からない。そんな人たちにとっては、切実な大問題だからな」

「我が事と捉える人が、四割近くもいるとなれば、ひょっとしてということもあり得るかもしれませんね」

「大ありだ――」

健太郎の言葉に曾根は頷いた。「選挙の争点がその一点に集約されれば、この四割近くのかなりの人間が投票に行く。そして野党議員に票を入れる。国政選挙の投票率はいまや五割ちょっと。家族、身内を含めた票が動けば、過半数を野党が占めたって不思議じゃねえよ」

「デモが連日起こるようになれば、メディアも大々的に報じるでしょうからね」

「非正規労働者がいかに過酷な労働条件で働いているか。こんな雇用体系の下で働かざるを得ない人間が増加していけば、どんな社会になるかも含めてな――」

そうなればメディアの論調は、弱者につくのが常だ。つまり、自然とバルスの主張に沿ったものになる。

「でも、野党ったって幾つもありますからね。票が分散してしまったら――」

「それがな、野党再編の動きがあんだよ」

「それ、本当ですか？」

健太郎は目を剝いた。

テロリストの要求が引き鉄になって、野党の再編が起ころうとしている。

そんなことがあり得るのか。

「野党の連中にしたって、ここのところの選挙では連戦連敗。このままじゃジリ貧だ。独自の候補を立てたって、負けるのは目に見えている。だが、与党に議席を握られている選挙区の候補者を一本化できれば、勝ち目が出てくんだろうが」

「その点からいっても、バルスの主張には、乗りやすいものがある、というわけですね」

黒木が口を挟んだ。「ワンイシューの論戦に持ち込んで、有権者に白か黒かを迫るだけですからね。まして、非正規労働者にとっては我が身にかかわる大問題。そりゃ、票を入れますよ」

「しかし、企業側からすれば経営にまつわる大問題だ」

黒木は首を捻る。「それに、最大の野党第一党の支援団体、ナショナルユニオンがそんな公約を支持するかな」

黒木の指摘はもっともだ。

ナショナルユニオンとは、主に大手企業の労働組合を束ねる巨大労働組合組織のことだが、加盟する個々の組合の構成員は正社員のみを対象としている場合がほとんどだ。

つまり、労働者のための組織とはいっても、正規労働者の既得権益を守り、より良い労働条件を勝ち取るのが目的で、非正規労働者は端から蚊帳《かや》の外。非正規労働者の待遇が改善されれば、影響を被るのはナショナルユニオンの組合員だ。

「そこです」

曾根は人差し指を顔の前に突き立てた。「ナショナルユニオンの支援を受けてもいまの体たらく。ならば、いっそそれに代わる団体を組織したらいいんじゃないかという案が出ているようなんです」

「それに代わる団体って……」

黒木が訊ねた。

「非正規労働者の労働組合ですよ」

「そんなことしたら、ナショナルユニオンの票が――」

「与党に流れるってか？」

健太郎の言葉が終わらぬうちに、曾根がいった。

「そうなるでしょう」

健太郎はこたえた。「だって、黒木さんがいうように、非正規労働者の待遇が改善されれば、真っ先に影響を受けるのは正規労働者ですよ。ナショナルユニオンの票は一気に与党に流れるってことになりますよ」

「当たり前に考えればな」

曾根は頷いてみせると続けた。「ところが、正規労働者の労働環境も厳しくなるばかりだ。たとえば、家電業界を見てみろ。世界市場を席巻したのは過去の話だ。テレビ、パソコン、白物《しろもの》と、いまや事業縮小どころか撤退する企業が引きも切らず。一社何千人という単位で、リストラが進んでんだ。残った社員だって、政権与党はホワイトカラーエグゼンプションの導入を虎視《こし》眈々《たんたん》と狙ってるんだ。正規労働者の労働環境だって、いままで通りってわけにはいかないよ。誰もが、いつ会社を放り出されても不思議じゃない時代が、すぐそこまで来てるんだ」

ホワイトカラーエグゼンプションとは、簡単にいえば残業代をゼロにするということを意味する。つまり、サラリーマンの給与体系が年俸制になるのと同義である。

最大のメリットは、企業の側からすれば、人件費が固定化されること。労働者にとっても、仕事のノルマをこなせば、だらだらと職場に居続ける必要がなくなるという点にあるとされるが、そもそもが楽なノルマを課す企業があるわけがない。ノルマを達成しても、次に課されるノルマは高くなるのが常である。結局、労働時間は長くなり、サービス残業が増えるだけ。それどころか、ノルマが達成できないとなれば、待ち受けているのは降格、ひいては減俸だ。労働者にとっては、悪夢のような制度である。

「ホワイトカラーエグゼンプションの導入に当たっては、年収千七十五万円以上の専門職に限定するって案がありますけど、そもそも、それだけ貰ってる人間は大抵が管理職。残業代なんかつきませんからね。それに、経団連が当初示していた案では年収四百万。政権与党に至っては三百万だったっていいますからね」

黒木が、あからさまに憂鬱な顔をする。

「千七十五万なんてのは、最初のうちだけですよ。そのうち、どんどん対象賃金が下がっていくことは間違いないんです」

そこで曾根は、健太郎に視線を向けてくると、「こんな制度を導入しようとしてる与党を、ナショナルユニオンが支持すると思うか？　それに、家電業界で知れたこと、いま日本で衰退期を迎えているのは、かつて国を支えてきた製造業だ。リストラ予備軍は世間にはごまんといるんだ。会社を放り出された人間が、どうやって食っていくんだよ。どんな仕事にありつけるっていうんだよ」

舌鋒鋭く見解を求めてきた。

その時、健太郎の脳裏に浮かんだのは、イースタン電器をリストラされた渡部の姿だ。

苦境に陥ったのが一社だけというならともかく、業界全体が衰退期に入ったとなれば、業界内での転職は困難を極める。もちろん、他業種でも応用が利く職種もあるが、転職者を雇用する側はその人間の能力を見る。つまり、雇用する価値があるかどうか。並とみなされれば再雇用はとてつもなく困難なものとなる。

「正規労働者から非正規労働者へ転ずることを余儀なくされる人間が増えていくのは間違いないんだ」

続ける曾根の声に確信が籠る。「実際リストラに遭っているのは、人生で一番カネを必要とする四十代、五十代だからな。非正規労働者の権利を守る団体がないわけじゃないが、いまのところはＮＰＯに毛が生えた程度のもんだ。それをナショナルユニオンに匹敵する大組織に仕立て上げることができれば、野党にとっては、大変な票田になんだろうが」

「バルスが突きつけた要求を利用して、非正規労働者のナショナルユニオンか――。なるほど、考えたもんですね」

黒木が感心した様子で、腕組みをした。

「もっとも、野党が政権を取ったとしても、バルスの要求通りにされることはないでしょうし、非正規労働者だって、そんなことは百も承知です。だけど、ナショナルユニオンの結成は、非正規労働者にとっても悪い話じゃない。数は力です。ユニオンが窓口になって企業に待遇改善を求めることもできれば、ストだって打てますからね。それこそ数の力を以て非正規労働者の待遇改善を要求できるようになるんですから」

曾根は、そういうと短くなったタバコを灰皿に擦《こす》り付けた。

パンドラの箱が開くのかもしれない、と健太郎は思った。

経済活動を円滑に運ぶための必要悪と見なされた制度のもと、絶望的な日々を送らざるを得なかった人々に、いま日が差そうとしている。

曾根がいうように数は力だ。非正規労働者が一致団結して反旗を翻せば、雇用者もその声を無視することはできない。なぜなら、彼らの存在なくして企業経営は成り立たないからだ。非正規労働者が、企業にいいように使われてきたのは、同じ境遇に置かれた者たちが、団結して待遇の改善を訴える手段を持たなかったからだ。

本当にこの国の社会が変わるんじゃないか。

たったひとりのテロリストが突きつけた要求が、まさかこんな事態に繋がるとは——。

想像だにしなかった事態の広がりに、健太郎は背筋が粟立《あわだ》つような興奮を覚えた。

終章　バルス

1

夕食を終えると、陽一は自室に籠った。

卒論の準備に取りかかるためだ。

スマホが鳴ったのは、図書館から借り出してきた文献と格闘しながら資料をまとめていた最中のことだった。

パネルには『海老原涼子』の文字が浮かんでいる。

「もしもし――」

「あっ、百瀬君？」

涼子の声が聞こえた。

「よう、どうした」

「派遣会社から連絡があってさ、スロットのセンター、来週から動くんだって」

涼子の声からは安堵している様子が伝わってくる。「宅配会社が、他のターミナルへの振り替えに目処がついたんだって」

「そりゃあ、良かった」

涼子にとっては、時給千円の収入が生活を支える全てだ。それがスロットの出荷が止まって以来、全くの無収入になってしまったのだ。この間のロスは大きいが、再び収入の目処が立ったことは、喜ぶべきことだ。

しかし、そう思う一方で、何とも勝手な話だとも思った。

もちろん涼子に対してではない。スロットがだ。

まさか宅配機能が麻痺するとは、想定外の事態であったには違いなかろうが、涼子同様あの現場で働く派遣社員が、時給千円の賃金を断たれたらたちまち干上がることは承知しているはずだ。それが出荷が止まった途端レイオフ。再開となれば、当たり前のように招集をかける。虫がいいにも程がある。

「それでね百瀬君。あなた戻ってくる気ない？」

「僕が？　どうして？」

意外な言葉を聞いて、陽一は思わず問い返した。

「人手が足りないんだって」

涼子はいう。「出荷ができなくなった途端、いきなり出社に及ばず、その間の賃金の補償もないんだもんね。さすがにスロットのやり口に怒って、もうここだけは御免だって辞めちゃった人たちがかなりいるみたいなの」

「それで、かつてスロットで働いたことのある人間に声をかけろって？」

「そう……」

涼子はこちらの反応を窺うかのように声を落とした。

「出荷を再開しようにも、今度はスロットの現場が回らなくなってんだ」

「受注が再開されたらオーダーが殺到して、クリスマスや年末年始、お盆のような物量になるかもっていってさ。ピーク時には、作業員を増員するじゃない。これじゃ現場がパンクしちゃう。期間限定でもいいからって――」

「かといって、人手があればいいってもんじゃないしな。スロットで働いたことのない人間を連れて来たって、即戦力にはならないもんな」

ならば在庫切れの商品同様、出荷までの期間を曖昧にすればよさそうなものだが、大都市では競合他社が翌日配送どころか、当日、それも数時間以内の配送を行っているのだ。便利さに慣れた客が、そちらに乗り換えれば、その分だけスロットの売り上げは落ちる。今回のテロが、スロットの年間売り上げに甚大な打撃を与えたことは間違いない。再開するからには、従来のサービスレベルで業務を行うしかないのだ。

ざまあみろ。

そう思う一方で、ふと疑念を覚えた。

「でもさ、派遣会社が声をかけて来るならわかるけど、何で海老原さんなの？」

陽一は訊ねた。

「それは……」

涼子は口籠ると、暫しの間を置き、「報奨金が出るのね」

ばつが悪そうにいった。

「報奨金っていくら？」

「ひとり五千円――」

なるほど、そういうわけか。

五千円は涼子には大きな額だ。まして、無収入の日が続いたのだ。その穴を埋めたいという気になるのも当然だ。

だが、それは無理な相談というものだ。

「悪いけど、僕にも仕事があってさ。いまの職場を辞めるわけにはいかないんだ」

陽一はきっぱりと断った。「それに、そもそもがスロットに戻る気はないし――」

「そうよね……。一度あの現場を体験したら、戻ろうって気になる人なんかいるわけないもんね」

涼子が声を落としたが、「でもね、仕事を続ける派遣の間にも、意識の変化が表れてんのよ」

一転して声に力を込めた。

「意識の変化ってどんな？」

陽一は問うた。

「今回の仕打ちで目覚めたの。ベテランの中から、スロットの派遣社員で労働組合を作ろうって立ち上がった人たちがいてさ。だって、あんまりじゃない。会社の都合で、出社に及ばず。その瞬間から、私たちは無収入になったのよ。確かにスロットにしてみれば、それが派遣を使う最大のメリットかも知れないけれど、使い捨ての労働者だって、自分たちの権利や待遇改善を要求する機会があってしかるべきじゃない」

「労働組合って……そんなことできるのか。だって派遣って——」

「確かにひとりひとりは無力よ」

涼子は陽一の言葉を途中で遮った。「気に入らないんだったら、辞めても構わない。そういう扱いを受けてきた。でもね、人手が足りなくなって、慌てふためくさまを見て気がついたの。スロットの弱点は何も宅配に限ったことじゃない。派遣がいなけりゃ、スロットなんかたちまち立ち行かなくなるってことにね。団結して立ち上がれば、私たちの主張にも耳を傾けざるを得なくなるって」

いわれてみればというやつだ。

スロットの弱点は宅配便。

かつてスロットへの復讐を考えた時には、その一点に思いがいった。しかし、スロットが販売する商品の多くが送料無料、かつ商品価格自体も市中で販売されている同一商品に比べて安価であるにもかかわらず、ビジネスとして成り立っているのは、安価な労働力、つまり出荷作業のほとんどに派遣社員を使っているからにほかならない。

その派遣社員が、団結して待遇改善を訴えはじめたらどうなるか。

もちろん、派遣社員が契約を結んでいるのは派遣会社だ。スロットにしてみれば、交渉の相手が違うというだろう。だが、派遣会社に待遇改善を訴えれば、結局、その要求は派遣先であるスロットへと向かう。

ひとりやふたりが声を上げたところで、嫌なら辞めろ、いままでならそれで済んだ話だが、労働組合が組織されたとなれば話は別だ。大量に人が抜ければ、たちまちスロットのビジネスは行き詰まる。ストライキを打たれても同じだ。

「それ、実現しそうなの？　できるんだったら、素晴らしいと思うけど」

その時の光景を想像するだけで、興奮が込み上げてくる。

陽一は生唾を呑んだ。

「共感の輪は、確実に広がってるわ」

涼子はこたえた。「それもこれもバルスのお陰よ。仕事がなくなった時には、何てことをしてくれるんだって恨んだけど、スロットのあまりに冷酷な仕打ちにも怒りを覚えた。それがスロットのもうひとつの弱点、私たち派遣がいなけりゃこんなビジネスは成り立たない。そこに気づかせてくれたんだもの」

だが、それも容易なことではない。

組合が結成されれば、派遣社員がとてつもない力を持つことに間違いはないが、雇用する側にしてみれば、大変な脅威となる。時給制で昇給の必要もない。人件費は常に一定。作業効率が上がれば上がるほど企業側の利益も上がる。スロットに限らず、派遣を使う企業にとって、そこが最大のメリットなのだ。

ましてスロットの場合、派遣労働者の作業効率は極限にまで高まっている。時給を百円上げれば、それに見合うだけの作業効率の改善が期待できるかといえば、そんなことはない。ただ人件費が上がるだけであり、それを補うためには取扱商品の販売価格を上げるしかない。つまり、ビジネスモデルの崩壊、ひいては経営の根幹にかかわる大問題となる。

それを防ぐための方法はひとつしかない。

労働組合の結成の芽を事前に摘《つ》み取ることだ。

煽動者は必ずや解雇され、その情報は派遣会社間で共有されるだろう。組合結成に動いた前歴を持つ派遣社員を受け入れる企業があるはずもなく、それ以前に派遣会社が登録を拒むだろう。結果、待遇改善どころか、当の派遣労働者が本当に路頭に迷うことになりかねないのだ。

そればかりではない。仮に組合が結成されたとしても、誰がその組織を運営するのか。組織の運営費をどうやって捻出するのか。場合によっては、専従者も必要になるだろうし、組織を統括するための施設や教宣ビラを作成するための機材もいる。ストを打つなら、その間の闘争資金も必要になる。

いまに至ってもなお、非正規労働者を対象にした大規模な労働組合が存在しないのは、それが最大の理由ではないのか。

しかし、陽一は敢えてそれを口にしなかった。

涼子たちがやろうとしていることは、絶対に正しいからだ。そして、非正規労働者たちが置かれた境遇を改善する手段はそれ以外にないからだ。

「つまんない話をもちかけちゃって、御免ね」

涼子がいった。「でも、この動きが大きなものとなれば、他の派遣の現場にも波及していくと思うの。その時は、百瀬君もぜひ活動に加わってね。だって、いつまでもやられっ放しってわけにはいかないじゃない」

「もちろんだ」

そう返すのが精いっぱいだった。

いまさら、就職が決まったといえぬ後ろめたさを感じながら、陽一は電話を切った。

卒論に取り組む意欲が失せた。

陽一は資料を閉じると、部屋を出てリビングに降りた。

「卒論、どうだ。捗《はかど》ってるか？」

テレビに見入っていた父が問いかけてきた。

「資料の整理はあらかた終わって、後は書くだけってとこかな」

陽一はソファーに腰を下ろしながらこたえた。

「今日は終わりか」

「うん――」

「じゃあ、少しやるか？」

父が、テーブルの上に置いたウイスキーのボトルを目で指した。

食事の時には滅多に飲酒をしない。就寝前にウイスキーの水割りをちびりちびりとやりながら、ニュースを見る。それが父の酒の呑み方だ。

母は風呂に入っているらしい。

陽一はキッチンからグラスを持ってくると、水割りを作った。

「来年からは社会人か――」

父が感慨深げにいう。「まっ、大企業に入っても、どうなるか分からない時代だからな。四十、五十になって、こんな目に遭わされるんじゃ大変だ」

「こんな目って？」

「イースタン電器が白物家電事業を大幅に縮小すんだってさ。余剰人員は四千人。またリストラだ」

父はテレビ画面に目をやりながら、苦い顔をして水割りに口をつけた。

「白物も？　テレビから撤退したのは、つい最近の話じゃん」

陽一は渡部の姿を脳裏に浮かべながら返した。

「イースタンっていやあ、東大出がごろごろいる超名門企業だ。それが、まさかこんなことになるとはなあ……」

「どうすんだろ。その人たち――」

「そりゃあ、天下のイースタンだ。リストラやるったって、割り増し退職金が出るんだろうが、高給を貰っていた人たちだ。みんなそれなりの生活を送ってるだろうからな。生活レベルを落とそうにも、家のローン、教育費、その他もろもろ、黙ってたって出て行く固定費もそれなりのものになってるはずだ。定収がなくなったとなれば、退職金に手をつけるしかないだろうね。もちろん、再就職先を探すだろうが、イースタンにいた頃の年収には遥かに及ばないってのが大半だろうからな。大変だよ」

銀行員であるだけに、父の見解には説得力がある。

収入が落ちれば、節約に努めればいい。

そういうのは簡単だ。しかし、一旦安定した収入がある環境に身を置いた人間、あるいは事業に成功し富を摑んだ人間というものは、それなりの暮らしをしてしまうのが世の常だ。

大きな家に住めば、光熱費もそれに比例して高くなる。固定資産税も応分に嵩《かさ》む。子供を私立にやれば高額な授業料と、豊かな暮らしを送るには、月々に必要になる絶対額がどうしても高くなるものだ。それがある日突然、びた一文のカネも入ってこないとなれば、たちまち苦境に陥るのは目に見えている。

「うまく転職できたとしても、年収四、五百万ももらえたら御の字だ。足元を見られて買い叩かれるのがおちだからな」

父はまた水割りに口をつけると、「こういうニュースを見ると、大企業ってのは一旦事業が行き詰まると、従業員も船もろとも沈むもんだなってつくづく思うよ。その点、急激に伸びることはないが、需要もそう簡単には細らない、そんな仕事の方がいいのかもしれないいな」

しみじみという。

「それ、どういうこと？」

陽一は訊ねた。

「地銀なんかその典型だ。取引先は、都銀が見向きもしない中小企業ばっかりだ。潰れる、廃業する会社もたくさんある。だけど、技術を転用して新しい製品を開発して、爆発的に大きくはならないまでも、地道な経営を続けている会社も数多くある。そして、そういう会社はリストラなんてもんとはまず無縁だからな」

「そういう会社がある限り、地銀は必要とされ続けるってこと？」

「日本の全会社数に占める中小企業の割合は、九九・二パーセントだぞ」

父は笑った。「都銀に比べりゃ確かに給料は安いが、客の数でいえばこっちの方が圧倒的に多いんだ。それに、中小企業は大企業に比べて賃金が安い。万が一会社が潰れて転職することになっても、落差は小さいし、大企業ってのは仕事が細分化されて、中小企業に職を求めても使いものにならないケースが多いんだ。その点、中小企業で働いていた人間は違う。ひとりで幾つもの仕事をこなさなきゃなんないんだ。放り出された時に、どっちが仕事を見つけやすいかはいうまでもない。まさに人間万事塞翁《さいおう》が馬ってやつだな」

その中小企業に就職することになった息子を励ますためなのか。あるいは、イースタン電器のリストラのニュースを聞いて、世の無常を悟ったのかは分からないが、確かに何が幸いするかは、人生の終わりを迎えてみなければ分からぬことには違いない。

「さて、次のニュースです」

テレビから司会者の声が聞こえた。「連日お伝えしている宅配テロの続報です」

「とんでもねえことをしでかすやつだが、こいつのいい分にももっともなところはあるんだよな」

父が画面に目をやりながらいった。「イースタンをリストラされた人の大部分は、職探しに苦労すんだろうし、非正規労働者にしかなれない人もたくさん出るだろうからな。蓄えが尽きれば老後の生活は成り立たない。いまのうちから非正規労働者への待遇改善策を講じておかないと、結局誰がそうした人たちの面倒をみるかっていえば社会だ。そんなことになったら日本は大変なことになるぞ」

「最後に残されたセーフティーネットって、生活保護のこと？」

陽一はいった。

「ここ数年の生活保護負担額は三兆円台だが、若年非正規労働者が激増したのは、就職氷河期といわれていた時代で、彼らが高齢者になった頃には、生活保護費が追加で累計十七兆円から十九兆円必要になるって研究機関のレポートもある」

「十九兆円？」

途方もない金額を聞いて、陽一は思わず問い返した。

「日本の一般会計予算の五分の一に近い額だ。そんなことになってみろ。国がもたないどころか、社会は崩壊してしまうよ」

父の言葉が、陽一の心に重くのしかかる。

画面が切り替わり、一般家庭から宅配物をピックアップする配送員の姿が映し出された。ユニフォームは、テロのターゲットにされた宅配会社とは異なるものだ。

荷物を受け取る配送員が形状をチェックし、液体物が中に入っていないかを確かめているのだろう、それを上下に揺する動作をする。

テロを防ぐための策が、末端に至るまで施されつつあることの証左である。

ここまで、世間が神経を尖らせている最中に、バルスは新たなテロに出るのだろうか。

もしここで、次のテロを起こせば、必ずや姿を捕らえられる。

そんな危険をやつが冒すとは思えない。

もう、宅配を狙ったテロは起こせないんじゃないか。

ニュースが流れる画面に見入りながら、陽一はふと思った。

2

翌日は午前中から大学の図書館に籠った。

遅い昼食を摂りに学食に向かった陽一は、背後から声をかけられて振り向いた。

同じゼミの二年後輩の横田である。

「先輩、これから昼飯ですか」

「ああ……」

「一緒してもいいすか」

「もちろん」

肩を並べて歩き出したところで、

「バルスの件、なんか物凄いことになってきましたね」

横田がいった。

「またテロがあったのか」

陽一はぎょっとして立ち止まりながら訊ねた。

「いや、そうじゃありません」

横田は首を振りながらこたえると、手にしていたスマホを操作する。「デモがはじまるみたいですよ」

「デモ？　何だそりゃ」

「昨夜から、ＳＮＳでバルスの要求に賛同するやつが呼びかけてんですよ。非正規労働者の待遇改善を求めて立ち上がろう。今夜国会前に集合だって」

横田はそういうと、「物凄い反響ですよ。ほら――」

リツイートで埋めつくされた画面を突きつけてきた。

「マジかよ……」

「さっき、研究室で昼の情報番組を見てて知ったんですけど――」

横田はそう前置きすると続けた。「非正規労働者って、日本の労働力の五人に二人。二千万人以上にもなるんですってね。しかも爆発的に増えたのが、バブル崩壊ではじまった就職氷河期。一九九三年から。それから二十年ちょっと、ずっと非正規で働いていた人たちがいるとなれば、一斉に立ち上がったら、大変な騒ぎになるんじゃないすかね」

「その二千万人が全部東京にいるってわけじゃないからな」

そうはいったものの、周辺部にいる非正規労働者の数だって、相当なものになるはずだ。まして、国会前のスペースは限られている。仮に数千人でも傍目には大群衆と映るだろう。

「いや、分かりませんよ。こういうのって、最初は少人数でも回を重ねるごとに、規模が大きくなっていくものですからね。それに、非正規雇用で二十年以上って、九三年組なら四十半ばですよ。その間、時給いくらの生活を強いられてきたんなら、結婚だってできてないでしょうし、そろそろ老後に思いが至る年齢でしょうからね。この先もこんな生活が続くのかと思えば、バルスの要求は物凄く魅力的なものに映りますよ」

横田の言葉を聞きながら、陽一は昨夜父がいったことを思い出していた。

健康保険に入っていない。年金保険料も払っていない。もちろん、蓄えなどあろうはずもあるまい。

それで、どうやって老後を過していくのか——。

そうした問題に直面している人間が二千万人。

それが、バルスの要求通りになれば、前途に光が見えてくる。

「実際、就活を来年に控えてる身には、他人事とは思えないんですよね」

横田はぽつりと漏らした。「あのイースタン電器でさえリストラに次ぐリストラ。散々苦労して会社に入っても、いつ放り出されるか分かったもんじゃありませんからね。明日は我が身かもって考えると、彼らの気持も分かる気がするんですよね」

「じゃあ、お前もデモ行くのか」

「まさか」

横田は苦笑を浮かべて否定したが、「でも、ちょっと見てみたい気はしますね。だって、メーデーとか労働者の集会っていくつもありますけど、全部あれ労働組合が組織的に人を動員してるわけじゃないですか。組織に属さない労働者が自発的に集まって声を上げるなんて前代未聞ですもん。どれほどの人が集まってくんのか興味ありますよ。まして、デモが継続して、規模が膨れ上がっていくようなら、革命みたいなもんじゃないですか」

一転して真顔でいった。

「革命か――。そういわれてみればその通りだな」

「革命っていえば、エジプトとかチュニジアとか、いまの時代の革命は、全部SNSが引き鉄になって起きてるじゃないですか。もし、このデモが国の雇用システムを変えることに繋がるんだったら、その歴史的瞬間をこの目で見たいって気持ちにもなりますし」

歴史的瞬間か――。

その時、脳裏に浮かんだのは涼子のことだ。

スロットの派遣社員が一致団結して組合を作る。

スロット一社の派遣社員がそんな動きを見せたところで影響力は知れているが、デモをきっかけに同じ境遇に置かれた者同士が連帯しはじめれば状況は一変する。成り行き如何《いかん》では、彼女たちの目論みも現実味を帯びてくる。

「じゃあ、今日の帰りにでもちょっと覗いてみるか」

陽一はいった。

「先輩が一緒に行ってくれるなら」

即座にこたえる横田に向かって、陽一は頷いた。

3

地下鉄は酷い混みようだった。

時刻は間もなく午後七時になろうとしていた。

帰宅ラッシュの時間だが、車内の雰囲気がいつもと違う。

スーツ姿の乗客はまばらで、ほとんどがラフな私服姿なのだ。

地下鉄が永田町の駅に着くと、その大半が一斉に下車する。

列をなす人波に続いて階段を昇りはじめると、ほどなくして拡声器を通して流れてくる人の声が聞こえた。

「派遣法、労働契約法を再改正せよ！」「非正規労働者の待遇を改善せよ！」「企業の搾取を許さないぞ！」

地上へ向かう人々の雰囲気が変わった。興奮、高揚感、これまでずっと内に秘めてきた思いが解き放たれようとしている気配を感ずる。

「すげえ……」

地上に出たところで、目に飛び込んできた光景を見て、陽一は絶句した。

ライトアップされた国会議事堂前の歩道は人で埋め尽くされている。

路上に並ぶ機動隊の車両を前に、アジテーターの声に呼応して、群衆がシュプレヒコールを繰り返す。

熱狂の渦。興奮の極み。凄まじいばかりのエネルギーだ。

拡声器を小脇に抱え、集団を煽動するのは、歳のころ三十そこそこ。まだ若い男だ。

長髪に無精髭《ぶしょうひげ》。くたびれた衣服。

身なりは群衆のそれとほとんど変わらないが、額《ひたい》に玉のような汗を滲ませながら必死に叫ぶ姿には、圧倒的存在感がある。

テレビクルーのものか、そこにハンディライトが当たると、光が汗に反射して、彼の顔にオーラのような輝きが宿る。群衆の熱気もまた、それに呼応するかのようにますます高まっていく。

「なんか、物凄いことになってますね。これ、何人いるんですかね」

横田もまた興奮を隠せない。

目を丸くし、呆然とした面持ちで呟く。

「まさに、SNS革命だな。何の繋がりもない人間が、たったひとりの呟きに共鳴して集まってくるなんて、一昔前なら考えられないぜ」

陽一はこたえた。

「それだけ、辛酸を舐め、絶望的な生活を強いられていた人たちが世の中にはいるってことなんですね。声を上げようにも上げられなかった。そんな人たちが立ち上がった。これは凄いことになりますよ」

こうしている間にも、続々と人が集まってくる。

ふたりは人波に押され前に進んだ。

リーダーたちが集う一角に差しかかったその時、

「百瀬君」

不意に呼び止める男の声が聞こえた。「百瀬君じゃないか」

健太郎だ。

「あっ、内海さん。来てたんですか」

「そりゃ、こっちのセリフだ」

健太郎は苦笑いを浮かべる。「デモがどれほどの規模になるのか、今後の展開次第では、この国の政治が変わることになるかもしれないんだ。そりゃあ、取材に来るさ」

「この国の政治が変わる？」

意外な言葉に、陽一は問い返した。

「どうも、このデモを呼びかけたのは、野党を支持するNPO団体らしいんだ。非正規労働者がこれまで、声を上げられなかったのは、非正規労働者を取りまとめる団体が存在しないからってせいもあるんだが、非正規労働者に特化したナショナルユニオンが結成されれば、状況は一変する。その団体の支援を野党が受けられれば、とてつもない大票田になる。政界地図が一変するような事態に発展する可能性もなきにしもあらずだ」

なるほどそういうわけか。

いくらSNSが浸透した世の中とはいえ、個人が発信したメッセージに触発されて、これだけの人が集まるとは思えない。だが、ある程度の動員力を持つ団体が介在しているとなれば納得がいく。

もちろん、それが悪いといっているのではない。ただ、そこに政治家が介在しているとなると、このデモも所詮は政争の道具に使われて終わるのではないかという危惧を覚えるのだ。

なぜなら、政治家が非正規労働者の現状を本気で改善しようと考えていたのなら、とうの昔に具体的なアクションを起こしていたに違いないからだ。

「企業は与党を。労働者団体は野党支持に回るってのが、いまの政治の構図ですもんね」

傍らから横田がいった。「それに加えて、非正規労働者のナショナルユニオンが、支持票として見込めるようになれば、政権奪取とはいかないまでも、与党の議席数を過半数割れにすることもできるかもしれませんし」

健太郎が「こちらは？」とでもいうように、陽一に目を向けてきた。

「あっ、ゼミの後輩で横田です。こちらは、週刊近代の記者で内海さん。慶明の先輩だ」

陽一が健太郎を紹介すると、横田は頭を下げながら改めて名乗った。

「しかし、野党の思惑通りになりますかね」

陽一は疑念を呈した。「これまでの選挙で非正規労働者が、政権与党に票を投じてきたなんて思えませんからね。だとすればですよ、野党を支持してきた人たちがナショナルユニオンを作ったって、支持票の絶対数はそれほど変わらないってことになりませんか？」

「それはちょっと違うと思うね」

健太郎が即座に返してきた。「いままで脱原発、再稼働反対、安保法案反対を叫んできたことはあっても、非正規労働者の待遇改善に正面から取り組んできた野党はない。ことこの問題に関しては、政治の場では蚊帳の外に置かれて来たんだ。それが次の選挙戦の最大の目玉となったら、ひょっとするかもな」

「しかし、世の中の大半が与党を支持しているから、現状は――」

「原発にせよ、安保法案にせよ、自分とは関係ない、そんなことはどうでもいいと考えている人間は世の中にはごまんといるさ」

健太郎は陽一の言葉が終わらぬうちにいう。「だがね、非正規労働者の待遇改善は、そうした境遇に置かれた人たちにとっては、まさに我が身に直結する大問題なんだ。実際、国政選挙の投票率は五割ちょっと。四割以上の人たちは、自らの意思を国政に反映させることを端から放棄してるんだぜ」

「投票率の低さは、いまの政治に満足してるっていうより、票を投じたところで、いまの社会の何が変わるわけでもない。与党、野党のいずれもが掲げる政策が、我が身にかかわるものとは思えないってことなんでしょうね」

横田がこたえると、

「その通りだ」

健太郎は大きく頷いた。「非正規労働者の中にも、俺たちはとっくに見捨てられている。政権が替わっても、何が変わるでもない。そうした思いを抱いて、選挙そのものを棄権してきた人たちだって多いはずだ。脱原発、安保法案にしたって、与党の主張に賛同する人たちだっていただろうさ。だが、これは違うんだ。自分たちの将来がかかった問題なんだ。それを真正面から取り上げるという政党が出てきたら、どこに票を投ずるかは明白じゃないか」

健太郎のいうこともっともだ。与党、野党が掲げる政策は様々だ。その全てが、この社会に多大な影響を及ぼすものには違いないが、己の利益に直結する公約ほど分かりやすいものはない。

健太郎は続ける。

「前回の参院選挙での野党第一党の得票数は、比例で約七百十三万、選挙区で約八百六十五万だぞ。非正規労働者二千万の票が得られれば、野党は大躍進だ。彼らがこのチャンスを逃すもんか」

人垣が割れたのはその時だった。

「ほら、来たぞ。議員センセイのお出ましだ」

健太郎が視線を転じながらいった。

テレビカメラが一斉にその方に向けられる。

煌々《こうこう》と灯《とも》るハンディライトに照らされて、スーツ姿の男女五人が拡声器を持った男の方に歩み寄る。

いずれも、テレビでよく目にする有力野党議員である。

「ちょっとご挨拶をさせて下さい」

そう切り出したのは、野党共和《きょうわ》党の貝塚俊也《かいづかとしや》だ。

シュプレヒコールを煽動していた男が、

「みなさ〜ん。野党国会議員のセンセイたちが、駆けつけてくださいました」

満面の笑みを浮かべながら、声を張り上げた。

群衆の中から歓声と拍手が湧き上がった。

マイクを渡された貝塚が、

「共和党の貝塚です」

切り出した。「まず最初に、みなさんにお詫びしなければなりません。先の派遣法、労働契約法の改正では与党の数の力に屈し、派遣で働くみなさんをますます苦しい境遇に追いやってしまったことをです。本当に申し訳ありません」

貝塚が頭を下げると、他の野党議員がそれに続いた。

「あんたのせいじゃない！」

「大企業と癒着《ゆちやく》した、与党がやったんだ！」

群衆の間から、次々に声が上がる。

「派遣、非正規労働者のみなさんが、どれだけ、苦しい生活を強いられているか。将来に希望を見出せない絶望的な日々を送られているか。わたくしたちはずっと胸を痛めてきたのです」

「よくいうよ。そんなこといままでひと言も口にしなかったくせに……」

メモを取りはじめた健太郎の傍らで、横田がぼそりと呟いた。

貝塚は続ける。

「しかしいま、今日のこの光景を目の当たりにして、みなさんの権利を回復する道が見えました。それは何か。団結です！」

貝塚は断言する。「みなさんが、なぜこんな悪条件下で働くことを強いられているのか。それは、ひとりひとりが声を上げる、労働者として当然の権利を主張できない環境に置かれていたからです！　でも、団結すれば違うんです！　それは我々野党も同じです！」

貝塚は、そこで群衆を見渡すと、

「今日、ここに何人の人が集まっていらっしゃるか。すでに四千人ですよ」

手を高く上げ、四本の指を天に向かって突き立てた。「たった、一日。それもＳＮＳの呼びかけで、これだけの人が集まった。野党も一致団結して、みなさんの運動を支援します。ですから、皆さんも団結して、非正規労働者の組合を立ち上げようじゃありませんか！　ひとりでは声を上げられなくとも、全国二千万人の非正規労働者が団結すれば、それは物凄い力になります。企業だって、みなさんの言い分に耳を傾け、待遇を改善しなければ、企業活動がなりたたなくなることが分かるはずです。最大の力を持っているのは、企業じゃない。みなさんなんです！　どうですか、一緒に立ち上がって、勝利を勝ち取ろうじゃありませんか！」

雄《お》叫《たけ》びのような歓声が湧き上がる。

拍手が渦を巻く。

群衆の興奮はいま、頂点に達しようとしていた。

貝塚がそれを手で制すると、静寂が訪れた。

「そのためには、手を緩めてはなりません」

貝塚はさらに続ける。「声を上げ続けることが必要なんです。毎週末、同じ時間にここに集い、連帯の絆を深めていく。それが大切なんです。どうですか、みなさん。この運動を、連帯の絆ができるその日まで続けようじゃありませんか！　我々野党も、全面的にみなさんの運動を支援することを約束します！」

もはや絶叫である。

それに呼応するように、群衆の中から「団結！　団結！」という声が上がり、それは瞬《また》く間に大合唱となった。

凄まじいばかりのエネルギーだ。

非正規労働者たちが、自分たちが何をすべきか。その道をはっきりと見定めたことの証である。

「思った通りの展開になったな。こりゃ、完全に火がついちまったな――」

メモを取る手を止め、健太郎が呟いた。

しかし、どうやってその組合を組織するつもりなんだ――。

その疑問にこたえるかのように、再び貝塚が口を開いた。

「野党は結束して、非正規労働者の連合ユニオンを立ち上げるべく、早急に準備室を設けます。詳しい情報は、ＳＮＳを通じて随時みなさんにご報告いたしますので、どうかご注目下さい」

貝塚の話に異を唱える非正規労働者がいるわけがない。

今日のところは、四千人の集まりに過ぎないが、いまこの瞬間も働き続けている、あるいは、地方にいて駆けつけることができない非正規労働者は全国にごまんといるのだ。

その人たちが、この呼びかけに呼応すれば、大変な影響力を持つ労働団体が生まれることになる。

本当に革命が起きるかもしれない。

熱狂する群衆を見ながら、陽一はふと思った。

4

横田とは国会議事堂前で別れ、陽一は帰途についた。

乗り換えの新宿に着いた頃、時刻は午後八時になろうとしていた。

すでにラッシュアワーのピークは過ぎた時間である。

全国一の乗降客数を誇るだけあって、人波が絶えることはないが、それでも国会前の大群衆の中から抜け出してきた身には、いつになく閑散としているように感ずる。

私鉄への乗り換え口に向かって歩く陽一の目に、見覚えのある男の後ろ姿が映った。

井村だ。

暫くぶりに目にする井村の様相は一変していた。

金髪のつんつん頭は短く刈り揃えられ、黒い髪が頭を覆っている。

くたびれたポロシャツにジーンズ。どこか遠くに出かけていたのか、大きなスーツケースを引き摺り、膨らんだナップザックを背負っている。

「サトシ……サトシじゃないか」

陽一は声を掛けた。

井村は足を止め、振り返る。

「おう、百瀬」

短くなった頭髪に加えて髭を剃《そ》ったばかりなのか、つるりとした顔立ちが以前会った時に比べて痩せたという印象を抱かせる。

「久しぶり。どうしてんだ、お前」

陽一はスーツケースに目をやった。「旅行にでも行ってたのか？」

「そんな優雅なもんじゃねえよ。職探しだよ」

井村はこたえた。「大阪にな……」

「大阪？　お前、東京離れんのか」

意外な言葉に陽一は問い返した。

「東京には、あんまりいい思い出がなくてな」

井村は複雑な笑みを口元に浮かべる。「親父が死んじまうわ、大学中退するわ、スロットなんて酷え会社で働いて腰いわしちまうわ、ツキに見放されてるような気がしてさ。で、ちょっと占い師に観てもらったらさ、西の方角がいいっていうんだよ。だったらこの際だ。いっそ大阪にでも行ってみっかと思ってさ」

「なんか極端じゃねえか。西がいいっていわれたからって、いきなり大阪まで行かなくともいいんじゃねえの。神奈川《かながわ》だって西だぞ」

「家を出てみっかと思ってさ」

井村はいう。「バンドの坊やに派遣なんて気楽な暮らしをしてこれたのも、寝床と食事が保証されてたからだ。自宅にいたんじゃ、いつまでも同じことの繰り返しになるんじゃねえかって。もう二十三だからな。人生真面目に考えねえと……」

そういわれると、井村の気持ちも分からないではない。

親元での生活は確かに楽だ。生活費にしても、必要なのは小遣い程度。生まれてこの方、大学を卒業するいまとなっても、そうした生活を続けているのは自分も同じだ。

しかし、親だっていつまで、元気でいられるかは分からない。まして、井村の場合、父親はすでに他界している。生前はかなりの収入があったと聞くし、退職金に生命保険と当座の暮らしには困らないだろうが、いずれ母親も老いる。自立しなければならない時が必ずやって来る。

「で、どうだったんだ。職、見つかったのか」

陽一は訊ねた。

「厳しいね」

井村は首を振った。

「大学中退。職歴だってバンドの坊やに派遣だ。中途採用をやってるとこは、やっぱ何年か会社勤めをしていて、なにかしらのスキルを身に付けてねえと話になんねえんだよ」

返す言葉がない。

それが現実であることに間違いはないからだ。

視線を落とした陽一に向かって、

「それに、あったとしても、月給のいいとこって、やっぱ理由《わけ》ありなんだよな」

井村は続ける。「歩合とか、残業代をひっくるめてとか、ブラックの臭いがぷんぷんすんだよ。修業って割り切りゃあって考えもしたんだが、一生いるような会社じゃねえし、何か特別なスキルが身に付くってわけでもねえ。職を転々とすんのは目に見えてっからな」

「慌てることたあねえよ。ほら、よくいうじゃん。捨てる神あれば、拾う神ありって――」

陽一はつとめて明るく、声に力を込めた。

「神か……。ほんと神様に縋るしかねえかもな」

井村は苦笑を浮かべると、「神っちゃ、バルスの要求が実現すりゃあ、派遣の仕事にも先が見えてくんだけどな」

一転して真顔でいった。

「俺、そのバルスの要求に共鳴した非正規労働者のデモを見てきた帰りでさ」

「えっ……。じゃあ、お前、今年の就活にも――」

井村は、困惑と驚きが混じった表情を浮かべ、言葉を呑んだ。

「いや、就活は何とかなったんだ」

職が見つからない井村を前にして就活の首尾を口にするのは気が引ける。「ハイブリッド車のモーターを作ってる、中小企業だけどさ」

陽一は、すかさず付け足した。

「そうか、そいつあよかったな」

井村はうんうんと頷く。「俺がこんなことというのも何だが、有名企業っていってもさ、うちの親父で知れたこと、高《た》っかい給料払うのは、それなりの理由があるもんだし、こんなご時世だ。でっかい会社に入ったって、一生安泰ってわけじゃねえからな」

「そういう危機感は抱いてるよ」

陽一は本心からいった。「放り出されたら、たちまち路頭に迷う。やり直すのも難しい世の中だからな。その点からいやあ、例のバルスのやり方はともかく、要求には一理あるとは思うんだ」

「お前、それ本気でいってんのか」

井村は、意外そうな顔をする。

「そうした思いを抱いてる人間は、決して少なくないぜ。今夜国会前にどれだけの人間が集まったと思う？　四千人だぞ。主催者がＳＮＳで呼びかけただけで、しかもはじめてのデモだってのにだぜ。おまけに野党は結束して、非正規労働者のナショナルユニオンの創設を支援するって公言したんだ。こりゃ、週を重ねるごとに、デモの規模は大きくなって行くぞ」

「そうか……。そこまで大きな動きにねえ……」

井村は目元を緩ませる。

「で、お前、どうすんだ」

陽一は改めて訊ねた。「やっぱり大阪で職を探すのか」

「まっ、就職なんて縁のもんだしな」

井村は軽く肩をすくめる。「それに、一旦東京を離れるって考えはじめたらさ、働く場所なんかどこでもいいって気になってきてさ。会社勤めだけが仕事じゃねえし、もう二十三だけど、まだ二十三って考え方もできんだろ。地方で手に職をつけられるような仕事を探すのも悪くないかもって思ったりもしてさ」

「たとえば？」

「なり手のいない仕事はいっぱいあんだろ。農業とか漁業とか――」

「腰、大丈夫なのか？」

「そっちの方はだいぶいいんだ。とにかく焦らずに、じっくり考えてみるさ」

井村は、妙に達観したような口ぶりでこたえた。

終電まではかなり時間がある。それに、井村と会うのは久しぶりだ。

「どうだ、一杯やってかねえか。このところ、卒論書きに追われててさ。ちょっと息抜きをしてえって思ってたとこだったんだ」

「悪いけど、今夜は止めとくわ。それに、大阪行くのもタダじゃねえしな。無職の身には痛い出費だ」

「呑むったって、安い居酒屋だ。俺が奢るよ」

「そりゃ、嬉しいけど。やっぱ今夜は止めとくわ。どうせ奢ってくれんなら、俺の身の振り方が決まってからにしてくれよ」

井村はそういうと、スーツケースの取っ手を持ち直し、「じゃあな。元気でやれよ」

開いた片手をひょいとかざした。

「お前もな。たまには電話くれよ」

「おう」

井村は踵《きびす》を返すと、改札口に向かって歩きはじめる。

がらがらがら――。

スーツケースに取り付けられた車輪の音が、通路にこだまする。

いやに軽い音だ。

後ろ姿を見送る陽一の目の前で、点字ブロックを乗り越えるスーツケースがぽんと弾んだ。

5

午後十一時ともなると、編集部員の席もほとんどが空席になる。

テレビ画面には、今夜最後のニュースが映し出されている。

トップニュースは、国会議事堂前に集まった非正規労働者のデモだ。

「見ると聞くとじゃ大違いだな。凄え盛り上がりようじゃねえか」

画面に見入っていた不動が、感嘆の声を上げた。

「四千人は警察発表ですからね。本当は、もっと多いことは間違いありません。とにかく凄い熱気でしたし、時間の経過と共に数が増えてくるんですから、驚きましたよ」

健太郎はこたえた。

「まさに一揆だな」

不動は信じられないとばかりに首を振る。「どんだけ人が集まるのかと思っていたが、回を重ねるごとにでかくなっていくのがこの手のデモだ。初回からこの勢いだと、雪だるま式に膨れ上がっていくんじゃねえか。野党だって支援団体を動員して、ここぞとばかりに煽り立ててんだろうし、何てったって非正規労働者にしてみりゃ、自分の生活、将来がかかった大問題だからな。それ相応の決着を見るまで、この騒ぎは収まんねえぞ」

「相応の決着っていっても、いまの議席数からすれば、与党が動かなけりゃ何も変わりませんけど」

「与党にとっては辛いところだな」

不動は画面に目をやったまま背凭れに体を預けると、腕を組んだ。「派遣法、労働契約法を改正した張本人が、再度改正。それも非正規労働者に有利なように変えようものなら、失政を自ら認めたことになる。第一、支援している大企業が黙っちゃいないよ。安い賃金で、労働者をこき使うことができなくなるんだ。企業にとっては、業績に直結する大問題だ」

「それは、野党にしても同じじゃないですか」

健太郎は、コンビニから買ってきておいた夜食のおにぎりに手を伸ばす。「二つの法を非正規労働者に有利なように再改正すれば、そりゃあ全労働者の五分の二、四〇パーセントの人たちの待遇は改善されるかも知れませんけど、残る六〇パーセントの人たちにとっては、明らかに待遇の悪化に繋がるわけです。それだけじゃありません。人件費の増加は、生産拠点の国内回帰って傾向にも逆風となるわけで、非正規労働者の雇用基盤そのものが、脆弱《ぜいじゃく》化してしまうという恐れもあるわけです」

「野党の連中は、端から再改正に持ち込めるとは考えちゃいねえかもな」

不動は鼻を鳴らした。「あいつらの狙いは、ただひとつ。与党の好き勝手にはさせない。自分たちの存在意義を国政の場で高めることにあるんだ。与党が過半数割れなんてことになってみろ。また、何も決められない政治に逆戻りだ。そうなりゃ、次に何が起きんだよ」

「政界再編……ですかね」

その程度のことはすぐに想像がつく。

健太郎はこたえた。

「国会議員なんてのは、俗人中の俗人の集まりだからな。誰しもが本気で末は大臣、あわよくば総理の座を夢見てんだ。過半数を確保するために、ポストを目の前にぶら下げられたら、転ぶやつが必ず出てくるよ」

「それじゃあ、ただの空騒ぎに終わっちゃうじゃないですか」

そんなことになろうものなら、野党議員の『公約』を信じて票を投じた非正規労働者は、いい面《つら》の皮というものだ。

「だがな、ここまで来ると、与党にしても非正規労働者の待遇改善は、放っておくことのできねえ問題になったことは間違いない。いまの雇用環境からすれば、今後も非正規が増えることはあっても減ることはない限り、所得格差は開いていくばかりだ。生涯設計の目処もたたない人間だらけになったら、どこかの時点で不満は爆発する。それこそ第二、第三のバルスが出てきたって不思議じゃないよ」

「硫化水素のテロは、どうやらブラフのようでしたけど、本当にやられたら、大変なことになりますもんね」

「中国じゃねえんだぞ、日本は」

不動はいう。「電車ひとつ乗るのに、いちいち手荷物検査にボディチェックなんてやってたら、社会が麻痺しちまうからな」

「しかし、非正規労働者の待遇改善って、どうやったら――」

健太郎は訊ねた。

「バルスの要求ってのは、よくよく考えてみると頷けるところもあんだよな」

不動は意外な言葉を口にする。「たとえば、お前が取材した、イースタン電器をリストラされた人がいってたように、正規、非正規にかかわらず、一年は試用期間。その時点で、正式採用するかどうかを企業が判断する。これは、ひとつの落とし所かもしんねえぞ」

「確かに、そうなれば新卒採用者のミスマッチもなくなる。人材の流動性も生まれますからね」

健太郎は頷いた。

「新卒で採用されても本採用には至らず、逆にこんな会社にはいられねえって社員が見切りをつけて辞めていくようになりゃ、改めて職探しをするのも当たり前ってことになる。それが、年齢いかんにかかわらずってことになりゃ、再就職へのハードルは低くなるだろうからな」

問題は、その時がいつやって来るのかだ。

少なくとも、国会を取り巻いた群衆の熱気からすれば、現状に不満を抱く人々の怒りが完全に覚醒したことは明らかだ。政府が納得の行く改善策を打ち出さない限り、この動きは収まることはない。そして、対応が遅れれば遅れるほど、バルス、あるいは他の誰かが、実力行使に打って出る可能性は極めて高い。

なぜなら、非正規労働者が団結して声を上げるきっかけを作ったのは、バルスが起こしたテロにあるからだ。

「いま、ニュースが入って来ました」

その時、画面が突然途切れ、アナウンサーの顔が画面に大写しになった。「また、宅配を狙ったテロです。先ほど、関西方面の各高速道路で宅配会社のトラックが複数台炎上し――」

バルスだ――。

健太郎は直感的に思った。

やつは、要求が通るまで諦めない。とことんやるつもりなんだ。

しかし、どうやって。

まだ自分の正体を摑まれぬまま、テロを仕掛ける方法があったというのか……。

いや、そんなことは不可能だ。かつて黒木がいったように、捜査当局はバルスが動く時を待ち構えている。それに、デモの規模が急速に拡大しているのは、バルスが捜査の網をかいくぐり、その正体が明らかになっていないせいもある。もし、ここでやつが捕まろうものなら――。

考えがそこに至った瞬間、健太郎の脳裏にバルスが最終的に取るであろう選択肢が浮かんだ。

まさか、やつは――。

6

「なに！　警察がバルスと思われる男の姿を摑んだ？　本当かそれ！」

スマホを耳に押し当てた不動が興奮した声を上げたのは、翌日の昼休みが終わった直後のことだった。「……うん、それで……その映像が、間もなく公開されんのか……よし、分かった。そのまま取材を続けてくれ」

相手が誰かは聞くまでもない。

捜査当局というからには、黒木に決まっている。

電話を切った不動が、

「ついに、バルスの姿を捉えたってよ」

改めていう。

「どこでです？」

健太郎は訊ねた。

「大阪だ」

不動がこたえた。「四度目のテロが発生した時、発火とほぼ同時に消し止められて半焼で済んだトラックがあっただろ。燃えなかった荷物が大量にあったせいで、発火物が入れられていたと思《おぼ》しき荷物の特定作業が容易にできたんだそうだ。燃えちまった荷物の荷受け先近辺に設置されていた防犯カメラと、他に全焼したトラックに積まれた荷受け先近辺の防犯カメラの映像を徹底的に洗ったら、同一人物とみられる男がいるってんだ」

「あのバルスが、そんなへまを？」

関東では、全く痕跡を辿《たど》ることができなかったのだ。

怪訝な気持ちを抱きながら、健太郎はいった。

「どっから荷物を出したもんかは分かんねえが、バルスも関西には土地勘がなかったのかもしんねえな。それに、火災がすぐに消し止められるとは、想定してもいなかったんじゃねえか。燃え残りがなけりゃ、特定作業も大変だったろうが、燃えちまった荷物の方が圧倒的に少ないとなりゃ、受付をした窓口はすぐに分かる。そうなりゃ、その近辺の防犯カメラを徹底的に洗えばいいんだ。そりゃあ捜査も捗るさ」

「で、どんなやつなんです。バルスは――」

健太郎は先を促した。

「若い男。多分二十代だそうだ」

「多分って……大丈夫なんですか、映像を公開したりして」

健太郎は、思わず問うた。

少年法では、犯人が未成年の場合、本人と推知できるような情報は公開できないからだ。

「事件の重大性、社会に及ぼす影響を考えてのことだろうな」

不動は、即座に返してきた。「実際、昨夜だってテロが起きてんだ。バルスを捕まえるのが先だ。それに、映像晒しちまった後で未成年だったって分かったケースはいくらでもあるしな」

話を聞いていた、曾根がチャンネルを変えた。

昼の情報番組に画面が切り替わる。

「先ほど、バルスと思われる人物の防犯カメラ映像が公開されました」

こうした映像を目にするたびに、テレビと紙媒体の速報性の違いを思い知らされる。

まして、近代は週刊誌だ。スクープをものにしても、新聞への広告原稿は発売日よりも早く入稿される。その時点で、新聞社は取材に動きはじめ、夕刊に間に合えば速報を打つ。その上発売前日には、早刷りが出回る。テレビに至っては、「明日発売の週刊近代が報じるところによれば」と前置きして、スクープの概要がその時点で報じられてしまうのだ。

速報性、情報を広く社会に知らしめるという意味では、テレビに優る媒体はない。

もちろん、最近ではネットがあるが、それにしたって一次情報源はテレビや新聞である場合が圧倒的に多いのだ。捜査当局がいち早くテレビ局に防犯カメラ映像を公開したのは、速報性と情報の拡散を狙ってのことに違いあるまい。

「これは、関西で二度目の宅配トラックへのテロが起きた際に、バルスと思われる人間が窓口に荷物を持ち込んだ時の様子です」

司会者の言葉が終わらぬうちに画面が切り替わる。

白黒にして、決して鮮明とはいいがたい映像は防犯カメラ特有のものだが、確かに二十代そこそこといった若い男の姿が映し出された。

今風のニットキャップからはみ出した長い髪。Tシャツにジーンズ。口元に蓄えた髭。

体格はいい。袖から剝き出しになった腕に張り付いた筋肉の束。胸や肩の辺りの肉付きもいい。

「いま画面に映っているのは、大阪、梅田《うめだ》駅の宅配窓口に設置された防犯カメラで撮影された映像です。同時に複数個の宅配荷物を預けている様子が映っているのが分かります」

司会者が解説する。「同一人物と見られる男の姿が、同じ日に複数箇所の宅配受付窓口に設置された防犯カメラにも映っていたことから、捜査当局はこの男がバルスと断定し、映像公開に踏み切りました」

「こいつか……」

曾根が呟いた。

バルスと目される男は、紙袋の中からふたつの荷物を取り出すと、カウンターの上に置く。いずれも靴の箱程度の大きさのもので、映像で見る限り、形状、外観とも全く同じだ。

しかし、防犯カメラを意識してか俯《うつむ》き加減で、顔の全容ははっきりとは分からない。

配送先の住所が書かれていると思しきメモをカウンターの上に置き、差し出された伝票に左手でペンを走らせはじめる。

「左利きか……。こいつは、大きな特徴だな」

不動がいう。

「べったり伝票を右手で押さえてますね。指紋取れますよ、あれ――」

「いや、そいつぁ無理だな」

曾根の見解に、不動がすかさず異議を唱える。「一番上は客の控えだ。二枚目は取扱店控え。残りは耳ごと荷物にくっついていく。それに、発火直後に消し止められたっていっても、荷物は伝票ごと燃えちまってんだ。指紋なんか取れやしねえよ」

「ひょっとして、左利きってのも怪しいかもしれませんね」

健太郎は、思いつくままを口にした。「防犯カメラがあることは承知の上ですからね。本来は右利きなのに、わざと左手で書く。それくらいのことはやってる可能性はありますよ。メモを見ている様子からすると、届け先の住所は予め決めてあるようですから、事前に練習を重ねれば左手でだってスムーズに書くのに苦労はしないでしょうからね」

「かもな――」

不動が頷いたその時、映像が別の防犯カメラのものに変わった。

今度は住宅街と思しき路上を歩く姿だ。しかし、大分距離がある。

おそらくは、同じ日に撮影されたものだろうが、バルスと思しき男の姿は微妙に違う。

ニットキャップが野球帽に。Tシャツがポロシャツに。紙袋の絵柄も異なるようだ。共通するのはジーンズと帽子からはみ出した長髪くらいのものだ。

だからといって、その違いが同一人物であることを否定する理由にはならない。

帽子に上着。その程度のものならば、紙袋に入れておいても大した嵩にはならない。紙袋の絵柄が異なるのも、二枚重ねにしておいて、着替えと同時に入れ替えることだってできる。何よりも、大柄な体つきは確かに似通っている。おそらくは、捜査当局も、そこからこのふたつの映像に映っているのは同一人物と断定したに違いない。

画面に再び司会者の姿が現れた。

「なんだ、これだけかよ」

曾根が拍子抜けしたように、声を裏返らせる。「こんなんで役に立つのか。梅田の映像にしたって、はっきりと顔が分かんねえじゃねえか」

「いや、そうとも限りませんよ」

健太郎はすかさずいった。「人相がはっきりしなくとも、体の動き、体格、全体が醸《かも》し出す雰囲気ってやつがありますからね。見る人が見れば、ピンとくるんじゃないですか」

「捜査当局もそれを期待してんだろうな」

不動が同意する。「あいつかもって通報を受けたらしめたもんだ。片っ端から虱潰しに当たって行きゃあ、バルスに行き着く可能性は格段に高くなるからな」

「もし、これでバルスが捕まれば、非正規労働者のデモも自然消滅ってことになるかも知れませんね。いや、それ以前に来週のデモだって、人が集まるかどうか……」

曾根は、どこか残念そうにいう。「きっとそうなるでしょうね。これでデモを続けたら、要求を通すまで手段を選ばないというバルスのやり口を肯定するようなもんですからね」

「だろうな」

不動がコーヒーの入ったマグカップに手を伸ばす。「バルスは非正規労働者にとっちゃ義賊のようなもんだ。正体を摑まれないまま捜査の網をくぐり抜けながら、声を上げられないでいた自分たちの要求を代弁してくれている。そこに共感を覚え、バルスを支持してんだ」

「まして、捕まれば、我々を含めてマスコミが徹底的にバルスの正体を暴きにかかる。まあ、どんな人物なのかは蓋《ふた》を開けてみるまで分かりませんが、犯罪者として扱われることになるんです。熱も一気に冷めちまいますよ」

言葉を継いだ曾根の見解を聞きながら、「果たして、そうだろうか――」と健太郎は思った。

ふたりは、国会議事堂前で繰り広げられたデモの様子を実際に目にしてはいない。永田町に渦を巻く群衆の声。あの熱気は本物だ。非正規労働者の中に溜まりに溜まった不満、怒りに完全に火がついたのだ。

バルスがあの現場の中にいたとは思えないが、四千人もの大群衆が集まったのは紛れもない事実だ。もはや、バルスが捕まろうが捕まるまいが、そんなことはどうでもいい。この動きはバルスの手を離れたものとなっているといっていい。

第一、仮にバルスが捕まったとしても、非正規労働者を失望させるような卑屈な態度を取るとは思えない。

となれば、やはりバルスは――。

健太郎は昨夜のテロの一報を聞いた直後、脳裏に浮かんだ推測が確信へと変わるのを感じながら、ニュースが続くテレビ画面に目をやった。

7

その日、陽一は終日自室に籠って、卒論書きに追われた。

リビングに降りたのは、午後六時を回った頃のことだった。

父は土曜日になると昼過ぎから近所の碁会所《ごかいしょ》に行って、帰るのは夕食の支度が整った七時を回った辺りになる。

母は、それに合わせて買い物に出る。六時を過ぎた辺りになると、スーパーの安売りがはじまるからだ。

誰もいないリビングに入り、テレビをつけた。

既視感のある光景が画面に現れた。

白く強烈な明りに浮かび上がる男の姿。それを取り巻く群衆――。

男は拡声器を使い、スローガンを叫ぶ。それに群衆がこたえ、シュプレヒコールが起こる。

一瞬、昨夜のデモの様子かと思ったが、どうも様子が違う。

ライトアップされた国会議事堂の背後に見える空が、完全には暮れていないのだ。

カメラがパンし、記者の姿が現れる。

「昨夜、再びテロが起きたにもかかわらず、国会前には今日も続々と派遣法、労働契約法の再改正を訴える人々が集結しはじめています。昼過ぎから国会前には、昨夜のデモに参加できなかった人々が集まりはじめ、SNSを通してその情報が伝わると、その数は瞬く間に膨れ上がり、勢いは止まる気配がありません。デモに参加する人の数は、今後も増加するものと思われ、昨日の数を上回るとの予測も出ています。以上、国会前からお伝えしました」

驚いた。

昨夜起きたテロの影響は大きく、宅配便の配送が再び大混乱に陥ったことは、今朝のニュースで大きく報じられた。

バルスが突きつけた要求は、すでに大きな社会運動となりつつある。目的は十分に達成したはずだ。ここで、再び社会を混乱に陥れるような真似をすれば、大義も薄れる。全くの逆効果。やり過ぎだ。

そう思っていたからだ。

ところが、蓋を開けてみれば、この騒ぎだ。

画面が、スタジオに切り替わる。

「これは、どういうことなんでしょう。昨夜のテロは、一連の動きに水を差すことになるのではないかと思っていたのですが、むしろ、火に油を注いでしまったようにも思えますが？」

キャスターが驚きも露《あらわ》にコメンテーターに問いかけた。

「意外な展開ですね。確かに、非正規労働者の皆さんが、安定とはほど遠い、苦しい生活を強《し》いられているのは理解できますが、これじゃまるでテロ行為を肯定しているようなものですよ。いかなる理由があろうとも、社会に実害が出てるんです。テロはテロ。紛れもない犯罪です。バルスの要求と非正規労働者の待遇改善は切り離して考えるべきなんです」

相変わらずの上から目線でこたえるコメンテーターの言葉を聞いた途端、「それは違う」と陽一は思った。

画面に映っているふたりは、いまの社会における紛れもない勝ち組だ。安定した職場と高給が保証されているキャスター。一方のコメンテーターにしても、前職は新聞記者だ。現役の間に十分な蓄えをした上で、いまや毒にも薬にもならないコメントを口にするだけで高い報酬を得ている。まして、テレビで名が売れれば、講演をし、本を書きと、小遣い稼ぎにも苦労はしないだろう。

しかし、あの場に集まっている非正規労働者は、正反対の世界にいるのだ。こんな連中のいうことに、耳を傾ける者は誰一人としていないに決まってる。

なぜか。

なるほど、マスメディアの論調は、常に弱者に同情的ではある。しかし、それで何かが変わったということがないからだ。派遣法、労働契約法の改正にしても、法案が提出された際には大騒ぎしたくせに、成立した途端に誰も口にしなくなったように、安全圏に身を置きながら、「べき論」、「綺麗事」を垂れ流すことに終始しているのがマスメディアであることを、見抜いているからだ。

そんな状況を一変させたのがバルスだ。

テロが起こるたびに、非正規労働者にスポットライトが当たる。最も影響力を持つマスメディアが上辺だけとはいえ、非正規労働者が置かれた境遇を、バルスの要求を論ずるようになった。それが、SNSを通じて瞬く間に拡散し、非正規労働者の蜂起に繋がったのだ。

国会前に集う彼らにとって、バルスはカリスマだ。誰が彼のテロ行為を非難するものか。

「さて、そのバルスですが、昼過ぎから度々お伝えしておりますように、バルス本人と思われる人物が映った防犯カメラ映像が公開されました」

キャスターがいい終えたのと同時に画面が切り替わった。

バルスの映像だって？　そんなものが？

昼食時に部屋を出た以外、ずっと卒論書きに追われていたのではじめて見る映像だ。

陽一は身を乗り出した。

ニットキャップを被った、若い男の姿が現れた。

ん……？

心臓が、ひとつ強い拍動を刻んだ。

全体から漂ってくる雰囲気に覚えがある。

ニットキャップからはみ出した頭髪は、耳を完全に覆い隠すほど長い。口元に蓄えた髭。こんな容貌の人間は周りにいないが、発達した腕の筋肉、ぶ厚い胸、体つきは誰かに似ている。

俺、こいつに会ったことがあるんじゃねえか――。

陽一は画面を食い入るように見つめながら、記憶を辿りはじめた。

映像が替わった。

今度は、住宅地を歩くバルスの姿だ。

カメラから距離があるせいで姿は小さいが、全身が捉えられている。

あっ！　これ――。

バルスの姿には、特徴があった。

発達した上半身に比べて下半身、つまり脚が細いのだ。

陽一の脳裏に、高校の文化祭での記憶が浮かんだ。

ギターをかき鳴らしながら、ステージ狭しと飛び跳ねる男。

卓越していたのは、彼のギターのテクニックだけではない。

ぴったりと長い脚に張りついたジーンズ。幅の広い肩。金髪のヘアピースを振り乱し、思い切りシャウトする姿は、同年の陽一をして、こいつはロックスターになるために生まれてきたのではないか、本気でそう思わせるものが確かにあった。

いまその光景が、完全にバルスの姿と重なったような気がしたのだ。

こいつ、井村じゃ――。

そう思いはじめると、先に映し出された梅田駅で撮られたバルスの顔も、井村に似ているような気がしてくる。

ニットキャップに髭と、昨日会った井村の容貌とは異なるが、長髪と髭は短時間で伸ばすのは不可能でも、落とすのは簡単だ。カツラ、つけ髭だってある。

そういえば――。

陽一は、かつて井村にスロット潰しのアイデアを話して聞かせたことを思い出した。

あの時、井村に話したアイデアは、硫化水素のことはともかく、宅配便を狙うという点ではバルスが行ったテロの手法と寸分たりとも違わない。何よりも、井村にはテロを行う十分な動機がある。

それに、あいつは昨日まで大阪に行っていたといっていた――。

外見だけではない。状況的にも井村の行動と一致するのだ。

考えれば考えるほど、画面に映るバルスの姿が、井村のように思えてくる。

しかし、その一方で、思い過ごしじゃないのか、とも思った。

代償が大き過ぎるからだ。

どんな罪状に問われるのか。量刑は。罪を償ったとしても、その後の人生は――。

井村はまだ二十三歳だ。生まれてからいままでの人生の何倍もの年月を、重い十字架を背負って生きていかなければならなくなるのだ。

どう考えても割に合わない。

それを承知で、あの井村がこんなテロを起こすはずがない。

陽一は脳裏に浮かんだ推測を振り払うように頭を振ると、チャンネルを替えた。

いきなり、同じ防犯カメラの映像が、画面に浮かび上がる。

梅田で撮られたものだ。

陽一は画面を凝視した。

先入観を持って見入るせいか、バルスの姿に井村との類似点を無意識のうちに探しはじめる。

顔の輪郭が似ている。すっと通った鼻梁《はなすじ》。小振りの小鼻がそっくりだ。

間違いない。やっぱり井村だ――。

陽一は、画面に見入りながら、その場で固まった。

8

七時のニュースで、再度防犯カメラの映像を見直した。

見れば見るほど、疑念は確信へと変わっていく。

どうしたらいいんだ。

警察に通報すべきか。それとも――。

犯罪者を警察に通報する。それが、市民の義務であることは分かっている。

だが、通報、告発という行為には、どこか後ろめたさがつきまとう。まして、井村は友人だ。何よりも今回のテロの手口を発案したのは誰でもない。この自分である。あんなことを井村に話さなければ、テロは起きなかったに違いない。そう思うと、警察に通報するのが躊躇《ためら》われた。

食事を終えてからは、自室に籠った。

もちろん、卒論を書く気にはなれない。

思案するうちに、やがてひとつの疑問が浮かびはじめる。

関東でテロを起こした時には、見事に足跡を消した井村が、なぜ大阪では防犯カメラに姿を捉えられる行動に出たのか。まして、一昨日の時点で、SNSを通じて非正規労働者へのデモ参加への呼びかけがはじまっていたのだ。そのタイミングで再度のテロを起こせば、せっかく盛り上がってきた気運に水を差すことになりかねない。

なのになぜ。

陽一は腕組みをしたまま考え込んだ。

ふと視線を転じた先にスマホがあった。

発信履歴を表示する。

内海の名前を見つけ、指先でタップした。

バルスが井村である可能性が高いことを報せるためではない。

なぜ、このタイミングで姿を捉えられる危険を冒してまでテロを起こしたのか。健太郎の見解を聞いてみたかったからだ。

発信音が呼び出し音に変わる。

「内海です」

健太郎がこたえた。

「あっ、百瀬です……こんな時間にすいません――」

「この仕事には夜も昼もなくてね。まだ編集部にいるよ」

「いま、ちょっといいですか？」

「もちろん」

健太郎は、即座に返してくる。

「あの……今日、バルスの姿を捉えた防犯カメラ映像が公開されましたよね」

「その件があって、帰れないでいるんだ。姿が公開されたからには、どんな動きがあってもおかしくないからね」

「お電話差し上げたのは、その件なんです」

陽一は切り出した。「関東でテロを起こした時には、あれだけ姿を捉えられないよう注意を払っていたバルスが、何で大阪では簡単に姿を晒したりしたんでしょうかね。梅田の駅なんて、防犯カメラがあちこちにあることはバルスだって百も承知のはずです。それに、国会前でのデモが呼びかけられているのも知ってたと思うんです。

そんなタイミングでテロを起こせば、バルスの要求に賛同していた人たちだって引いてしまう。全くの逆効果になってしまう恐れだってあると思うんです」

健太郎はすぐにこたえを返さなかった。

短い沈黙の後、

「どうして、君がそんなことを訊くんだ」

怪訝そうに問い返してきた。

「そりゃあ、同じテロの手口を思いついた者としては興味を覚えますよ」

「ちょっと待ってくれ」

席を移したのか、暫しの間を置いて健太郎が口を開いた。「実はね、僕も同じ疑問を持ってるんだ」

「やっぱり――」

「二つの可能性がある」

健太郎はそう前置きすると続けた。「一つは、非正規労働者の間で盛り上がってきた気運が、本物かどうか確かめるため」

「確かめるって……そんな必要がありますかね。実際、国会前には四千人もの――」

意外な見解に、首を傾げた陽一の言葉を遮って、

「ある程度の人間が集まることはバルスも予想していただろうが、問題は継続性だ」

健太郎は、落ち着いた口調で続ける。「非正規労働者が決起したのは、やつが突きつけた要求がきっかけだ。つまり、バルスはこの運動のシンボルであるわけだ。いやカリスマ、英雄といってもいい。もちろん、やつが逃げおおせている限り、この勢いは止まることはないだろう。しかし、やつが捕まってしまえば、どうなるか――」

「運動のシンボルが逮捕された途端に失速。やがて自然消滅してしまう可能性は十分に考えられるでしょうね」

陽一はこたえた。

「非正規労働者にとって、バルスは英雄だが、それもいまのところはだ。捕まれば犯罪者として衆目に晒されることになるんだからね」

健太郎はいう。「当然、我々マスコミはバルスの経歴を徹底的に暴きにかかる。カリスマが蓋を開けてみれば、ただの人。落ちこぼれの世間に対する逆恨みだなんてことになってみろ。それじゃあ、盛り上がった熱もあっという間に冷めちまう。テロを起こしてまで、要求を突きつけた意味がなくなってしまうじゃないか」

そこまで聞くと、健太郎が何をいわんとしているか察しがつく。

「つまり、非正規労働者たちが、自らの意志で待遇改善に向けて立ち上がろうとしているのか。バルスの存在がなくとも、勝利を手にするその時まで運動を続けるのか。昨日のテロは、それを見極めるのが目的だったと？」

「僕はそう考えている」

健太郎は、肯定すると、「今日も国会前でデモがあったのは知ってるよね」

念を押すように訊ねてきた。

「ええ……」

「僕の推測が間違っていなければ、今後テロは起きない。少なくともバルスの手によるものはね。賭けに勝った以上、テロを継続する意味がないからね」

「賭け？」

陽一は問うた。

「テロを起こしても、非正規労働者の熱が冷めなければ、バルスの勝ち。冷めれば負けってわけだ」

「なるほど――」

健太郎の見解がすとんと腑に落ちる。

陽一は頷いた。

「さて、そこで可能性の二つ目だ」

健太郎は声を低くする。「バルスは、正体を暴かれることを覚悟しているんじゃないかと思うんだ。そうでなければ、あのバルスが防犯カメラがあることを承知で窓口にやって来るはずがないからね」

「確かに……」

「となると、問題は捕まり方だ」

健太郎はさらに続ける。「非正規労働者が自らの意志で動きはじめた。それは確かだが、それもバルスの要求があってのことだ。バルスは紛れもない英雄だ。英雄は英雄であり続けなければならない」

「惨めな捕まり方はしたくない。そう考えているというわけですね」

「バルスは、スコット・ウイリアムズになろうとしてるんじゃないかな」

「スコット・ウイリアムズって……あの、アメリカで富裕層を狙ったテロを行った？」

あの男と今回のテロがどう結びつくのか、俄には思いつかない。

陽一は問い返した。

「ウイリアムズの声明を覚えてるか？」

「確か、搾取される側が立ち上がり、肥えた豚を殺す時だと――」

陽一はこたえた。

「バルスも彼の声明に触発されたひとりなんじゃないかと思うんだ。実際、あの声明に共感した人間たちによるテロが、世界ではいくつも起きてるからね」

搾取される側。肥えた豚。

その時、陽一の脳裏に浮かんだのは、スロットだ。リアル店舗を駆逐し、世界の物販市場を制覇することを目指して、日々成長を続けるスロット。その勢いには加速がつく一方だ。しかし、いくらスロットの業績が上がっても、非正規労働者に利益が還元されることはない。徹底的な管理の下で、安い賃金で働かされ続けるのだ。

「バルスがウイリアムズになる方法も二つある」

健太郎はいう。「一つはウイリアムズと同じように捕まってもなお、カリスマとしてメッセージを発信し続けることだ。しかし、これはかなり難しいと思う」

「なぜです。内海さん、さっきいいましたよね。バルスは英雄になったって。非正規労働者が団結して声を上げはじめたのは、バルスの主張に触発されたからじゃないですか。囚《とら》われの身になったとしても——」

メッセージを発し続けることはできるはずだ。

そう続けようとした陽一の言葉が終わらぬうちに、

「問題は、バルスが捕まった後も、彼が運動の象徴であり続けられるかだ」

健太郎はいった。「確かに、バルスの要求は、多くの非正規労働者の共感を呼んだ。だがね、これは、極めて解決が難しい問題だ。要求通りに法を改正すれば、企業は雇用体系を根底から見直さなければならなくなるし、正規労働者にも大きな影響が出るからね」

異論はない。

陽一は黙って話に聞き入った。

健太郎は続ける。

「バルスの身柄が拘束されれば、氏素性程度《うじすじょう》のことはすぐに明らかになるだろうが、犯行に至るまでの経緯や要求を突きつけた動機といった、肝心の部分が全て明らかになるのは公判の場だ。それまでは、警察から断片的に漏れてくる情報だけになる。労働者たちの気運を削ごうとするなら、どんな情報が流されるかは想像がつくだろ？」

「バルスのカリスマ性をとことん失墜させるようなものばかりになるというわけですね」

陽一はこたえた。

「間違いなくそうなるだろうね」

健太郎は頷いた。「なんせ、一旦バルスが警察の手に落ちたら、マスコミも本人には直接接触できないんだからね」

どうやら、それが方法の一つ目に対する結論らしい。

「では、バルスがウイリアムズになる方法の二つ目は？」

陽一は先を促した。

しばしの沈黙があった。

「それは、義に殉ずることだ」

健太郎はやがて口を開くと、重々しい口調でいった。

「じゅんずるって……。死ぬってことですか？」

陽一の声が裏返った。「まさか――」

「いや、あり得る話だと思うね」

冷静な健太郎の声が耳朶《じだ》を打つ。「第一、要求が通ったところで、捕まっちまえばバルスは長い懲役につく。本人は恩恵に与《あずか》ることはできないんだぞ。そんなことは、バルスだって端から承知のはずだ。なのに、なぜこんな手段に打って出たのか。それは、いまの社会に、いや、ひょっとすると自分の人生にとことん絶望してるからじゃないのかな」

「自分の人生に絶望しての行為って……」

「だからバルスなんて名乗ったんじゃないのかな」

健太郎はいう。「どうあがいたところで現状がよくなることなんてあり得ない。年を重ねる度に格差は開く一方だ。将来にいささかの光明も見出せない。こんな社会なんか壊れちまえという気持ちも抱けば、自分の人生も終わりにしようと考えても不思議じゃないね」

「いや、それは違うんじゃないですか」

井村が自ら死を選ぶなんてことは考えたくもない。

「バルスは自分の人生が破滅してしまうことを承知の上で、世の理不尽さを訴えたかった。だからバルスと名乗ったんじゃ――」

陽一は必死で反論した。

「もちろん、これは僕の推測だ。だがね、もしバルスがウイリアムズになろうとしているのなら、たとえ一部の人たちからでも、カリスマ、英雄として崇《あが》められる存在でありたいと思うなら、方法はひとつだ。惨めな姿を晒すことなく、伝説の人となる。それが、最も現実的な方法だよ」

そんな馬鹿なと思う一方で、健太郎の見解も全くの的外れとはいえないようにも思えてくる。

英雄と称される人物は数多《あまた》いるが、その中には志《こころざし》半《なか》ばにして、非業の死を遂げた者も少なくない。いや、むしろそうした最期を遂げた人物の方が、人々の記憶に深く刻まれ、後々まで語り継がれる存在になるのは確かである。

「まさか、それじゃサトシは――」

陽一は思わず漏らした。

「サトシ？　サトシって誰だ」

健太郎が、すかさず問いかけてくる。

「いや……それは――」

口を閉ざした陽一に向かって、

「百瀬君、バルスの正体に心当たりがあるのか」

健太郎が迫ってくる。「えっ、どうなんだ。知ってるのか、君」

陽一は迷った。

しかし、一度名前を口にしてしまった限り、いい繕う術が思いつかない。

健太郎は週刊誌の記者だ。すぐに裏取りに走るに決まってる。

マスコミの人間が、目の前に現れたら、サトシはどんな気持ちになるか。どういう行動を取るのか。

「自分の人生も終わりにしようと考えても不思議じゃないね」

健太郎の言葉が脳裏に浮かぶと、それが俄に現実味を帯びてくる。

それだけはあってはならない。

テロを実行したのは、サトシにほかならないとしても、手口を授けたのは俺だ。俺があんなことを口にしなければ、こんなことにはならなかったのだ。

こうなれば、取るべき手段はひとつしか思いつかない。

「内海さん。すぐにお会いできませんか。お話ししたいことがあるんです」

陽一は決心した。

9

健太郎と会ったのは、それから一時間後のことだ。

場所は井村の自宅近くのファミレスだ。

午後十時を過ぎた店内に客の姿はまばらで、話を聞かれる恐れはない。

ふたりの前にコーヒーが置かれたところで、

「実は……」

陽一は切り出した。「バルスに心当たりがあるんです。いや、彼としか思えないんです」

「確か、サトシっていったね」

陽一は頷いた。

「井村敏といいまして、高校時代の同級生です」

「防犯カメラの映像がそっくりだったわけだね」

思った通りとばかりに、健太郎は落ち着いた声で訊ねてくる。しかし、その声のどこかに、ささやかな興奮が滲み出る。

「それもありますが、決定的なのはテロの手口です」

「テロの手口？」

「以前、あいつに遇《あ》った時に話したことがあるんです。スロットへの就職話が反故にされて、辞めたばっかりの時に、ちょうどあいつもスロットを辞めたばっかりで――」

「スロット？　その井村ってのもスロットで働いてたのか？」

健太郎は、目を見開いて驚きを露にする。

「僕は本とCD専門でしたけど、サトシは飲料とかの重量物の出荷作業を派遣でやらされていて、そこで腰を壊して――」

それから陽一は、井村との再会の経緯、新宿の公園で語り合った内容を話して聞かせると、

「あいつ、あの時マジな顔していったんです。やれっかもしんねえな……それって……。そして、革命だって行為そのものは犯罪だが、成功すれば英雄だって――」

あの時の井村の言葉をそのまま口にした。

「成功すれば英雄か……」

健太郎は、確信を得たかのように二度三度と頷く。

陽一は続けた。

「そういえば、サトシと遇ったのは、例のウイリアムズたちが起こした事件が報じられた日の夕方のことで、あいつらの気持ちも分かるみたいなことをいってたんじゃなかったかと……」

「話を聞けば聞くほど、その井村がバルスである可能性は高いような気がしてくるね」

健太郎は、テーブルの上に身を乗り出した。「それに、もし彼だとすれば、なぜ特定の宅配便を狙ったのかの説明もつくね」

「といいますと？」

「だって、そうじゃないか。君はスロットを潰すのなんか簡単だって、テロの手口を話して聞かせたんだろ。安い労働力をいかに効率よく使うか。非正規労働者の存在なくして成り立たない企業はいまの社会にごまんとあるが、スロットはその典型的な会社だ。復讐の矛先がまず自分が酷い目に遭ったスロットの要である宅配の請負会社に向くのは当然じゃないか」

確かに、健太郎の見解には頷けないこともない。

宅配が麻痺状態に陥った途端、スロットの出荷機能は完全に止まった。いや、出荷どころか、受注もできなくなり、企業活動が完全に停止したのだ。そして、それに続いて、彼が突きつけた要求のお陰で、多くの非正規労働者が蜂起し、組織を横断した労働組合設立の動きへと発展しつつある。こうなると、宅配機能が元通りになっても、非正規労働者が待遇改善を訴え、ストを打とうものなら出荷が止まる。まさにスロットは企業存続の危機に直面することになるのだ。

スロットへの復讐というなら、これ以上の手段はない。

「派遣法、労働契約法の再改正なんて要求を突きつけたのにも、説明がつく」

健太郎は続ける。「同一の職場で一年働けば、職場となっている企業に正社員として採用する義務が生じるなんてことになれば、人件費はたちまち高騰する。スロットのビジネスモデルは崩壊だ。いや、スロットだけじゃない。労働力の多くを派遣に頼ってる宅配会社だって同じだ。当然、配送コストも跳ね上がる。それもまた、スロットの業績の圧迫要因になるわけだ」

「となると、サトシはスロットを潰したい一心で──」

「それは分からない」

健太郎は首を振った。「だが、彼にとっては労働者、それも非正規という労働力を徹底的に搾取することで成り立っているいまの企業の典型がスロットだと思えたことは確かだろうね。そして、スロットのビジネスモデルを崩壊させる要求を突きつけることが、非正規労働者の待遇改善に繋がると考えた──」

「なるほど……」

陽一が頷いたところで、

「で、君はこれからどうするつもりなんだ」

健太郎は、話を先に進める。

「サトシに会ってみようと思います」

陽一はこたえた。

「会ってどうする」

「まず、本当にバルスかどうかを確かめます」

「認めるかな」

「認めないわけがないと思います」

陽一は断言した。「内海さんもいったじゃないですか。防犯カメラがあることを承知の上で、姿を晒した。バルスは捕まることを覚悟してるんじゃないかって。もし、そうなら、いまさら正体を隠す理由なんかないでしょう」

今度は健太郎が頷く番だった。

陽一は続けた。

「僕が恐れているのは、内海さんがいう『義に殉ずる』行為に打って出やしないかということなんです。サトシが行ったテロは、いかなる理由があっても肯定されるものではありません。だけど、彼がテロを起こさなければ、非正規労働者たちが目覚めることはなかった。企業にいいように使い倒されて、夢も希望も抱けぬ人生を過すしかなかったはずなんです」

健太郎はやるせない眼差しになり、視線を落とすと、

「彼の要求が、すんなり通るとは思えないが、あれだけの非正規労働者が立ち上がったんだ。なにかしらの改善策が提示されても、それが彼の命と引き換えだなんて結末は、余りにも悲し過ぎるよな」

声を落とした。

「そんなことは絶対にあってはならないと思います」

陽一は身を乗り出すと、「サトシにも希望を、救いを与えてやるべきです。いや、与えてやらなければなりません」

断固とした口調でいった。

「しかし、どうやって――」

「僕に考えがあります」

陽一は健太郎の目を見据えると、静かな口調で切り出した。「だから、内海さんにここに来ていただいたんです」

「どういうことだ」

「それをお話しする前に、ひとつお訊ねしたいことがあります。テロという手段に打

って出たことの是非はともかく、非正規労働者が置かれている現状を、このままにしておいていいと思いますか？　サトシの要求は間違っているとお考えですか？」

陽一の問いかけに、健太郎は一瞬沈黙したが、

「いや、間違ってはいないと思うね。立場によって見解は異なると思うが、人間には希望が必要だ。労働は人が幸せになるためにあるのであって、絶望を突きつけるためにあるものじゃない。青臭いことをいうようだが、僕は本気でそう思う」

淀みない口調で、きっぱりと断言した。

10

「悪かったな。こんな夜遅くに突然――」

先ほどまで健太郎が座っていた席に井村が腰を下ろしたところで、陽一はいった。

「何だよ。改まって話があるって」

意外なことに、井村は笑みを浮かべる。

意外といえば、呼び出しに素直に応じたのもそうだ。

「ちょっと、話したいことがある。近くのファミレスにいるんだが、出てきてくれないか」

もしも、井村がバルスであるのなら、その言葉を聞いただけで、ピンと来るものがあるはずだ。

当然、簡単には誘いに応じないと思っていたのだが、

「いいけど」

井村はあっさりとこたえた。

緊張している様子は窺えない。疑念を抱いているふうでもない。

こうして見ている限りは、昔のままの井村だ。

しかし、防犯カメラに映ったバルスの姿は、はっきりと記憶している。

目前の井村の顔をそれに重ね合わせてみると、顔の輪郭、すっと通った鼻梁、そして小さな小鼻が、やはり一致するように思われた。何よりも、店に入って来た時のシルエット、特に細く長い脚は、映像で見たバルスの姿そのものだった。

やはり井村だ――。

陽一は確信しながら、

「なあ、サトシ。お前、昨日まで大阪に行ってたんだよな」

と切り出した。

ウエイトレスが水を運んでくる。

コーヒーを注文した井村は、

「ああ……、それが？」

と相変わらず笑みを浮かべながらこたえた。

「お前、本当は何しに行ってたんだ」

「本当はって……職探しに決まってんじゃねえか。それ以外に何があんだよ」

両眉を上げながら、小首を傾げた。

駆け引きは無用だ。

「防犯カメラの映像が公開されたのは知ってるよな」

陽一はおもむろに切り出した。

「防犯カメラって……ああ、バルスのか」

「あれ、お前じゃねえのか」

じっと見据える陽一の視線を井村の目が捉えた。

「似てるか？」

井村は口元を緩ませる。

この落ち着きぶり……。

やはり──。

「似てるねえ。ってか、お前以外に考えられないよ」

陽一は断言した。

ウエイトレスがコーヒーをテーブルの上に置く。

井村は相変わらず視線を捉えたまま、カップを口に運ぶと、

「どこが?」

いってみろとばかりに、顎を軽く上げた。

「映像に映っていたバルスは髭面だったし、髪も長かった。だけど、そんなものは生やすのは大変だが、落とすのは簡単だ。カツラやつけ髭って手もあるしな」

陽一はいった。「それに、鼻の形、眉、顔の輪郭。何よりも、体全体のシルエットには、お前の特徴がよく出ている。いや、映像だけじゃない。状況的にもまっ黒だ」

「状況?」

「二つある……」

陽一は、そう前置きすると続けた。「一つは、バルスのテロの手口が、お前と新宿の公園で酒を呑んだ時、俺が話して聞かせたのと全く同じだってことだ。宅配を狙ったテロなんて、ネット通販や宅配便の現場で働いたことのあるやつならば、ちょっと考えれば思いつく。そう考えていたけど、あの映像を見て確信したよ」

ここに至ってもなお、井村は動揺する気配を見せない。コーヒーカップに口をつけながら、目で先を促してくる。

陽一は続けた。

「もう一つは、スーツケースだ」

「スーツケース？」

井村は小さく目を見開く。

「昨日、新宿で遇った時、お前が引き摺っていたスーツケース。あれ、空《から》じゃなかったのか」

井村は黙ってコーヒーを飲む。

陽一はさらに続ける。

「バルスが出した荷物は、靴の箱ほどの大きさだ。あの中にはタイマーに発火装置、可燃物が入っていたんだろ。東京の中央ターミナルが燃えた時には、発火物にガソリンが使われたそうだが、そんなものを宿泊先で詰め替えるわけにはいかないからな。箱ごとスーツケースに入れたのならば行きは満載でも、大阪で荷物を出しちまえば帰りは空になる」

「それが、俺をバルスだっていう根拠の全てか？」

「もっと聞きたいか？」

陽一はブラフをかました。「もっと挙げろというなら、他にもいくつかあるが」

井村はそっと瞼《まぶた》を閉じる。

相変わらず口元に笑みを浮かべながら、黙ってコーヒーをまた一口啜った。そし

て、視線を虚空に向けると、ほっと溜め息をつき、

「で、俺にどうしろっていうんだ」

改めて向き直ると、上目遣いで陽一を見た。

「やっぱり、お前だったんだな」

陽一は念を押した。

井村は頷く。

「ああ……」

「自首しろよ。それしかねえだろ」

陽一はいった。「俺が気づくくらいだ。友達、かつての職場の同僚。ひょっとしてって思ってるやつは、ごまんといるさ。警察がお前の存在を摑むのは時間の問題だ。ゲームは終わったんだ」

「御免だね」

井村は笑みを消し、静かに首を振る。「元より覚悟を決めてテロを起こしたんだ。いまさら、警察に出頭する気なんかさらさらないね」

「じゃあ、どうする」

「さあね」

井村は他人事のように素っ気なくこたえる。

「お前、死ぬ気か?」

陽一はいった。「面が割れてしまっている以上、逃げおおせるなんてことは不可能だ。お前、端からその覚悟でテロを起こしたんだろ」

「死ぬか……それもいいかもな」

井村は鼻を鳴らした。「いまの社会は一度でもコースを踏み外したら、死ぬまで生き地獄を味わうことになるんだ。二十三にして、そんな現実を突きつけられたら、生きる気力も失せるわな。まして、これだけのことをしでかしたんだ。この先俺に、どんな未来があるってわけでもねえしな」

「ひとつ訊いてもいいか」

陽一はすかさず続けた。「いまの世の中に絶望してんなら、黙って人生を終わらせることもできたはずだ。なのにお前は、執拗にテロを繰り返した上に、非正規労働者の待遇改善を要求した。それはなぜだ」

「お前、あの時いったよな」

「あの時?」

「新宿の公園で、酒飲んだ時だよ」

井村は、またコーヒーカップに手を伸ばす。「革命なんて手段がまかり通ったのは、社会が未成熟であった時代の話だ。日本は法治国家であり、治安保持の仕組みも確立された近代国家だ。こんな国で、革命なんか起きるもんかってさ」

「ああ……」

「そして、こうもいった。人間、いまの生活が維持できるなら、大した不満は抱かねえ。莫大な富を持ち、日々それを膨れ上がらせる人間がいたとしても、世の中には運のいい人がいるもんだ、その程度の気持ちしか抱かねえって」

井村はコーヒーを一気に飲み干すと、「あの言葉を聞いた時、俺、それは違うんじゃねえかって思ったんだよ。そりゃあ、いま現在安定した生活を送っている、今日の暮らしは明日も、いや、生涯続くと確信を持っている人間の話だ。ところが既に世の中には、いまの生活を維持することすら怪しい人間がごまんといる。現状に満足するどころか不安や恐怖、絶望感に駆られてる人間の方が、むしろ多いんじゃねえかってな」

カップを静かに皿の上に置いた。

話はまだ途中のようだ。

陽一は先を促した。

「それで？」

「就職浪人を決め込んだついでに派遣労働者になったお前には分かんねえだろうが、一生時給なんぼの人生を送らなけりゃならなくなった人間が覚える絶望感たるや、そりゃあ半端なもんじゃねえぞ。生き地獄そのものだ。当たり前だろ？　日々の生活を送るのが精いっぱい。体壊したらその時点で、たちまち無収入。揚げ句の果ては、歳を取って働くことができなくなれば、生活保護に頼って生きていくしかねえんだぞ。このままじゃ、そんなやつらがごまんと湧いてでてくるのが分かりきってるのに、誰も声を上げやしねえ。それはなぜか――」

井村の声に力が入りはじめる。

もはや、笑みも消え去り、瞳には怒気が籠っているようにすら感じる。

陽一は黙って言葉を待った。

「世論ってやつを作るのが、勝ち組だからだよ。政治だってそうだ。鬱積した不満や不安を身をなげうってでも代弁してくれるやつが出てこねえからだろ。それが証拠に、スコット・ウイリアムズが声明を発した途端、やつの行動に共感して立ち上がった人間が出てきたじゃねえか」

「やっぱり、ウイリアムズの影響を受けたのか――」

深い溜め息とともに、陽一は天を仰いだ。

「革命を起こすのにはふたつの要素が必要だ」

井村は顔の前に二本の指を突き立てた。「ひとつは、シンボルとなる人間の存在。もうひとつは、世間の耳目を惹《ひ》き、特にいまの世の中に不満を持つ人間たちの怒りを代弁してやることだ」

「なるほど、確かにお前の目論見はものの見事に成功した。お前の起こしたテロは、世間の耳目を大いに惹いたし、要求に賛同した非正規労働者が蜂起した。全てはお前の望み通りになったじゃないか」

「いまのところはね。だが、問題はこの動きが持続するかどうかだ」

「というと？」

「持続させるためには、バルスはカリスマであり続けなきゃなんねえんだよ」

井村は自嘲めいた笑みを浮かべた。「残念なことに、バルス本人はカリスマとはほど遠い存在でな。ご覧の通り、大学中退のミュージシャン崩れの成れの果てだ。バルスの真の姿を知ったら、盛り上がった熱も一気に冷めちまうに決まってるからな」

何もかも、健太郎の推測通りだ。

とかく世間は非業《ひごう》の死を遂げた英雄を好む。まして、井村が突きつけた要求は、いまや彼の手を離れ独り歩きをはじめている。人々を目覚めさせた人物が、信念を貫き通すために自ら命を絶てば、実像などどうでもいい。バルスは英雄、カリスマとして崇拝《すうはい》される存在になると考えているのだ。

だが、井村が生きてカリスマとなる手段は残されている。

「全く……なんでそういう発想になるかな」

陽一は呆れた顔をしてみせながら、舌打ちをすると、「ウイリアムズの影響を受けたってんなら、もっとずぶとくなれねえのかよ」

努めて明るくいった。

「えっ？」

井村は虚を突かれたように、小さく目を見開いた。

「そこまで腹括《くく》ってんなら、それこそウイリアムズのように生きてカリスマになる方法を考えろよ」

「そんなこと——」

「できねえってか？」

陽一は井村の言葉を遮った。「だったら訊くが、お前、自分が死ねばカリスマになれるなんて、本気で考えてんのか」

言葉に詰まった井村に向かって、

「俺にいわせりゃ、この程度じゃカリスマになんかなれねえよ」

陽一は断言した。「当ったり前だろ。非正規労働者たちが、お前の要求に共感して立ち上がったのは事実だ。だけどな、たかが要求をひとつ世間に訴えただけじゃねえか。世間が注目するのは、そいつの生き様であり、そこで何を考え、なぜそういう行動を起こさざるを得なかったのかだ。それを明確にして見せねえことには、カリスマたり得る人間かどうかなんて世間は判断のしようがねえんだよ」

井村は視線を落として、テーブルの一点を見据え、微動だにしない。

陽一はさらに続けた。

「このままお前が口を閉ざせば、将来に絶望した派遣社員がやけになってテロを起こした、それで終わりだ。だってそうだろ？　お前がなぜテロを起こしてまで、派遣法、労働契約法の再改正なんて要求を突きつけたのか、誰にも分からなくなっちまうじゃねえか」

井村は視線を落としたまま、深い溜め息をつくと、

「だったら、どうしろってんだ——」

低い声でいった。

「お前、スロットへの復讐だけで、テロを起こしたんじゃないんだろ。でなければ、あんな要求を突きつける必要はないもんな」

陽一は柔らかな口調で問いかけた。

「ああ……」

果たして井村は頷く。「非正規労働者の大半が現状に不満を抱いていてもいれば、絶望的な将来に怯《おび》えながら働いているのはスロットの現場にいりゃあ、いやというほど分かるからな。なのに、なぜ彼らが声を上げないのか。人として当然の権利を主張しな

いのか。それはきっかけがないからだ。きっかけさえあれば、溜まりに溜まった不満や怒りは一気に爆発する。そう考えたのは事実だ」

「その思いの丈《たけ》を、洗いざらいぶちまけたらどうだ」

陽一はいった。「非正規労働者が置かれた境遇を。将来に希望を見出せぬまま、生きる日々がいかに過酷なものか。そして、身を賭してこんな手段に打って出てまで、派遣法、労働契約法の再改正を要求したのはなぜなのか」

「それを文章にでもしろってか？」

井村は苦笑する。「あいにく、俺には文才なくてな。それに、お前が気づくくらいだ。そんなもの書いているうちに、捜査の手が――」

「書く必要はない。喋るだけでいい」

井村の言葉が終わらぬうちに陽一はいうと、「内海さん――」

背後の席にいる健太郎に向かって声をかけた。

健太郎が立ち上がった。

驚愕の表情を浮かべる井村に向かって、

「週刊近代の内海さんだ」

陽一はいった。

「おい……こ、これは、どういうことだ」

慌てて腰を浮かす井村。

健太郎は無言のまま陽一の隣に腰を下ろすと、

「話は聞かせてもらったよ」

穏やかな口調でいった。

「心配するな。内海さんは、お前の理解者だ」

「もっとも、テロについては肯定できないがね」

陽一の言葉を継いだ健太郎は、「よかったな。早まった真似をしないで。あやうくフランシーヌ・ルコントになるところだった」

はじめて聞く名前を口にした。

「誰です、それ」

陽一は訊ねた。

「一九六九年の三月三十日に、ベトナム戦争やナイジェリア内戦に心を痛め、パリで抗議の焼身自殺を遂げた女性だよ。当時は彼女を題材にした『フランシーヌの場合』という歌がヒットしたそうですね。まあ、それなりに人々の共感は得たようだが、それで社会の何が変わったというわけでもない。気持ちは分かるって程度かな。なんせ歌詞が、あまりにもおばかさん。そして、あまりにもさびしいだからね」

健太郎は肩を竦めた。

せっかくお膳立てをしたのに、何で水を差すようなことをいうんだ。

「それ、今回のケースとはだいぶ違うでしょう。実際、国会前のデモは、今日も続いたわけですし――」

陽一は、反論に出た。

「いや、そうなる可能性は大いにあるね」

健太郎は、あっさりという。「確かに、派遣労働者の待遇改善への運動は独り歩きをはじめているが、なぜバルス、いや井村君がこんなテロを起こしてまであんな要求をしたのか。その理由が正確に世に伝わらなければ、この動きもやがて勢いを失ってしまうだろうね。それこそ『井村君の場合』ってやつで終《しま》いだ」

陽一は思わず井村と顔を見合わせた。

「なぜなら、いまの企業構造、いや、経済そのものが非正規労働者の存在なくして成り立たないようになってしまっているからだ」

健太郎は続ける。「非正規労働者の待遇を改善すれば、生産コストは確実にアップする。当然、企業は人件費の抑制に乗り出す。割りを食うのはこれまで正社員として働いてきた人間たちだ。なるほど、正規、非正規の収入格差は是正されるだろうが、減額される方にしてみたら死活問題だ。社会的コンセンサスを得るまでには、長い時間がかかることは間違いないね」

「しかし、内海さん。いまの時代の正社員なんて、いつどうなるか分かったもんじゃないでしょう。誰しもが、ある日突然、非正規労働者になっても不思議じゃないんですよ」

「だから、この動きを止めたら駄目なんだ。企業が、社会がどうあるべきか、これを機にとことん議論しなければならないんだ」

健太郎の声に力が籠る。「考えてもみろ。日本の生産人口はこれからどんどん減少していくんだぞ。いや、人口そのものが減少していくんだ。それは市場が小さくなるってことなんだぞ。GDPの八割以上を内需に頼っているのが日本の経済だ。それで、いまの企業規模を維持しようと思ったら、どこに活路を見出さなきゃならないかは明白だろ？」

「海外しかありませんね」

陽一はこたえた。

「だよな」

健太郎は頷く。「海外市場への依存度が高くなれば、当然従業員に求められる資質も変わってくる。二ヵ国語は当たり前。海外で暮らすことも厭《いと》わない。正社員に求められる能力は格段に高くなるわけだ」

そこで健太郎は陽一に視線を向けると、

「百瀬君。僕らの世代は、十年、二十年の間に、そんな現実に直面することになるんだぞ。その時、従業員に求められる資質の変化に対応できる人間が、周りにどれだけいる？」

厳しい口調で問いかけてきた。「企業が海外市場にウエイトを移していけば、国内組織には余剰人員が発生する。その時真っ先に首を切られるのは、変化に対応できない人間たちだ。そして、その数は会社に残れる人間よりも遥かに多くなるはずだ」

正に暗鬱たる未来だが、健太郎の見立ては間違ってはいない。

学生と十把《じっぱ》ひとからげにして考えるのは乱暴だが、複数言語を操れ、長期にわたる海外勤務に耐えられるタフな精神を持ち、さらに仕事の上で結果を出し続けられる人間はそうはいない。

「現行制度の中で海外勤務ということになれば、手当、住居費、現地の福利厚生費と人件費は確実に増加するわけですからね。企業の側からしてみれば、現地の人間を雇った方が、遥かに安くつく。結局、残れるのは、ほんの一握りの人間ということになるでしょうね」

陽一はいった。

「その通りだ」

健太郎は、目の前に人差し指を突き立てた。「さて、それで会社を追い出された人たちはどうする？　企業はどんどん海外に出て行き、国内市場は細る一方だ。となればだ、正規どころか、非正規でさえ働き口を見つけるのが困難ってことになってしまうじゃないか」

「そんなことになったら、路頭に迷う人で世の中いっぱいになってしまうじゃないですか」

「だから、真剣に議論しなければならないといってるんだ」

「でも、そんな危機感を抱いている正規労働者がどれほどいるか――」

健太郎は、真剣な眼差《まなざ》しを井村に向けた。

「日々の変化というのは小さなものだ。大抵の人間は、今日の暮らしは、明日も続くと考えている。でも、それは間違いなんだ。小さな変化も積み重なれば、気がついた時には大きな変化になっている。その時に慌てても遅いんだ。富める者はますます富み、貧しい者はますます貧しくなる。そんな世の中になったら、社会は崩壊してしまうよ。それを防ぐための方法はひとつしかない。格差是正の必要性を訴え、真剣に議論することだ。だから井村君。君はなぜ、あんな要求をしたのか。思うところを洗いざらいぶちまけて、世に問わなければならない。いや、君にはその義務がある」

井村は黙って話に聞き入っている。

しかし、その目は健太郎の視線を捉えて放さない。

「もちろん、結論はそう簡単には出ないだろう」

健太郎は続ける。「だがね、正規労働者がいつ非正規労働者になるかもしれない時代に生きていることに気がつけば、必ずや非正規労働者の待遇をどうすべきなのか、誰もが真剣に考え、議論するようになるはずだ。そうでなければ、間違いなく日本は衰退の一途を辿ることになる」

「ですよね。何年経っても収入は変わらない。体を壊せば無収入。一生涯こんな生活が続くなんてことになったら、結婚して家庭を持つどころの話じゃありません。次世代を担う人間が生まれなくなりゃ、誰がこの国を支えていくかってことになりますもんね」

「その通りだ」

陽一の言葉に健太郎は深く頷くと、

「だから、声を上げ続けなければならないんだ。手段の是非はともかく、君が非正規労働者が立ち上がるきっかけをつくったのは間違いない。いまここで君が口を閉ざせば、せっかく盛り上がった気運もたちまち萎《しぼ》んでしまう。それじゃ、君がやったことは何の意味も持たないものになってしまうじゃないか」

身を乗り出して決断を迫った。

長い沈黙があった。

井村はテーブルの一点を見つめたまま、身じろぎひとつしない。

だが、その目の表情が徐々に変化していく。

覚悟を決めようとしているのだ。

陽一はかたずを飲んで、井村の言葉を待った。

「俺……」

井村の視線が上がった。揺るぎない眼差しが、健太郎を捉える。

決心したのだ。

「話してくれるね。君がなぜ、一命を賭す覚悟でテロを起こし、派遣法、労働契約法の再改正を訴えたのか――」

健太郎の言葉に、井村は深く、ゆっくりと頷いた。

「録音させて貰うよ」

鞄の中から取り出した健太郎のＩＣレコーダーに赤い光が灯った。

11

井村が自ら警察に出頭したのは翌日の未明のことだ。
バルス自首――。

翌朝から世間は騒然となった。

朝刊の早刷りには間に合わない時刻の出頭だ。それでも都内に配られる最終版には一面トップでバルス逮捕の記事が載った。もちろん、詳しいことは記されてはいない。バルスが自首したことと、都内在住の二十三歳の元派遣社員の犯行であったことだけで、記事の大部分は、テロ勃発から自首に至るまでの経緯をなぞったものに過ぎなかった。

しかし、テレビは別だ。

朝一番からトップニュースはバルス逮捕。さほどの時を置かず井村の名前が明らかになると、自宅周辺にはマスコミが押しかけ、テロリストの正体を徹底的に暴きはじめるというおなじみの光景が繰り広げられた。

やがて時間の経過と共に供述内容が報じられるようになったが、やはり内容は断片的なもので、犯行動機にしても「非正規労働者が置かれた過酷な状況を打開したかった」といった程度のものばかりだった。

捜査当局にしても、取り調べを進めている最中である。情報が細切れになるのは仕方ないが、これでは井村の真意が伝わらない。いや、むしろ供述内容がアップデートされる度に、井村の真意が歪められていくように陽一には思えた。

これじゃ、現状に不満を抱いた派遣労働者が破れかぶれで起こしたただのテロと片づけられてしまう――。

果たして、翌日からの情報番組の論調は、陽一の恐れた通りの展開になった。

コメンテーターの口を衝いて出るのは、井村が取った手段への非難一色。

曰《いわ》く、

「いかなる理由があろうとも、テロという手段は許されない」

「今回のテロによって、どれだけの経済損失が出たか。宅配は、いまや社会を支える重大なインフラであり、買い物難民の救済手段でもある。特に重い荷物を運べない高齢者にとっては、宅配機能の麻痺は生死にかかわる大問題だ」

と非正規労働者が置かれている状況に思いを馳せるどころか、もっぱら焦点はテロという行為への非難と、社会に及ぼした影響に集中する。

SNS全盛の時代とはいえ、世論をリードするのはテレビや新聞といったマスメディアの報道だ。それが、井村への非難一色となれば、盛り上がりつつあった気運も萎《な》えてしまう可能性は高い。

すかさずスマホを取り出し、ツイッターにアクセスし、そこに『バルス』というキーワードを入れてみた。

表示されたコメントを見て、陽一は愕然とした。

「バルスの正体は、井村敏、二十三歳。大学中退の元派遣」はまだいいとして、「こんなんに扇動された派遣って、バカの極みｗｗ　国会前に集まった池沼のみなさん、ご苦労さんｗｗｗｗ」「バルスを名乗った井村君。画像公開された途端にへたれて自首」といった、井村を嘲笑《あざわら》うコメントばかりだ。

サトシが突きつけた要求を瞬く間に拡散したのがＳＮＳなら、一気に熱を冷ましたのもＳＮＳというわけだ。まして、水に落ちた犬をとことん叩くことで溜飲を下げる風潮が蔓延しているのがネットの世界だ。成功者の転落はもちろんだが、対象が世間で弱者に位置づけられる存在であろうと変わりはない。

こうなると、気になるのは国会前のデモだ。

週末、陽一は自宅を出ると、国会前に向かった。

時刻はまだ午後四時だが、先週の勢いからすれば、すでに多くの群衆が国会前に集まっているはずだ。

ところがだ――。

地下鉄にそれらしき人々の姿は見当らない。車内は閑散としており、駅に着いても降りる人はまばらである。

階段を昇る足が速まった。やがて、拡声器を通した男の声が聞こえてきた。しかし、それに続くシュプレヒコールは拍子抜けするほど小さい。

予感は的中した。

群衆というにはほど遠い。その数、百人もいるだろうか。

むしろ、警備に駆り出された機動隊員の数の方が多いくらいだ。

「バルスは逮捕されたけど、彼が突きつけた要求は、絶対に正しい。勝利を勝ち取るその日まで、僕らは諦めない」

拡声器から流れる声が、議事堂前の広大な空間に空しくこだまする。

「今日も国会前には派遣法、労働契約法の再改正を叫ぶ非正規労働者が集まっています。しかし、バルスが逮捕された影響でしょうか、参加者の数は激減しており、先週末の熱狂が嘘のようです」

陽一の目の前でテレビ局の報道部の記者か、カメラを前にした若い男がレポートをはじめる。

カメラがゆっくりとデモ隊に向く。

「今日はデモが呼びかけられて二度目の週末とあって、警察も警備に当たる機動隊員を増強し、デモに備えておりましたが、参加者の数は一向に伸びず、昼を過ぎた辺りから規模を縮小し、夕刻となったいまでは、ほぼ通常の警備体制に戻っています」

記者がカメラを見据え、ポーズを決めたところで、

「はい、ＯＫ」

カメラマンの隣に控えた男がいった。

「使えるんですか、この絵——」

記者が小さな声で訊ねた。

「どうだかなあ」

男が小首を傾げる。「まさか、あんだけ盛り上がっていたデモが、こうも急速に下火になるとは思わなかったからな。報道の流れもバルス本人に向いちまってるし、他社のクルーもとっくに引き揚げちまって、残ってんのはうちだけだ。この分だとお蔵《くら》かもな」

「ですよねえ。こんなしょぼい集会じゃ、絵になりませんもんね」

記者は白けた様子で肩を竦めると、「しかし、野党はどうすんでしょうね。大群衆の前で大見得を切ったはいいけど、肝心の非正規労働者の熱が完全に冷めちゃった。それでも、非正規労働者の待遇改善、ナショナルユニオンの設立をやるんですかね」

皮肉が籠った笑いを浮かべ、口の端を歪ませた。

「やるわきゃねえだろうが」

男は即座に断じた。「あんなことを宣言したのは、デモの盛り上がりぶりを見て、こいつあ票になると踏んだからだ。それが週末だってのにこの有り様だ。デモだって、自然消滅すんだろうし、そうなりゃ野党の連中も、何事もなかったように、知らんぷりを決め込むに決まってるよ」

その見立ては間違っていない。

先週、この場所に押しかけた大群衆の熱狂ぶりを目の当たりにした者なら、誰しもがそう思う。

「こんなところにいつまでいてもしょうがない。撤収だ」

男の言葉と同時に、三人は踵を返してその場を立ち去っていく。

スマホが鳴ったのはその時だ。

パネルには、『内海』の文字が表示されている。

「もしもし――」

「連絡が遅くなって申し訳なかった。さっき入稿が終わったよ」

健太郎が、安堵の息を漏らす。「もちろんトップ。十三ページの大特集だ。グラビアには見開き二ページで井村君の写真も載せた」

井村は洗いざらい、思いの丈をぶちまけた。

非正規労働者が置かれた過酷な環境、生活の実態、絶望的な未来に抱く不安――。

もちろん、いまの社会への不満、怨嗟の気持ちが今回の行動の根底にあったことを認めながらだ。

「こんな社会なんか潰れてしまえ」

それが、バルスと名乗った理由だともいった。

しかし、井村が一命を賭してまで実力行使に打って出た理由は他にもある。

このままでは、社会が崩壊してしまう。圧倒的多数が、いまの自分と同じような境遇に陥ってしまう。その時、気がついたのでは遅いのだ。確実に迫りつつある危機に、社会は目覚めるべきだ。そうした思いもあったのだと語った。

話を聞き終えた健太郎はすぐに編集部に取って返した。

バルスの告白である。

しかも出頭直前。週刊近代の独占スクープだ。

「じゃあ間に合ったんですね。明後日発売の週刊近代に、特集記事が載るんですね」

陽一は念を押した。

「いや、大変だったよ」

健太郎が苦笑する気配がある。「次号のトップ記事は、ほとんど固まっていたからね。それをトップから十三ページも差し替えるんだ。追加取材もしなけりゃならないし、識者からのコメントも必要だ。これだけの大ネタは滅多にないからね。編集部は上を下への大騒ぎ。ほんと、大変だったんだぞ」

「実は、いま国会前にいるんです」

陽一はいった。「デモの様子が気になって――」

「どんな様子だ？」

陽一の声の気配から察したのだろう。健太郎の声が曇る。

「寂しいもんですよ。先週の盛り上がりぶりが嘘のようです……」

「だろうな」

健太郎が軽く息を吐く。「バルス関連のニュースを報じている新聞もテレビも、テロ行為を非難するだけで、なぜ彼がこんな手段に出てまで派遣法、労働契約法の再改正を要求したのかって部分には、一切触れていないもんな」

「SNSだって、サトシを嘲笑うようなコメントばかりです。まあ、SNSなんて、そんなもんだっていやあそれまでですけどね……」

「落胆することはないよ。この特集記事が出れば、流れは必ず変わるさ」

健太郎の声に力が籠った。「彼の身柄が拘束されてしまった以上、マスコミは警察情報に頼るしかないいんだ。そこに、バルス本人の告白記事が出てみろ。しかも、そこには犯行に至った経緯や背景が詳細に書かれてんだ。となればだ、バルスのことを報じるならば、この記事は無視できないよ」

健太郎はいう。「非正規労働者が置かれた実態が詳細に報じられるようになれば、井村君の要求の是非についても活発な議論が戦わされるようにもなるさ」

でなければ、井村を健太郎に引き合わせた意味がない。

「サトシの主張が再びクローズアップされるわけですね」

スマホを耳に押し当てる陽一の手に力が入った。

「まあ、見てろ。明日の昼には早刷りが出回る。記事を読んだ途端に、マスコミは大騒ぎになるぞ。もっとも、そろそろ新聞社に広告原稿が届く時間だ。そいつが人目にふれた瞬間から、大騒動だ」

健太郎は心底愉快そうに笑い出す。

その時、雲の隙間から西に傾いた太陽の光が一際明るく国会議事堂を照らし出した。

白い花崗岩《かこうがん》に覆われた外壁が、一際白い輝きを放つ。

それが陽一には、非正規労働者の希望の光に見えた。

戦いはこれからだ――。

陽一はこの広大な空間が、再び大群衆によって埋め尽くされる光景を、はっきりと見た気がした。

12

事態は健太郎が予想した通りの展開になった。

週刊近代発売前日。マスコミに早刷りが出回った途端、テレビのニュースはその話題一色となった。

「明日発売の週刊近代によりますと――」と前置きし、早くも特集記事の概要を報じはじめた。

論調もがらりと変わった。

当然である。井村の告白は、現代社会が抱える闇の部分を表舞台に引き摺り出すことになったのだ。そして、それはいまの社会の底辺で喘ぎ、絶望的な日々を送らざるを得ない立場に追い込まれた、紛《まぎ》れもない弱者の真の叫びである。

弱者の立場に寄り添うのを常とするマスコミが、井村の告白を批判的に報じるわけがない。

ニュース番組では、非正規労働者が置かれた現状が特集され、さらには非正規労働者たちへインタビューし、彼らがどれほど苦しい生活を強いられているか、将来に全く希望が持てない日々を送らざるを得ないことがどれほど辛いものかを赤裸々《せきらら》に語らせた。

それは、発売当日の新聞も同じである。

早刷りを元にしたのだろう。記事の概略、つまり、井村の告白の要点が掲載され、社会面では『非正規労働者のいまを考える』『誰もが非正規労働者になりうる時代』と、こちらもまた弱者に寄り添う論調の特集記事が組まれた。

SNSの反応もがらりと変わった。

おそらくは、週刊近代の記事を読んだのだろう。

もはや、井村の取った行為を嘲笑うようなコメントは見当たらない。

それどころか、井村の告白に共鳴する膨大なコメントで埋め尽くされ、月曜日だというのに『今夜、国会前に終結だ』とデモを呼びかける。

『国会前に行ってみないか』

健太郎からショートメールが入ったのは、夕刻のことだ。

もちろん、端からそのつもりだ。

約束の時間は、午後七時。

健太郎とは地下鉄の駅の改札で落ち合うことになっていた。

地下鉄が到着する度に、デモの参加者たちが、群れとなって地上に向かう。

駅の構内にも、地上の喧騒が聞こえてくる。

物凄い熱気だ。非正規労働者たちの怒りに、再び火がついたのだ。

健太郎は、約束の時間ちょうどに現れた。

「すまなかったね。呼び出したりして」

笑みを浮かべる健太郎だが、その顔には少しばかり疲労の色が浮かんでいる。

「仕事、大丈夫なんですか」

陽一は訊ねた。

「ちょうど一段落ついたところだ」

健太郎はひとつ肩で息をする。「広告原稿を新聞社に入れた途端に、どっと取材が押し寄せてさ。その上、早刷りを手に入れた警察に呼び出されるわで、息つく暇もなくてね」

「やっぱり警察が来ましたか」

「そりゃあ、そうだよ」

健太郎は苦笑いを浮かべた。「警察が井村君に行き着く前に、本人が自首して来ちゃったんだからな。しかも告白を済ませた後にだ。警察にしてみりゃ、どういう経緯でうちが井村君をバルスと特定できたのか。どうやって接触を持ったのか、調べにかかるさ」

「で、何てこたえたんです？」

「打ち合わせの通りだ」

健太郎は眉を上げた。「これから自首するが、なぜテロを起こしてまで、あんな要求をしたのか。全てを話しておきたいってバルスを名乗る人物から編集部に電話が入った――」

そういい出したのは井村だ。

記事が掲載されれば、週刊近代がどういう経緯で自分と接触を持ったのか、警察の事情聴取があるはずだ。そうなると、百瀬の存在を明かさなければならなくなる。百瀬を巻き込みたくはない。自分が編集部に電話をしてきたということにしてくれないか——。

「それで、警察は納得したんですか」

陽一は訊ねた。

「納得するもしないも、そういわれたら調べようがないだろう」

健太郎は肩を竦める。「本当にバルスかどうか分からない。いたずらってこともある。ところが、指定の場所に出向いて話を聞いたら、バルス本人だった——」

また地下鉄が駅に到着したようだ。

立ち話をするふたりの脇を、参加者の群れが、地上を目指して通り過ぎて行く。

「しかし、大した変わりようですね。この勢いだと、過去最大規模のデモになるんじゃないですか」

「今週号の売れ行きも凄まじくてね。午前中のうちに、売り切れ店続出。営業には追加発注の電話が引きも切らずだ」

「じゃあ、増刷？」

「近代は週刊誌だからな」

健太郎は、残念そうに首を振りながらこたえたが、「だが、バルスの特集はこれから暫く続ける方針だ。売れるからってだけじゃない。非正規労働者の待遇改善は、社会が真剣に考えなければならない問題であることは間違いないからね」

一転して、決意の籠った声を上げた。

「バルス！　バルス！　バルス！――」

地上から、群衆の叫び声が聞こえてきたのはその時だ。

「行ってみようか」

陽一がこたえる間もなく、健太郎は先に立って出口に向かって歩きはじめる。

階段は大渋滞だ。

その間も、群衆の叫びは途切れることがない。

ようやく地上に出たところで、目の前に広がった光景を目にして陽一は目を疑った。

人、人、人――。

国会周辺の歩道は、見渡す限りの群衆で埋め尽くされている。

最初のデモが行われた時の比ではない。まだ、終業時間を迎えてさほどの時間も経っていないというのに、すでにその倍、いやもっと多いだろう。

途方もない数の群衆が、拳《こぶし》を天に突き上げながら、「バルス！　バルス！」と連呼している。

「凄いな——」

健太郎が目を丸くして呟く。驚愕の余りか、半開きにした口は開いたままだ。

陽一は黙って頷いた。

群衆の一角で、連呼する叫び声が一瞬途切れ、凄まじい歓声と拍手が湧き上がった。

見ると、大きなプラカードが掲げられている。

文字が書かれたものではない。

そこにあるのは、拡大された井村の顔写真だ。

「あれって……確か、週刊近代のグラビアの——」

陽一の呟きに、健太郎が信じられないとばかりに頷く。

「バルスは我々に立ち上がるきっかけを与えてくれた！　バルスの行為を無駄にしてはならない！　一致団結して、勝利を勝ち取るその日まで、戦おうじゃないか！」

拡声器から、リーダーの絶叫が轟《とどろ》く。

井村の告白が、非正規労働者たちを再び立ち上がらせたのだ。

鎮火しかけた炎が再び息を吹き返した時のエネルギーは凄まじい。

リーダーの言葉に、歓声が上がると、続いてまた、「バルス！　バルス！」の連呼がはじまる。
群衆が一斉にジャンプする。突き上げた拳が上下する。
大気が震える。地鳴りが聞こえる。
バルスは神になった。

（了）

解説

西上心太（書評家）

〈非正規労働者の需要を高めてんのは誰でもない。消費者なんだ〉

ネット通販への依存度は年々高まっているが、二〇二〇年二月ごろから始まった新型コロナウイルスの蔓延《まんえん》のため、外出の自粛や自制が増え、ネット通販の利用者がますます増えたであろうことは想像に難くない。実際に、コロナ禍の下でほとんどの業種が業績を落としている中、ネット通販業者や宅配便に特化した運輸業者の売上はアップしていると聞く。

「ポチる」という言葉がごく普通に使われるようになり、ネット通販に注文した品物が翌日（中には即日）に、しかも送料無料で届くなど、その利便性は何ものにも代えられなくなっている。だがそのような現実の裏で何が起きているのか、ネット通販の利便性を享受しているわれわれ利用者は、一度じっくりと考えてみる必要があるのではないか。本書を読み終えた読者は、必ずそう思うに違いない。

私立の名門校慶明大学の学生・百瀬陽一は、大企業ばかりを狙った就職活動に失敗し、やむなく留年を決める。親がかりの生活を申し訳なく思った陽一は、学費の足しにとネット通販最大手スロット・ジャパンの物流センターで派遣の仕事を始めた。一握りの正社員はオフィスワーク専門で、下請けの運送会社社員が現場監督を務め、その下で派遣会社から送られた百人の非正規労働者がそれぞれ四交代で、まる一日中休みなく品出し作業に従事しているのだ。

彼らは携帯端末のモニターに表示された指示に従い、広大なフロアーを歩き回り、本やCDを抜き取るのだが、外資系であるスロット・ジャパンは、分単位で達成数を管理するなど厳しい作業ノルマを課しており、作業効率の悪い人員はあっという間に解雇されてしまう。単純な仕事だが要領をつかんだ陽一はトップの成績を取り、やがてセンター長からスロット・ジャパンへの入社を打診される。陽一はその後もトップを維持し約束の条件を満たす。だがその時にはすでにセンター長自身が馘首《かくしゅ》されていた……。

正社員への道が開けたと思っていた陽一のショックは大きい。そのショックを引きずったまま作業に従事した陽一は極端に作業効率を落とし、現場監督から叱責されたことをきっかけにその日限りで職場を辞めてしまう。

陽一は正社員の話があってから、右肩上がりの成長を続けるスロット・ジャパンの明るい面しか見ていなかった。だが派遣仲間の話などから、この会社のダークな一面に目を向け始める。そして一人勝ちを続けるスロット・ジャパンの大きな弱点にも気づくのだった。

やがて、陽一が思いついた考えが現実のものとなる。宅配便業者の配送センターから全国に向けて発送された荷を積んだトラックが、高速道路を走行中に相次いで火災を起こしたのだ。そのため東名高速など五つの主要幹線が通行止めになってしまう。〈バルス〉と名乗った犯人によるテロは、全国規模の大混乱を引き起こす。そして〈バルス〉は政府に対してある要求を突きつけるのだった。

楡周平はかつてアメリカの大企業に勤務して、物流を担当していた経歴の持ち主だ。そのためか他の作家の誰よりも「物流」に思い入れを持ち、それをテーマにしたエンターテインメント作品の傑作を書いてきた。このテーマの先行作には、左遷された男が画期的な物流システムを構築して復活をはかる『再生巨流』（二〇〇五年、新潮文庫）、ネット通販の過酷な要求に対し、新たなビジネスモデルで対抗する『ラストワンマイル』（二〇〇六年、新潮文庫）がある。また、特に本書と併《あわ》せて読んでいただきたい作品に『ドッグファイト』（二〇一六年、角川文庫）がある。ネット通販最大手の外資系会社と、その荷物を一手に引き受ける宅配便最大手の運送会社とのビジネス上の戦いを描いた作品である。

一企業からの荷の取扱量が一定量を超えてしまうと、ただでさえ荷主の方が強い力関係がより歪《いびつ》になっていく。顧客であるネット通販会社は取扱量を盾に、運賃の値下げを強く求めるようになる。そしてその業者への依存度が高くなりすぎた宅配業者は、利幅がますます下がることを知りながら、その要求に従わざるを得なくなるからだ。

この両者の関係と状況は、本書の中でも縷々《るる》語られる。だが本書にはもう一つの重要なファクターが加えられていることを忘れてはならない。それは非正規労働者の存在である。

陽一の両親は、同じ地方銀行に勤務した後に結婚した。無名私立大卒の父は五十歳を過ぎてようやく支店次長になった、出世とは無縁の人間だ。結婚後専業主婦となった母は、夫がなし得なかった夢、一流大学から一流大企業に就職という期待を陽一に託している。陽一自身もそのことに疑問はなかった。だが非正規労働を経験し、スロット・ジャパンの正社員への道が断たれるという二度目の挫折を経て、陽一の考えは徐々に変わっていく。その変化を見越したように、ある中小企業から引き合いがあり、その会社の理念や姿勢に共鳴した陽一はそこに就職することを決意する。その矢先に起きたのが、〈バルス〉のテロだったのだ。

作者の作品タイトルにもある〈ラストワンマイル〉とは消費者への配送という物を運ぶことの最終工程を指す言葉だ。利用者からの注文や決済などはテクノロジーを駆使することで省力化できるが、〈ラストワンマイル〉は人力の関わりが避けられない。その鍵を握っている運送業者は、道路網という血管を流れる血液に喩《たと》えられるだろう。その血管のあちこちにトラック火災という血栓を生じさせたのが〈バルス〉なのである。高い技術がなくても可能な〈貧者のテロ〉が実行されたのだ。

少子高齢化や地方の過疎化が進行中の日本では、ネット通販なくして生きられない人がますます多くなる。先にも述べたが翌日配送、送料無料、重い物も玄関先まで運んでくれる宅配便の存在が当たり前の社会になっている。だがこんな便利なサービスが可能なのは、あるところにしわ寄せがいっているからなのだ。

本書に登場するネット通販業者は、いつでも首を切れる非正規労働者を、厳しいノルマと安い賃金で働かせ、人件費という固定費をぎりぎりまで下げることに腐心している。さらに大量配送、大量仕入れを盾に、配送業者と仕入れ先にも仕切り値の値下げを要求する。川上から川下まで、あらゆる業者、労働者を叩きに叩いて生まれた金で、翌日無料配送、ポイント付与などの手厚いサービスを消費者にもたらしているのだ。儲《もう》けは二の次でライバルを潰《つぶ》し、世界の流通の覇権《はけん》を握り一人勝ちするまで続けていくのが、スロット・ジャパンであり、このモデルとなった誰もが知っている会社の唯一の〈理念〉なのだ。そんな会社を底辺で支えているのが、非正規労働者なのである。

一方、宅配便の発達は地方産業のあり方を変えたと作者はいう。たとえば付加価値や希少性のある農産物を都会のレストランに納品するなど、既存の流通に頼らず契約先のニーズに応える商品の生産が可能になった例が挙げられる。〈バルス〉のテロはこのような地方活性化の試みも危機に陥《おとしい》れることになったのだ。さらに流通の血管である高速交通の麻痺《まひ》により、通販会社でレイオフ（一時解雇）が起きるなど、最も弱い立場の非正規労働者に真っ先にしわ寄せが行く。それは直接テロの標的になった宅配便会社も同じである。配送センターでもネット通販会社と同じように、大勢の非正規労働者が働いているからだ。

物語後半で活躍を見せるのはテロを取材する週刊誌の記者たちであるが、その雑誌の編集長が吐く言葉が、いみじくも本書のテーマと日本の現状をあらわしている。

「消費者が安い、早い、便利を追い求める限り、企業はそれにこたえなければ生き残れない。非正規労働者の需要を高めてんのは誰でもない。消費者なんだ」

非正規労働者は労働人口のおよそ四割を占めるという。両親や持ち家があり、ある程度恵まれた環境にいる陽一でさえ、スキルアップのチャンスもなく、正社員への道も容易に与えられず、安い時給で働かざるを得ない非正規労働者の立場を経験した際に、もしこれが一生続くとしたらという思いが頭をよぎり、深い絶望に襲われる。

非正規労働者が真っ先に犠牲になることを承知で実行されたテロの先には何が起きるのか。利便性に偏《かたよ》りがちな現実の裏側と、それに抗《あらが》うかのような〈貧者のテロ〉の顚末《てんまつ》を描きながら、負のスパイラルに陥った現代社会に警鐘を鳴らしたのが本書なのである。そして厳しい現実を描きながらも、作者は負のスパイラルを抜け出せるかもしれない、一筋の光を提示してくれる。現状認識と反省を伴いながら、希望を与えてくれるエンターテインメント作品といえるだろう。新型コロナウイルス禍が未だ終息しないいまこそ、読まれるべき作品なのだ。

本書は二〇一八年四月、小社より単行本として刊行されました。

本作品はあくまでも小説であり、作品内に描かれていることはすべてフィクションです。

|著者|楡 周平　1957年生まれ。慶應義塾大学大学院修了。米国企業在職中の1996年に発表した初の国際謀略小説『Cの福音』がベストセラーに。翌年から作家業に専念、綿密な取材と圧倒的なスケールの作品で読者を魅了し続けている。主な著書に『再生巨流』『プラチナタウン』『ドッグファイト』『レイク・クローバー』『サリエルの命題』『食王』『ヘルメースの審判』などがある。

バルス

楡《にれ》 周平《しゅうへい》

2021年4月15日第1刷発行

発行者——鈴木章一
発行所——株式会社　講談社
東京都文京区音羽2-12-21　〒112-8001
電話 出版 (03) 5395-3510
　　 販売 (03) 5395-5817
　　 業務 (03) 5395-3615

Printed in Japan

講談社文庫
定価はカバーに表示してあります

デザイン—菊地信義
本文データ制作—講談社デジタル製作
印刷———株式会社廣済堂
製本———株式会社国宝社

ISBN978-4-06-523062-6

講談社文庫刊行の辞

二十一世紀の到来を目睫に望みながら、われわれはいま、人類史上かつて例を見ない巨大な転換期をむかえようとしている。

世界も、日本も、激動の予兆に対する期待とおののきを内に蔵して、未知の時代に歩み入ろうとしている。このときにあたり、創業の人野間清治の「ナショナル・エデュケイター」への志を現代に甦らせようと意図して、われわれはここに古今の文芸作品はいうまでもなく、ひろく人文・社会・自然の諸科学から東西の名著を網羅する、新しい綜合文庫の発刊を決意した。

激動の転換期はまた断絶の時代である。われわれは戦後二十五年間の出版文化のありかたへの深い反省をこめて、この断絶の時代にあえて人間的な持続を求めようとする。いたずらに浮薄な商業主義のあだ花を追い求めることなく、長期にわたって良書に生命をあたえようとつとめるところにしか、今後の出版文化の真の繁栄はあり得ないと信じるからである。

同時にわれわれはこの綜合文庫の刊行を通じて、人文・社会・自然の諸科学が、結局人間の学にほかならないことを立証しようと願っている。かつて知識とは、「汝自身を知る」ことにつきていた。現代社会の瑣末な情報の氾濫のなかから、力強い知識の源泉を掘り起し、技術文明のただなかに、生きた人間の姿を復活させること。それこそわれわれの切なる希求である。

われわれは権威に盲従せず、俗流に媚びることなく、渾然一体となって日本の「草の根」をかたちづくる若く新しい世代の人々に、心をこめてこの新しい綜合文庫をおくり届けたい。それは知識の泉であるとともに感受性のふるさとであり、もっとも有機的に組織され、社会に開かれた万人のための大学をめざしている。大方の支援と協力を衷心より切望してやまない。

一九七一年七月

野間省一

平出 隆
葉書でドナルド・エヴァンズに
解説=三松幸雄　年譜=著者

「死後の友人」を自任する日本の詩人は、夭折の切手画家に宛てて二年一一ヵ月にわたり葉書を書き続けた。断片化された言葉を辿り試みる、想像の世界への旅。

ひK1
978-4-06-522001-6

古井由吉
詩への小路 ドゥイノの悲歌
解説=平出 隆　年譜=著者

リルケ「ドゥイノの悲歌」全訳をはじめドイツ、フランスの詩人からギリシャ悲劇まで、詩をめぐる自在な随想と翻訳。徹底した思索とエッセイズムが結晶した名篇。

ふA11
978-4-06-518501-8

講談社文庫　目録

西村京太郎　函館駅殺人事件
西村京太郎　内房線の猫たち〈異説里見八犬伝〉
西村京太郎　東京駅殺人事件
西村京太郎　長崎駅《ナガサキ・レディ》殺人事件
西村京太郎　十津川警部　愛と絶望の台湾新幹線
西村京太郎　西鹿児島駅殺人事件
西村京太郎　札幌駅殺人事件
西村京太郎　十津川警部　山手線の恋人
西村京太郎　仙台駅殺人事件
仁木悦子　猫は知っていた
新田次郎　新装版　聖職の碑《いしぶみ》
日本文芸家協会編　愛　染　夢　灯　籠〈時代小説傑作選〉
日本推理作家協会編　犯人たちの部屋〈ミステリー傑作選〉
日本推理作家協会編　隠　さ　れ　た　鍵〈ミステリー傑作選〉
日本推理作家協会編　Play《プレイ》　推理遊戯〈ミステリー傑作選〉
日本推理作家協会編　Doubt《ダウト》　きりのない疑惑〈ミステリー傑作選〉
日本推理作家協会編　Bluff《ブラフ》　騙し合いの夜〈ミステリー傑作選〉
日本推理作家協会編　Propose《プロポーズ》　告白は突然に〈ミステリー傑作選〉
日本推理作家協会編　Acrobatic《アクロバティック》　物語の曲芸師たち〈ミステリー傑作選〉

日本推理作家協会編　ベスト8ミステリーズ2015
日本推理作家協会編　ベスト6ミステリーズ2016
二階堂黎人　ラ　ン　迷　宮〈二階堂蘭子探偵集〉
二階堂黎人　増加博士の事件簿
新美敬子　猫のハローワーク
新美敬子　猫のハローワーク2
西澤保彦　新装版　七回死んだ男
西澤保彦　人格転移の殺人
西澤保彦　麦酒《ばくしゅ》の家の冒険
西澤保彦　新装版　瞬間移動死体
西村　健　ビ　　ン　　ゴ
西村　健　地の底のヤマ(上)(下)
西村　健　光陰の刃《やいば》(上)(下)
楡　周平　陪　審　法　廷
楡　周平　宿　　命(上)(下)〈ワンス・アポン・ア・タイム・イン・東京〉
楡　周平　血　　戦〈ワンス・アポン・ア・タイム・イン・東京2〉
楡　周平　修　羅　の　宴(上)(下)
楡　周平　レイク・クローバー(上)(下)
西尾維新　クビキリサイクル〈青色サヴァンと戯言遣い〉

西尾維新　クビシメロマンチスト〈人間失格・零崎人識〉
西尾維新　クビツリハイスクール〈戯言遣いの弟子〉
西尾維新　サイコロジカル(上)〈兎吊木垓輔の戯言殺し〉/(下)〈曳かれ者の小唄〉
西尾維新　ヒトクイマジカル〈殺戮奇術の匂宮兄妹〉
西尾維新　ネコソギラジカル(上)〈十三階段〉
西尾維新　ネコソギラジカル(中)〈赤き征裁vs.橙なる種〉
西尾維新　ネコソギラジカル(下)〈青色サヴァンと戯言遣い〉
西尾維新　ダブルダウン勘繰郎《かんぐろう》　トリプルプレイ助悪郎《スケアクロウ》
西尾維新　零崎双識の人間試験
西尾維新　零崎軋識《ぜろざききししき》の人間ノック
西尾維新　零崎曲識の人間人間
西尾維新　零崎人識の人間関係　匂宮出夢との関係
西尾維新　零崎人識の人間関係　無桐伊織との関係
西尾維新　零崎人識の人間関係　零崎双識との関係
西尾維新　零崎人識の人間関係　戯言遣いとの関係
西尾維新　xxxHOLiC　アナザーホリック　ランドルト環《かん》エアロゾル
西尾維新　難　民　探　偵
西尾維新　少　女　不　十　分
西尾維新　本　　　題〈西尾維新対談集〉

講談社文庫　目録

花村萬月　續 信長私記
畑村洋太郎　失敗学のすすめ
畑村洋太郎　失敗学実践講義〈文庫増補版〉
はやみねかおる　そして五人がいなくなる〈名探偵夢水清志郎事件ノート〉
はやみねかおる　都《ま》会《ち》のトム&ソーヤ(1)
はやみねかおる　都《ま》会《ち》のトム&ソーヤ(2)〈乱！　RUN！　ラン！〉
はやみねかおる　都《ま》会《ち》のトム&ソーヤ(3)〈いつになったら作戦《ミッション》終了？〉
はやみねかおる　都《ま》会《ち》のトム&ソーヤ(4)〈四重奏《カルテット》〉
はやみねかおる　都《ま》会《ち》のトム&ソーヤ(5)〈IN《イン》堀戸《VADE》〉(上)(下)
はやみねかおる　都《ま》会《ち》のトム&ソーヤ(6)〈ぼくの家へおいで〉
はやみねかおる　都《ま》会《ち》のトム&ソーヤ(7)《怪人は夢に舞う〈理論編〉》
はやみねかおる　都《ま》会《ち》のトム&ソーヤ(8)《怪人は夢に舞う〈実践編〉》
はやみねかおる　都《ま》会《ち》のトム&ソーヤ(9)〈前夜祭《EVE》　内人《ないと》side〉
はやみねかおる　都《ま》会《ち》のトム&ソーヤ(10)〈前夜祭《EVE》　創也《そうや》side〉
服部真澄　クラウド・ナイン
原　武史　滝山コミューン一九七四
濱　嘉之　警視庁情報官〈シークレット・オフィサー〉
濱　嘉之　警視庁情報官　ハニートラップ
濱　嘉之　警視庁情報官　トリックスター
濱　嘉之　警視庁情報官　ブラックドナー
濱　嘉之　警視庁情報官　サイバージハード
濱　嘉之　警視庁情報官　ゴーストマネー
濱　嘉之　警視庁情報官　ノースブリザード
濱　嘉之　オメガ　対中工作
濱　嘉之　ヒトイチ　警視庁人事一課監察係
濱　嘉之　ヒトイチ　画像解析〈警視庁人事一課監察係〉
濱　嘉之　ヒトイチ　内部告発〈警視庁人事一課監察係〉
濱　嘉之　カルマ真仙教事件(上)(中)(下)
濱　嘉之　新装版　院内刑事《デカ》
濱　嘉之　新装版　院内刑事〈ブラック・メディスン〉
濱　嘉之　院内刑事〈フェイク・レセプト〉
濱　嘉之　院内刑事　ザ・パンデミック
馳　星周　ラフ・アンド・タフ
畠中　恵　アイスクリン強し
畠中　恵　若様組まいる
畠中　恵　若様とロマン
葉室　麟　風渡る
葉室　麟　風の軍師〈黒田官兵衛〉
葉室　麟　星火瞬く
葉室　麟　陽《かげ》炎《ろう》の門
葉室　麟　紫匂う
葉室　麟　山月庵茶会記
葉室　麟　津軽双花
長谷川　卓　獄《がく》神《じん》〈上・白銀《しろがね》渡り〉〈下・湖底の黄金〉
長谷川　卓　獄《がく》神《じん》伝《でん》　無《む》坂《さか》(上)(下)
長谷川　卓　獄《がく》神《じん》伝《でん》　孤《こ》猿《えん》(上)(下)
長谷川　卓　獄《がく》神《じん》伝《でん》　鬼《き》哭《こく》(上)(下)
長谷川　卓　獄神列伝　逆渡《さかわた》り
長谷川　卓　獄《がく》神《じん》伝《でん》　血路
長谷川　卓　獄《がく》神《じん》伝《でん》　死地
長谷川　卓　獄神伝　風花(上)(下)
原田マハ　夏を喪くす
原田マハ　風のマジム
原田マハ　あなたは、誰かの大切な人
羽田圭介　コンテクスト・オブ・ザ・デッド
花房観音　恋塚
畑野智美　海の見える街

畑野智美 南部芸能事務所
畑野智美 南部芸能事務所 season2 メリーランド
畑野智美 南部芸能事務所 season3 春の嵐
畑野智美 南部芸能事務所 season4 オーディション
畑野智美 南部芸能事務所 season5 コンビ
早見和真 東 京 ド ー ン
はあちゅう 半径5メートルの野望
はあちゅう 通りすがりのあなた
早坂 吝《やぶさか》 ○○○○○○○○殺人事件
早坂 吝 虹 の 歯 ブ ラ シ〈上木《かみき》らいち発散〉
早坂 吝 誰も僕を裁けない
早坂 吝 双《そう》蛇《じゃ》密 室
浜口倫太郎 22 年 目 の 告 白〈―私が殺人犯です―〉
浜口倫太郎 廃 校 先 生
浜口倫太郎 A I 崩 壊
原田伊織 明治維新という過ち〈日本を滅ぼした吉田松陰と長州テロリスト〉
原田伊織 列強の侵略を防いだ幕臣たち〈続・明治維新という過ち〉
原田伊織 〈明治維新という過ち・完結編〉虚像の西郷隆盛 虚構の明治150年
原田伊織 三流の維新 一流の江戸〈明治は「徳川近代」の模倣に過ぎない〉

萩原はるな 50回目のファーストキス
葉真中《はまなか》 顕《あき》 ブラック・ドッグ
原 雄一 宿 命〈國松警察庁長官を狙撃した男・捜査完結〉
平岩弓枝 花 嫁 の 日
平岩弓枝 花 祭
平岩弓枝 青 の 伝 説
平岩弓枝 はやぶさ新八御用旅(一)〈東海道五十三次〉
平岩弓枝 はやぶさ新八御用旅(二)〈中仙道六十九次〉
平岩弓枝 はやぶさ新八御用旅(三)〈日光例幣使道の殺人〉
平岩弓枝 はやぶさ新八御用旅(四)〈北前船の事件〉
平岩弓枝 はやぶさ新八御用旅(五)〈諏訪の妖狐〉
平岩弓枝 はやぶさ新八御用旅(六)〈紅花染め秘帳〉
平岩弓枝 新装版 はやぶさ新八御用帳(一)〈大奥の恋人〉
平岩弓枝 新装版 はやぶさ新八御用帳(二)〈江戸の海賊〉
平岩弓枝 新装版 はやぶさ新八御用帳(三)〈又右衛門の女房〉
平岩弓枝 新装版 はやぶさ新八御用帳(四)〈鬼勘の娘〉
平岩弓枝 新装版 はやぶさ新八御用帳(五)〈御守殿おたき〉
平岩弓枝 新装版 はやぶさ新八御用帳(六)〈春月の雛〉
平岩弓枝 新装版 はやぶさ新八御用帳(七)〈寒椿の寺〉

平岩弓枝 新装版 はやぶさ新八御用帳(八)〈春怨 根津権現〉
平岩弓枝 新装版 はやぶさ新八御用帳(九)〈王子稲荷の女〉
平岩弓枝 新装版 はやぶさ新八御用帳(十)〈幽霊屋敷の女〉
東野圭吾 放 課 後
東野圭吾 卒 業
東野圭吾 学生街の殺人
東野圭吾 魔 球
東野圭吾 十字屋敷のピエロ
東野圭吾 眠 り の 森
東野圭吾 宿 命
東野圭吾 変 身
東野圭吾 仮面山荘殺人事件
東野圭吾 天 使 の 耳
東野圭吾 ある閉ざされた雪の山荘で
東野圭吾 同 級 生
東野圭吾 名探偵の呪縛
東野圭吾 むかし僕が死んだ家
東野圭吾 虹を操る少年
東野圭吾 パラレルワールド・ラブストーリー

講談社文庫　目録

東野圭吾　天空の蜂
東野圭吾　どちらかが彼女を殺した
東野圭吾　名探偵の掟
東野圭吾　悪意
東野圭吾　私が彼を殺した
東野圭吾　嘘をもうひとつだけ
東野圭吾　時生
東野圭吾　赤い指
東野圭吾　流星の絆
東野圭吾　新装版　浪花少年探偵団
東野圭吾　新装版　しのぶセンセにサヨナラ
東野圭吾　新参者
東野圭吾　麒麟の翼
東野圭吾　パラドックス13
東野圭吾　祈りの幕が下りる時
東野圭吾　危険なビーナス
東野圭吾作家生活25周年祭り実行委員会　東野圭吾公式ガイド〈読者1万人が選んだ東野作品人気ランキング発表〉
東野圭吾作家生活35周年実行委員会 編　東野圭吾公式ガイド〈作家生活35周年ver.〉
平野啓一郎　高瀬川
平野啓一郎　ドーン
平野啓一郎　空白を満たしなさい(上)(下)
百田尚樹　永遠の0《ゼロ》
百田尚樹　輝く夜
百田尚樹　風の中のマリア
百田尚樹　影法師
百田尚樹　ボックス！(上)(下)
百田尚樹　海賊とよばれた男(上)(下)
平田オリザ　十六歳のオリザの冒険をしるす本
平田オリザ　幕が上がる
東直子　さようなら窓
蛭田亜紗子　凜
樋口卓治　ボクの妻と結婚してください。
樋口卓治　続・ボクの妻と結婚してください。
樋口卓治　もう一度、お父さんと呼んでくれ。
樋口卓治　「ファミリーラブストーリー」
樋口卓治　喋る男
平山夢明　〈大江戸怪談どたんばたん(土壇場譚)〉魂《たま》豆《どう》腐《ふ》
東川篤哉　純喫茶「一服堂」の四季
東山彰良　流《りゅう》
東山彰良　女の子のことばかり考えていたら、1年が経っていた。
樋口直哉　偏差値68の目玉焼き〈星ヶ丘高校料理部〉
平田研也　小さな恋のうた
日野草　ウェディング・マン
藤沢周平　新装版　春秋の檻〈獄医立花登手控え(一)〉
藤沢周平　新装版　風雪の檻〈獄医立花登手控え(二)〉
藤沢周平　新装版　愛憎の檻〈獄医立花登手控え(三)〉
藤沢周平　新装版　人間の檻〈獄医立花登手控え(四)〉
藤沢周平　新装版　闇の歯車
藤沢周平　新装版　市塵(上)(下)
藤沢周平　新装版　決闘の辻
藤沢周平　新装版　雪明かり
藤沢周平　義民が駆ける〈レジェンド歴史時代小説〉
藤沢周平　喜多川歌麿女絵草紙
藤沢周平　闇の梯子
藤沢周平　長門守の陰謀
船戸与一　新装版　カルナヴァル戦記
藤田宜永　樹下の想い

2021年3月12日現在